Andreas Schmidt
Tod mit Meerblick

W0185397

LEDA

Alle Figuren und Handlungen dieses Romans sind frei erfunden. Jegliche Ähnlichkeit mit realen Ereignissen und Personen wäre reiner Zufall.

Andreas Schmidt
Tod mit Meerblick
Kriminalroman

Originalausgabe
1. Auflage 2011

ISBN 978-3-939689-67-6
© Leda-Verlag. Alle Rechte vorbehalten
Leda-Verlag, Kolonistenweg 24, D-26789 Leer
info@leda-verlag.de
www.leda-verlag.de

Lektorat: Maeve Carels
Titelillustration: CarstenTiemeßen
Gesamtherstellung: Bercker Graphischer Betrieb GmbH & Co. KG
Printed in Germany

Eins

An milden Sommerabenden hat Husum ein fast mediterranes Flair, dachte er, als er sich an einem der letzten freien Tische im *Goldenen Anker* unweit des Hafens niederließ. Die untergehende Sonne tauchte die Fassaden der alten Häuser in ein warmes Licht, und aus den Küchen der Restaurants am Binnenhafen wehte ein köstlicher Duft über den Platz. Touristen mischten sich unter die Bewohner und genossen die angenehmen Temperaturen. Im Hafen herrschte Ebbe, und die hier vor Anker gegangenen Schiffe lagen im Morast. Ein trostloser Anblick, an den er sich wohl nie gewöhnen würde. Er zupfte sich den leichten Sommeranzug zurecht und blickte fast erschrocken auf, als eine junge Kellnerin an den Tisch trat und ihn nach seinen Wünschen fragte. Er lächelte nervös und bestellte einen trockenen Weißwein.

Immer wieder blickte er auf seine Armbanduhr. Die Minuten fühlten sich an wie Stunden. Seit seiner Ankunft in Husum waren kaum zehn Minuten vergangen. Den Wagen hatte er am Hafen geparkt, dort musste man nur bis achtzehn Uhr einen Parkschein lösen. Obwohl er früher zum verabredeten Treffen gekommen war, ertappte er sich dabei, sie an einem der benachbarten Tische zu suchen. Sie war noch nicht da. Gut so, dachte er und zwang sich zur Ruhe. Die Kellnerin brachte den Wein. Seine Hand zitterte, als er nach dem Glas griff und daran nippte. Sicherlich kein billiges Zeug, vermutete er und drehte den Stiel in den Händen.

An der Mole hockten Jugendliche, spielten Gitarre und tranken mitgebrachten Wein. Wenigstens randalierten sie nicht und belästigten keine Passanten. Sie waren friedlich, wie alles in diesem Landstrich. Langsam kam auch er zur Ruhe. Sein Herzschlag beruhigte sich, und das Zittern ließ nach. Eine bunt gekleidete Familie mit zwei Kinderwagen zog an der Gruppe vorbei. Ein kleines Mädchen plärrte, weil es irgendetwas nicht bekommen hatte. Ein Rentnerehepaar flanierte händchenhaltend in Richtung Wasserreihe. Die kleinen, malerischen Gassen zogen im Sommer die Touristen in Scharen an.

Niemand beachtete ihn. Er lehnte sich in dem einfachen Rattansessel zurück und betrachtete das Treiben an der Schiffsbrücke. Beinahe fühlte er sich wie im Urlaub.

»Hallo.«

Unbemerkt war sie auf der Bildfläche erschienen. Um ein Haar hätte er sich an seinem Wein verschluckt. Sofort spürte er wieder das beklemmende Gefühl in der Brust. Er schluckte trocken, setzte ein Lächeln auf, das seine Unsicherheit kaschieren sollte. Doch der Versuch misslang. Hastig setzte er das Glas ab und blickte zu ihr auf. Einmal mehr war er von ihrer Schönheit überwältigt. Sie trug ein leichtes Sommerkleid, und eine feine Duftwolke von edlem Parfüm umgab sie. Etwas war heute anders als sonst. Er hatte es gleich bemerkt, schon, als sie ihn am Nachmittag angerufen und um ein Treffen gebeten hatte. Sie war ungewöhnlich distanziert und kühl gewesen.

»Nicht am Telefon«, war sie seiner Frage ausgewichen, was denn los sei. Natürlich hatte er dem Treffen zugestimmt. Nachdem Ort und Uhrzeit abgesprochen waren, hatten sie das Telefonat schneller als üblich beendet. Er hatte sich gewundert, dass sie so kurz angebunden gewesen war. Doch sie hatte ihm keine Gelegenheit gegeben, ihr unbequeme Fragen zu stellen.

Jetzt war sie also da. Er atmete tief durch und lächelte ein wenig schief. Von seiner Verunsicherung sollte sie möglichst nichts bemerken. Doch er war ein schlechter Schauspieler und hatte Mühe, seine Gefühle zu verbergen.

Sie sank auf den freien Stuhl und strich sich eine widerspenstige Haarsträhne aus dem hübschen Gesicht. Ihr Lächeln wirkte aufgesetzt. Er vermisste das Leuchten ihrer Augen, das er so liebte. Sie strahlte nicht für ihn, so wie sie es sonst tat. Ihn beschlich ein schlechtes Gefühl. Etwas stimmte nicht – er hatte es gleich geahnt. Sofort hatte er einen Kloß in der Kehle. Verlegen räusperte er sich und ärgerte sich über seine Unsicherheit. »Was möchtest du trinken?«, fragte er, nur, um Zeit zu gewinnen. So unauffällig wie möglich beobachtete er sein Gegenüber. Sie wirkte ernst, beklemmt. Vermutlich war etwas Schlimmes geschehen. Das war ja nur eine Frage der Zeit gewesen, stellte er resigniert fest. Nervös zupfte er die Tischdecke glatt.

»Ein Wasser.«

»Gern.« Er winkte die Bedienung an den Tisch und orderte ein Mineralwasser. Dann wandte er sich ihr wieder zu. »Also«, sagte er gedehnt und lächelte ein wenig unsicher. Er war ein gestandener Geschäftsmann, wohlhabend und erfolgsverwöhnt. Unter normalen Umständen hatte er es nicht nötig, kleine Brötchen zu backen. Doch hier ging es um so verdammt viel. Er konnte und wollte sie nicht entbehren. »Was war so dringend?«

Statt einer Antwort seufzte sie. Mit unstetem Blick betrachtete sie ihn. Unter dem dezenten Make-up war sie blass. In ihrem Augenwinkel zuckte ein Nerv. Er registrierte jede ihrer Bewegungen, scannte jede Regung in ihrem fein geschnittenen Gesicht.

»Ich kann das nicht mehr.«

»Was meinst du?« Ihm wurde siedend heiß. Er spürte, dass er am Abgrund stand.

»Du weißt genau, wovon ich spreche!«

Neugierig blickten sich die Leute an den Nebentischen nach ihnen um. Mit einer beschwörenden Geste hielt er sie dazu an, leiser zu sprechen. Er wollte um jeden Preis die Diskretion wahren. Schließlich hatten sie beide so viel zu verlieren. »Ich will es von dir hören«, zischte er eindringlich, nachdem die anderen Gäste im *Goldenen Anker* das Interesse an ihnen verloren hatten.

Als sie zu ihm aufblickte, standen Tränen in ihren

wunderschönen Augen. »Ich halte es nicht mehr aus, verstehst du das nicht?«

»Ich fürchte, nein.« Er versuchte zu lächeln, was ihm schändlich misslang. Hektisch griff er nach dem Glas und leerte es in einem Zug, bevor er der Kellnerin mit einer Geste bedeutete, ihm neuen Wein an den Tisch zu bringen.

»Ich halte das mit uns nicht mehr aus.« Sie blickte ihn an, versuchte, in seinen Augen zu lesen.

Er fühlte sich plötzlich nackt. So, als könne sie auf den Grund seiner Seele vordringen. Sofort wich er ihrem Blick aus und fummelte an der Tischdecke herum.

»Du machst Schluss.« Es war eine Feststellung, keine Frage. Nickend stierte er auf den Tisch. Der Wein kam, er trank hastig. »Du machst Schluss mit mir.« Seine Stimme war nichts als ein Hauch. »Das ist es also, was du mir zu sagen hast.«

Ihre Stimme klang tränenerstickt. »Ich halte es nicht länger aus, und Ubbo schuftet wie ein Verrückter für uns und unser Leben. Ich fühle mich dreckig und hinterlistig, wenn ich ihn hintergehe, verstehst du das nicht?«

»Das klang schon mal anders. Wir hatten einen Deal«, erinnerte er sie verbittert. »Ein Abkommen.« Er blickte sie fest an und presste die Lippen zu einem Strich zusammen. An Absagen war er nicht gewöhnt. Absprachen wurden bei ihm eingehalten.

»Wir wussten nicht, was sich daraus entwickelt«, erwiderte sie leise, als sich jemand am Nebentisch neugierig zu ihnen umblickte. »Ich hatte ja keine Ahnung, dass …« Sie schüttelte den Kopf und wich seinen Blicken aus.

Er ergriff ihre Hand. »Du weißt genau, dass ich …« Das »… ich dich liebe« schluckte er herunter.

»Es geht mir auch so, und trotzdem: Ich mache Schluss, ja.« Ohne seine Antwort abzuwarten, erhob sie sich und verschwand in Richtung Fußgängerzone.

Er war versucht, ihr zu folgen. Doch er war es nicht

gewohnt, einer Frau hinterherzulaufen. Nein. Lange würde sie es nicht ohne ihn aushalten.

Langsam wurde er sich der Tragweite ihrer Worte bewusst. Immer wieder hörte er ihre Stimme in seinem Kopf. Er stierte ins Leere. Erst, als am Hafen ein Taxi wendete und laut hupte, weil ein Radfahrer dem Wagen die Vorfahrt nahm, ruckte sein Kopf hoch. Es ist vorbei, hämmerte es in seinem Hirn. Kaum, dass er diesen Gedanken zu Ende gedacht hatte, wusste er, dass es diesmal anders war als sonst. Er fühlte sich, als würde er von einer Sekunde zur anderen in ein tiefes Loch fallen. Schwarze Punkte tanzten vor seinen Augen, und sein Leben fühlte sich plötzlich sinnlos an. So leicht wollte er sich nicht abspeisen lassen, dachte er und ballte die Hände zu Fäusten. So ging man nicht mit ihm um. Es war an der Zeit zu handeln. Er winkte der Kellnerin, um die Rechnung zu begleichen. Es gab viel zu tun, um die Vergangenheit ein für alle Mal zu beenden.

Zwei

Sie war spät dran. Eigentlich war sie eine besonnene Autofahrerin, aber heute war nichts normal. Bente Harmsen fuhr schneller als gewohnt, als sie den Abzweig passierte, der in den Elisabeth-Sophien-Koog führte. Noch hingen Nebelschwaden über den sattgrünen Wiesen. Es würde noch ein, zwei Stunden dauern, bis die Sonne durch die tiefhängenden Wolken drang. Bente Harmsens Gedanken kreisten um Ubbo, ihren Mann. Wie so oft hatten sie sich gestritten. Ihm wuchs die Arbeit über den Kopf. Vielleicht hatten sie sich auch einfach zu viel zugemutet in den letzten Jahren. Ubbo Harmsen hatte den Hof seiner Eltern im Süden von Nordstrand übernommen, und weil inzwischen die Landwirtschaft kaum noch kostendeckend zu bewältigen war, hatten sie den Hof zu Ferienwohnungen umgebaut. Mit Touristen war mehr Geld zu verdienen als mit Kühen, hatte Ubbo damals festgestellt.

Natürlich hatte er einen Großteil der Umbauarbeiten in Eigenregie durchgeführt, schließlich war er technisch begabt. Und Geld hatten sie auch nicht zu verschenken, also hatte er es vermieden, viel für Handwerker auszugeben, die in der Regel nur Ärger machten, wie er fand.

Damals hatten sie durch einen befreundeten Gastwirt erfahren, dass die Strandkneipe *Möwennest* verkauft werden sollte. Der Freund wollte sich aus dem Geschäft zurückziehen und suchte nun einen Käufer. Er hatte den Harmsens das Bistro zu einem Vorzugspreis überlassen. Und das *Möwennest* war eine Goldgrube, denn bei gutem Wetter kehrten die Urlauber in Scharen in die kleine Gaststätte am Rand des Holmer Siels ein. An manchen Tagen kam sogar der Ministerpräsident von Schleswig-Holstein ins *Möwennest*, um hier eine *Tote Tante* zu trinken. Er war hier geboren und bewohnte ein Ferienhaus auf Nordstrand.

Dennoch hatte Bente Harmsen die Übernahme des Bistros insgeheim schon mehrmals bereut. Der Laden war eine zusätzliche Belastung. Eigentlich war das *Möwennest* Ubbos Part; während sie die Ferienwohnungen im Hof der Schwiegereltern bewirtschaftete, kümmerte er sich um die Gaststätte. So hatten sie es zumindest vereinbart damals. Diese Kneipe auf Nordstrand war eine neue Chance für ihn, nachdem er die Arbeit in Husum verloren hatte – der Betrieb hatte dichtgemacht wegen der Finanzkrise. Und mit dreiundvierzig Jahren war es nicht leicht, einen neuen Job zu bekommen. So hatten sich die Harmsens erhofft, durch die Ferienwohnungen und das *Möwennest* ein ausreichendes Einkommen zu erwirtschaften.

Doch leider erfüllte Bentes Mann seinen Part nicht. Er

trank zu viel, schlief morgens zu lange und schaffte es erst in den Nachmittagsstunden, im Bistro aufzukreuzen. Bis dahin kümmerte sich Bente mit zwei Angestellten um das *Möwennest* und um die Ferienwohnungen. Ihr wuchs die Arbeit über den Kopf. Heute reisten zwei Familien an, die saubere Ferienwohnungen vorzufinden wünschten, doch augenblicklich sah es danach aus, als würde sie wieder bis mittags im *Möwennest* festhängen. Und das alles nur, weil Ubbo seinen Rausch ausschlief. Wie immer hatte er noch im Bett gelegen, als sie das Haus verlassen hatte. Sie hatte ihn zur Rede stellen wollen. Doch er hatte sie ausgelacht, im Bett einen fahren lassen und ihr demonstrativ den Rücken zugewandt, bevor er wieder eingeschlafen war.

So ging es einfach nicht weiter.

Bente Harmsen trat das Gaspedal tiefer durch. Der altersschwache Diesel dröhnte unter der Haube auf. Seit Tagen schon machte er seltsame Geräusche. Obwohl sie Ubbo darum gebeten hatte, sich den kleinen Lieferwagen einmal anzusehen, war natürlich nichts passiert. Und nun hoffte sie, dass ihr Auto sie nicht im Stich ließ. Eine Panne konnte sie weder zeitlich noch finanziell verkraften.

Bente warf einen Blick in den Innenspiegel. Das Make-up vermochte die dunklen Ringe unter den Augen kaum zu kaschieren. Bente achtete dennoch auf ein gepflegtes Äußeres. Sie sah eine typisch friesische Frau im Spiegel: blond, blaue Augen, etwas blasser Teint. Alt war sie geworden, obwohl sie die vierzig erst im letzten Jahr überschritten hatte. Die viele Arbeit ging nicht spurlos an ihr vorüber, und auch der ständige Ärger mit Ubbo hinterließ seine Spuren. Erste Falten um Augen und Mundwinkel gruben sich in die ansonsten makellose Haut. Kein Wunder, dass Ubbo sie kaum noch beachtete, dachte sie seufzend, als sie den Blick wieder nach vorn auf die Straße richtete.

Ein starker Westwind blies ins Landesinnere und zerrte

an der kantigen Karosserie des Lieferwagens. Bente umklammerte das Lenkrad fester, um nicht von der Landstraße abzukommen. Nachdem sie den Aussichtspunkt am Deich passiert hatte, folgte eine langgezogene Rechtskurve. Dann tauchte das *Möwennest* vor dem Wagen auf. Sie drosselte das Tempo, als sie auf den unbefestigten Parkplatz abbog, und parkte hinter dem kleinen Backsteinbau. Nachdem der Motor mit einem letzten Schütteln erstorben war, umfing sie Stille. Nur der Wind pfiff um die rostige Karosserie.

Bente stieß die Fahrertür auf und angelte nach dem Korb, den sie im Fußraum vor dem Beifahrersitz deponiert hatte. Darin befanden sich die Einkäufe für das Café. Brötchen, Konserven und einige Ansichtskarten. Der Wind nahm ihr fast die Luft zum Atmen, und dennoch genoss sie die würzige Brise, die von der nahen Nordsee heranwehte, als sie abschloss. Dies war ihre Heimat, hier war sie geboren und hier würde sie wohl auch sterben.

Nordfriesland war für sie mehr als nur ein siebzig Kilometer breiter Fleck zwischen Nord- und Ostsee auf der Landkarte. Bente liebte die Einsamkeit hier draußen und vergaß für ein paar Minuten die Hektik und die Sorgen, die ihren Alltag plagten. Ärger mit der Bank, der Brief vom Finanzamt letzte Woche, der sie nächtelang um den Schlaf gebracht hatte, alles rückte hier draußen in unendlich weite Ferne. Bente atmete tief durch, schloss die Augen und lächelte wehmütig. Alles könnte so einfach sein.

An der Strandkneipe angekommen, fummelte sie umständlich den Schlüssel ins Schloss, schaltete die Alarmanlage ab und trat schließlich ein.

Der Geruch von abgestandenem Bier und kaltem Rauch hing schwer im Raum. Die Finger ihrer freien Hand wischten über die Wand neben der Tür; suchten und fanden den Lichtschalter. Feiner Sand knirschte unter den Sohlen ihrer Schuhe. Bente schob den Korb auf den kleinen Tresen und blickte sich im Gastraum um. Am Boden lag noch Sand, den der Wind durch die tagsüber offen stehende Schiebetür hereingetragen hatte. Die Tische wiesen unansehnliche Flecken auf, wo gestern Tassen und Gläser gestanden hatten. Die Putzfrau hatte schlampig gearbeitet – dafür würde Bente sie später zur Rede stellen. Zunächst musste sie alles für den kommenden Tag vorbereiten. Gegen elf würden die ersten Gäste erscheinen. Bis dahin musste der Laden blitzblank sein.

Bente betrat die Küche und schaltete erst einmal das Radio ein. Der kleine Apparat war auf die Frequenz von *Radio Schleswig-Holstein* eingestellt. Gleich gab es die ersten Nachrichten des neuen Tages aus der Region. Aber hier geschah selten etwas, hier war die Welt noch in Ordnung, dachte sie, während sie sich langsam beruhigte. Laut schallte die Musik aus den kleinen Lautsprechern, Bente sang ebenso laut, aber schief, mit und machte sich an die Arbeit. Zunächst wischte sie die Tische mit einem feuchten Tuch ab, dann kehrte sie den feinen Sand zusammen. Beiläufig glitt Bentes Blick durch die große Glasfront in den Freiluftteil. Dort hatten sie eine kleine Strandidylle mit Meerblick geschaffen. Es gab tonnenweise Sand, Tische, Bänke und Strandkörbe für die Gäste, die hier, windgeschützt hinter zwei Meter hohen Glasscheiben, auch bei unwirtlichem Wetter den Blick auf das Holmer Siel genießen konnten. Weiter hinten gab es einen kleinen Spielplatz für die jungen Gäste – sogar ein Abenteuerschiff aus Brettern hatte Ubbo aufgebaut. Eine Piratenflagge flatterte im Ostwind.

Dennoch war etwas anders. Bente verengte die Augen zu Schlitzen, als sie hinausblickte. In einem der Strandkörbe saß jemand. Sofort schlug ihr das Herz bis zum Hals. Wie war der Mann hierhergekommen? Der Bereich hinter dem Bistro war durch die Glaswände abgetrennt. Das *Möwennest* selber war über Nacht verschlossen und mit der Alarmanlage gesichert gewesen. Und dennoch war es dem Mann gelungen, sich Zutritt zu einem der Strandkörbe zu verschaffen. Außer dem rechten Arm und einem dunklen Haarbüschel sah Bente nicht viel von ihm, denn der Korb war mit Blickrichtung auf das Siel ausgerichtet. Der Mann schien zu schlafen. Der Oberkörper hing zur rechten Seite, ein Arm nach unten.

In Bente schrillten sämtliche Alarmglocken, und plötzlich sehnte sie Ubbo herbei. Eine Mischung aus Wut und Ohnmacht übermannte sie, als sie wie in Trance durch den Raum schritt, die Verriegelung der Schiebetür löste und die Glasfront öffnete. Ein scharfer Wind wehte ihr ins erhitzte Gesicht.

Zögernd setzte sie einen Fuß ins Freie.

Ihre Schuhe versanken im Sand. Vorsichtig näherte sie sich dem Strandkorb, in dem der Fremde saß. Wie gebannt starrte sie auf den metallenen Gegenstand, der unter seiner Hand im Sand lag. Plötzlich wusste sie, dass der Mann nicht schlief. Die Hand wirkte wie aus Wachs, die Adern auf dem behaarten Handrücken wie die knorrigen Äste einer alten Eiche. Das alles registrierte sie binnen weniger Sekunden. Ihr Herzschlag beschleunigte sich. Sie rang nach Luft, spürte den dicken Kloß, der sich in ihrer Kehle bildete. Alles, schrie es tief in ihr, alles, nur das nicht.

Bitte nicht.

Sie wollte zurückweichen, doch ihre Gliedmaßen schienen ihr nicht mehr zu gehören. Sie war wie gelähmt, war gezwungen, die bizarre Szenerie zu betrachten. Bente spannte die Muskeln an, wollte sich abwenden und die Polizei rufen, flüchten, doch sie spürte nur, wie ihre Knie weich wurden und der Boden unter ihr nachzugeben schien. Aber das alles war Einbildung. Bis auf den Mann in ihrem Strandkorb.

Er war keine Einbildung.

Bente erkannte den tiefroten Blutfleck, der sich unter

dem Mann ausbreitete und in den Sand gesickert war. Am liebsten hätte sie geschrien, aber kein Laut kam über ihre Lippen. Sie schluckte trocken, als sie den Strandkorb umrundete. Die Augen des Mannes waren weit aufgerissen. Es schien, als würde er sie anstarren. Vorwurfsvoll und gleichermaßen zu Tode verängstigt. Sein Mund stand einen Spaltbreit offen, anklagend. Sie sah den dunklen Fleck auf seiner rechten Schläfe, Bente erkannte die Einschusswunde. Hier kam jede Hilfe zu spät.

Drei

Die ersten Sonnenstrahlen des Tages spiegelten sich auf der Nordsee und brachen sich tausendfach auf den Wellen. Erst vor wenigen Minuten war die Sonne durch die Wolken gebrochen und tauchte den Himmel über dem Husumer Badestrand Dockkoog in ein fast violettes Licht. Wiebke liebte diese Lichtkomposition, die es nur hier oben im äußersten Norden des Landes gab, und genoss die Weite und Freiheit. Unwillkürlich atmete sie tief durch und sog die frische Seeluft tief in ihre Lungen. Über ihrem Kopf kreischten einige Möwen auf der Suche nach Beute. Wiebkes Atem ging rasselnd – sie war seit langer Zeit nicht mehr gejoggt. Doch an diesem Morgen hatte sie sich endlich einmal aufgerafft, den Wecker gestellt, war in die Laufklamotten geschlüpft und hatte im Morgengrauen das Backsteinhaus in Ostenfeld verlassen, um zum Dockkoog zu fahren. Auf der Ostenfelder Straße hatte kaum Verkehr geherrscht, und so hatte sie die zwölf Kilometer bis Husum in einer rekordverdächtigen Zeit bewältigt.

Morgens um sieben Uhr lag der Strand noch verlassen

da. Bei gutem Wetter würden sich die ersten Touristen in zwei, drei Stunden einfinden. Am *Nordseehotel*, einem tiefroten Backsteinbau aus den Siebzigern, hatte Wiebke den Deich überquert und genoss jetzt die atemberaubende Aussicht auf die Nordsee. Das hölzerne Gebäude der DLRG schälte sich im Hintergrund aus dem Morgendunst. Der benachbarte Imbiss mit der bunt gestrichenen Fassade lag noch verlassen da. Es herrschte Flut, und die Wellen schlugen bis an das befestigte Ufer. Auf den Deichen weideten Schafe. Die Tiere blickten sie teils gleichgültig, teils neugierig an, bevor sie sich wieder mit dem satten Grün beschäftigten.

Sie ärgerte sich über ihre schlechte Kondition und dachte daran, dass die letzten Wochen anstrengend genug gewesen waren.

Nach ihrer Entscheidung für eine Karriere bei der Kriminalpolizei hatte sie sich in Kiel zur Kommissarin ausbilden lassen. Es war schon fast ein Sechser im Lotto gewesen, dass rechtzeitig zum Ende ihrer Ausbildung eine Planstelle in der Polizeidirektion Husum freigeworden war. Im Vergleich zu anderen Dienststellen hatte Husum nicht mit dem Verbrechen im großen Stil zu kämpfen – in Nordfriesland ging es relativ friedlich zu, und die Gegend um Husum herum hatte wohl die niedrigste Kriminalitätsrate Deutschlands. Der Hauptgrund ihrer Bewerbung war, dass sie in der Nähe ihres Wohnortes arbeiten konnte. Seit drei Wochen war Wiebke Ulbricht also Kriminalkommissarin bei der Kripo Husum.

Im Berufsleben war alles gut verlaufen, doch ihr Privatleben hatte unter dem Job gelitten: Ihr Freund Tiedje studierte in Kiel. Er hatte dort eine andere Frau kennengelernt und sich nach zwei gemeinsamen Jahren von Wiebke getrennt. Er war noch nie ein Mann großer Worte gewesen. »Du arbeitest zu viel«, hatte er lapidar gesagt. »Für uns ist keine Zeit mehr vorhanden, und die Stelle bei der Polizei nimmt dich total in Beschlag.«

Noch am gleichen Tage hatte er seine Koffer gepackt und war nach Kiel gefahren, zu Vera, seiner neuen Freundin.

Seit er aus ihrem Leben verschwunden war, fühlte Wiebke sich einsam. Obwohl sie erst Ende zwanzig war, hatte sie plötzlich Angst, irgendwann alleine zu sterben. Natürlich gab es einige Verehrer, immerhin war sie nicht hässlich, doch sie hatte Angst vor einer neuen Enttäuschung und vermied es tunlichst, sich in einen Mann zu verlieben.

Auf Höhe des DLRG-Gebäudes spürte sie ein sanftes Vibrieren. Wiebke verlangsamte ihre Schritte. Jetzt hörte sie das Klingeln des Telefons. Sie zwang sich, ruhig durchzuatmen und verfluchte einmal mehr ihre miese Kondition. Eilig zog sie das Handy hervor. Das Display zeigte eine Mobilnummer. »Wiebke Ulbricht?!«, meldete sie sich und blickte zur See hinaus.

»Petersen hier, moin.« Er klang wie immer gut gelaunt. Jan Petersen war Kommissar der Husumer Kripo. Im Dienst bildeten die beiden ein Team. Petersen war einige Jahre älter als Wiebke und schob schon länger Dienst in der Polizeiinspektion an der Poggenburgstraße. Mit seiner langjährigen Berufserfahrung konnte ihn so schnell nichts erschüttern, und so hatte der Kommissar immer einen flotten Spruch auf den Lippen. »Ich hoff doch, ich stör nicht?«

»Also, ich bin gerade …«, setzte Wiebke an, wurde aber von Petersen unterbrochen.

»Ist schon gut, ich mach's kurz: Carstensen hat mich eben angerufen und Verstärkung angefordert.«

Arne Carstensen war der Inselpolizist von Nordstrand, der einzige Polizist auf der Halbinsel und gleichermaßen der Vorsteher der kleinen Wache. Wiebke wollte nicht mit ihm tauschen, denn auch wenn sie ihre Heimat über alles liebte – die einzige Polizistin auf Nordstrand zu sein, war nicht ihr Karriere-Ziel. Aber sie war jung und frisch im Beruf, Carstensen hingegen freute sich bereits auf seinen wohlverdienten Ruhestand und schob auf Nordstrand eine relativ ruhige Kugel. Meist arbeitete er an Kavaliersdelikten. Wiebke hatte ihn bereits ein paarmal getroffen. Sie mochte ihn und seine ruhige, besonnene Art. Doch Wiebke hörte an Petersens Stimme, dass etwas geschehen sein musste, das Arne Carstensens Fähigkeiten überforderte.

»Es hat einen Toten gegeben, in Elisabeth-Sophien-Koog auf Nordstrand. Da gibt es das *Möwennest.*«

»Kenn ich.« Sie nickte, was Petersen am anderen Ende der Leitung natürlich nicht sehen konnte. Früher war sie oft auf Nordstrand zum Joggen gewesen. Das *Möwennest* lag am Rande des Holmer Siels und war Anlaufpunkt für unzählige Touristen, die sich nach einer Wattwanderung mit Blick auf das Naturschutzgebiet erholen wollten. »Ich bin in zwanzig Minuten bei dir.« Wiebke unterbrach die Verbindung und joggte zum Parkplatz zurück. So würde sie nie zu einer besseren Kondition zurückfinden. Vielleicht hatte Tiedje ja recht gehabt, und der Job nahm sie wirklich ganz und gar in Anspruch.

Den Tatort sah sie schon von Weitem. Drei Streifenwagen parkten kreuz und quer vor dem *Möwennest*, daneben zwei zivile Dienstfahrzeuge der Husumer Wache und ein Notarztwagen. Absperrband flatterte im Wind. Man hatte die Umgebung rund um das *Möwennest* weiträumig abgeriegelt. Als Wiebke auf dem Parkplatz ausstieg, wehte ihr ein kalter Ostwind ins Gesicht. Sie hatte sich nicht die Zeit genommen, sich umzuziehen, und war in ihren bequemen Laufsachen zum Holmer Siel gefahren. Entsprechend verwundert wurde sie von Petersen betrachtet. Er erwartete sie vor dem Eingang der Strandkneipe. An der Tür prangte ein großes, auf die Schnelle auf ein Stück Pappe gemaltes Schild mit der Aufschrift *Heute geschlossen*. In Anbetracht des Polizeiaufgebots und der Absperrleine eigentlich überflüssig, dachte Wiebke.

Carstensens alter Streifenwagen stand direkt vor dem Gebäude, beide Türen offen. Man hatte das Fahrzeug wohl schon vor Jahren in der Stadt ausgemustert. Aber Carstensen war zufrieden mit dem, was er auf Nordstrand hatte.

Er stand vor dem Eingang der Strandkneipe und telefonierte. Als er Wiebke kommen sah, nickte er ihr freundlich zu. Sie hob grüßend die Hand, und Carstensen deutete mit dem Daumen ins Bistro zu Petersen. Der ließ die Kollegen stehen und trat ebenfalls an die frische Luft.

»Hab ich dich vom Laufen abgehalten?«, fragte er mit einem schrägen Grinsen und zündete sich eine Zigarette an. Petersen war barfuß; die Hosenbeine seiner Jeans hatte er hochgekrempelt und sah aus wie ein Wattwanderer.

»Schon in Ordnung. Einen Toten haben wir nicht alle Tage.« Sie deutete in das Innere des gläsernen Bistros. »Wisst ihr schon mehr?«

»Männlich, zwischen vierzig und fünfundvierzig Jahre alt. Vermutlich Suizid. Er hat sich im Strandkorb mit einer Pistole erschossen. Schön sieht das nicht aus. Die Wirtin fand ihn vor knapp zwei Stunden, als sie den Laden aufschließen wollte. Sie hat die 110 angerufen und damit war Arne Carstensen von der Nordstrander Polizeistation am Start. Und Carstensen hat wiederum mich angerufen, und ich die Kollegen aus Flensburg.« Er grinste schief. »Und nun sind wir alle da.« Ein Zug an der Zigarette, dann fuhr er fort: »Der Staatsanwalt hat es vorgezogen, zu Hause zu bleiben. Er möchte nur über den Stand der Dinge auf dem Laufenden gehalten werden. Dierks war so freundlich, die Einsatzleitung an mich zu delegieren. Er war kurz hier, hat sich ein Bild vom Tatort gemacht und hatte es dann wieder ziemlich eilig, nach

Hause zu kommen.« Wieder grinste Petersen schief. »Hat es wohl nicht so mit den Jungs aus Flensburg.«

»Toller Chef.« Wiebke schüttelte den Kopf.

»Wir packen das schon«, erwiderte Petersen zuversichtlich. Er deutete mit dem Kinn auf das *Möwennest*. Glaswände umgaben den Freiluftbereich und bildeten einen Windschutz für die Gäste. Es war sicher nicht leicht, die mehr als zwei Meter hohen Scheiben ohne Hilfsmittel zu überwinden. Und Wiebke bezweifelte, dass sich jemand die Mühe machte, ein Hindernis zu überwinden, nur um sich dort in aller Ruhe das Leben zu nehmen. »Wie kam er auf das Gelände?«

Petersen blieb Wiebkes Skepsis nicht verborgen. »Es gibt eine kleine Tür seitlich vom Gebäude. Von dort aus gelangt man in den Außenbereich des Bistros. Die stand offen, man hatte wohl vergessen, sie abzuschließen.« Petersen paffte genüsslich. »Blöd für die Jungs vom Erkennungsdienst, denn die Spuren verlaufen sich im wahrsten Sinne im Sand.«

»Spuren?« Wiebkes Miene verfinsterte sich. »Ich denke, es war Selbstmord?«

»Schon, aber man ist ja für alles offen.« Wieder ein Zug an der Zigarette. Er betrachtete seine junge Kollegin. »Schon mal 'nen Toten gesehen?«

Kopfschütteln. »Irgendwann ist immer das erste Mal. Also los.« Wiebke stapfte auf das Bistro zu.

Petersen nahm einen letzten Zug, bevor er den Zigarettenstummel in den feuchten Sand schnippte. Im letzten Moment unterbrach er seinen Ansatz, die Kippe barfuß auszutreten. »Warum denn so eilig? Der hat doch jetzt alle Zeit der Welt, Mädchen.«

Arne Carstensen hatte sein Telefonat beendet und gesellte sich zu Wiebke und Petersen. »Das hatten wir schon zwanzig Jahre nicht mehr«, murmelte er, steckte die Hände in die Jackentaschen. »Mord, mein ich. Und dann ausgerechnet hier.«

Wiebke sparte sich eine Antwort. Sie betraten den Platz hinter der Kneipe durch die offen stehende Seitentür des Anbaus. An jedem Tisch stand ein Strandkorb. Obwohl Elisabeth-Sophien-Koog eigentlich kaum Sandstrand besaß, hatte man den Bereich hinter dem *Möwennest* mit Sand aufgefüllt. Ein kleines Windrad drehte sich surrend; bunte Fähnchen flatterten munter im Wind. Möwen kreischten über ihren Köpfen.

Die Kollegen der Spurensicherung waren bereits bei der Arbeit. Sie bedachten Petersen und Wiebke mit einem knappen Kopfnicken. Einer der Männer in weißen Faseranzügen brachte gerade ein Adhäsionsmittel am Strandkorb auf, mit dem Fingerabdrücke sichtbar gemacht werden konnten. Er trat beiseite, als Wiebke sich dem Toten näherte.

»Moin«, sagte er und tippte sich mit dem behandschuhten Zeigefinger an die rechte Schläfe. »Dann guckt ihn euch noch mal an, bevor der Bestatter kommt.« Der Kollege vom Erkennungsdienst war gut zwanzig Jahre älter als Wiebke, untersetzt und hatte Lachfältchen im sonnengebräunten Gesicht. Die dichten, schlohweißen Haare korrespondierten hervorragend mit dem Overall. Seine Augen zwinkerten den Kollegen durch die Gläser einer Nickelbrille zu. Pict Johannsen hatte es vermutlich nicht mit der ersten Leiche seiner Laufbahn zu tun. Entsprechend routiniert und gelassen ging er seiner Tätigkeit nach. Er gehörte zu den Kollegen aus Flensburg, hatte aber bereits des Öfteren mit der Polizeiinspektion in Husum zu tun gehabt, deshalb kannte man sich.

»Moin moin.« Wiebke umrundete den Strandkorb. Der Tote saß in zusammengesackter Haltung darin, sein rechter Arm hing aus dem Korb. Das Blut an seiner Schläfe war verkrustet.

Den Anblick eines Toten hatte sie sich schlimmer vorgestellt. Lange schon hatte sie sich davor gefürchtet, zum ersten Mal in ihrer Laufbahn einer Leiche gegenüberzustehen. Leblose Augen schienen sie anzustarren, der Mund stand offen. Ein kleines Loch in der rechten Schläfe markierte die Stelle, wo ihn die tödliche Kugel getroffen hatte. Unansehnlicher war die Austrittswunde seitlich am Hinterkopf. Wiebke wandte sich nun doch ab. »Weiß man schon, wie lange er ...«

»Da die Leichenstarre schon voll ausgebildet ist, gehen wir von mehr als acht Stunden aus«, erwiderte Johannsen. »Der Arzt hat den Totenschein ausgefüllt und sich sofort wieder vom Acker gemacht. Tod durch einen aufgesetzten Schuss an die Schläfe, eindeutig. Wir haben ein Prägemal von der Mündung gefunden. Freundlicherweise hat der Arzt den Suizid nicht als eindeutig geklärte Todesursache eingeschrieben.«

Wiebke stutzte. »Was hat das zu bedeuten?«

»Dass es möglicherweise gar kein Selbstmord war«, bemerkte Carstensen. »Also wird der Leichnam obduziert. Außerdem wissen wir nicht, wer es war, denn der Gute hat es vorgezogen, sich ohne Papiere das Leben zu nehmen.«

»Ein weiteres Indiz für Mord«, murmelte Wiebke. »Da will vielleicht jemand Spuren verwischen.«

Petersen betrachtete den Toten näher. »Um die vierzig«, schätzte er.

Wiebke trat neben ihn. Der Mann im Strandkorb hatte dunkles Haar. Sie fand ihn recht gut aussehend. Der Tote trug feste Lederschuhe, Jeans und einen dunkelblauen Strickpullover unter einem Mantel. Anscheinend keine auffällige Markenkleidung. Sie betrachtete die rechte Hand der Leiche, die seitlich aus dem Strandkorb nach unten hing. Sie lag noch über der Waffe, mit der er sich umgebracht hatte – wenn man davon ausging, dass es Selbstmord war. Einen Ring sah Wiebke nicht an seiner Hand, was aber nichts zu bedeuten haben musste. Sie kannte genug verheiratete Männer, die sich aus den verschiedensten Gründen standhaft gegen das Tragen eines Eherings wehrten. Seine Hände waren gepflegt und feingliedrig; dieser Mann hatte schon lange keine harte Arbeit mehr geleistet. Wiebke achtete bei einem Mann immer auch auf dessen Hände. Eine alte Macke, die sie wohl von ihrer Mutter geerbt hatte, die immer gesagt hatte, dass die Hände eines Mannes Geschichten erzählen konnten.

»Wenn die Flensburger jetzt am Start sind, haben wir damit doch nichts mehr zu tun.« Wiebke sehnte sich nach einer heißen Dusche.

»Lasst mich nicht hängen mit denen«, bettelte Carstensen.

»Mach dir mal keinen Kopp, Arne.« Petersen schüttelte den Kopf. »Lass die mal machen, ich weiß, dass die unterbesetzt sind. Außerdem kennen die sich hier nicht so gut aus wie wir. Wart's ab, wir sind fester mit dem Fall verbandelt, als uns recht ist. Und du bist unser wichtigster Mann auf Nordstrand.«

»Ich steh euch zur Verfügung.« Arne Carstensen schlug fast militärisch die Hacken zusammen.

»Gut zu wissen.« Petersen klopfte ihm grinsend auf die Schultern.

»Was ist mit der Frau, die ihn gefunden hat?«, fragte Wiebke. Sie hatte genug gesehen und wandte sich von dem Toten ab.

»Sitzt drinnen und raucht Kette.« Petersen zog die Mundwinkel nach unten. »Sie scheißt in ihrem eigenen Laden auf das Rauchverbot, wenn du so willst.«

»Steht sie unter Schock?«

»Höchstens unter einem leichten. Den Arzt, der nach ihr sehen wollte, hat sie zum Teufel gejagt, und auf einen Polizeiseelsorger verzichtet sie dankend. Bente Harmsen ist eine komische Frau, wenn du mich fragst.«

»Ich möchte Frau Harmsen aber selber fragen.«

»Dann mal los.« Petersen ging vor. Sie stapften durch den Sand zur Glasfront der Strandkneipe, während Carstensen den Kollegen der Spurensicherung half.

Petersen öffnete die gläserne Schiebetür und trat ein, dicht gefolgt von Wiebke. Drinnen herrschten Zwielicht und angenehme Wärme. An den Wänden hingen Fischernetze und Bilder der Region. Unter der Decke pendelten künstliche Möwen im Luftzug. An einer Wand entdeckte Wiebke eine Landkarte von Nordfriesland mit den Leuchttürmen vor der Küste, die mit winzigen Leuchtdioden ihr Signal auf der Karte aussendeten. Neben der Eingangstür ein Regal mit Prospekten und Souvenirs aus der Gegend. Die Blätter flatterten im Wind, bis Petersen die Tür geschlossen hatte und der Wind ausgesperrt war.

Petersen tauschte einen Blick mit Wiebke und räusperte sich. Die Besitzerin hockte zusammengesunken auf einem der Barhocker und stierte ins Nichts.

Jetzt heulte der Wind um die Ecken des Glaskastens. Feiner Sand knirschte unter ihren Sohlen. Wiebke wartete ab. Petersen räusperte sich noch einmal.

Die Frau am Tresen blickte auf. Sie betrachtete sichtlich verwundert die junge Kommissarin im Läufer-Outfit. Ein wenig unentschlossen ließ Wiebke dem Kollegen Petersen den Vortritt.

»Moin moin, Kripo Husum, wir hätten noch ein paar Fragen an Sie, Frau Harmsen.«

»Schon wieder? Ich habe den Kollegen aus Flensburg schon alles erzählt.«

Als die Kommissare näher traten, stieg ihnen der Duft von hochprozentigem Alkohol in die Nasen. Vor der Inhaberin des Bistros stand eine Tasse. Sie hatte sich auf den Schock einen heißen Grog zubereitet.

»Sind Sie von der Mordkommission?« Bente Harmsens Stimme war nichts als ein Hauch. Die Frau paffte den Rauch an die Decke ihres Lokals und zuckte die Schultern.

Petersen nickte. »Die Kollegen gehen so lange von einem Tötungsdelikt aus, bis feststeht, dass sich der Mann selbst umgebracht hat.«

»Hm. Also gut – von mir aus. Schießen Sie los.« Sie legte die Zigarette in den Aschenbecher und drehte die Tasse in beiden Händen, fast so, als würde sie trotz der milden Temperaturen frieren. Sie pustete auf den Grog und trank in kleinen Schlucken. »Darf ich Ihnen auch etwas anbieten?«

»Danke, nein«, lächelte Wiebke, und auch Petersen verneinte dankend. Wiebke betrachtete die Frau unauffällig von der Seite. Bente Harmsen war blass, schlank und Ende dreißig, Anfang vierzig. Die langen blonden Haare hatte sie zu einem Pferdeschwanz zusammengebunden. Ihr Make-up war dezent. Eigentlich war sie hübsch, aber ihre Haut wirkte trocken und brüchig. Dunkle Ringe lagen unter ihren Augen, und Wiebke vermutete, dass die Frau wenig Schlaf fand. Möglicherweise steckte sie in Schwierigkeiten. Zu einer Jeans trug sie einen Strickpulli und feste Schuhe.

Bente Harmsen setzte die Tasse ab und griff zur Zigarette. Ein letztes Mal glühte die Spitze auf, dann drückte sie den Stummel im Aschenbecher aus. Wiebke blieb nicht verborgen, dass die Hand der Frau dabei zitterte.

»Schön haben Sie's«, sagte Petersen und blickte sich neugierig um.

»Hm.« Bente Harmsen nickte und schaute in Richtung der kleinen Küche. Über der Tür ein handgemaltes Schild mit der Aufschrift *Kombüse*.

»Sie sind nicht zufrieden?« Wiebke war der seltsame Ton in der Stimme aufgefallen.

»Was heißt es schon, zufrieden zu sein?« Die Frau winkte gelangweilt ab.

»Na, dass die Arbeit Spaß macht, der Laden brummt und unter den Touristen auf Nordstrand beliebt ist, zum Beispiel«, half Petersen.

»Kann nicht klagen.« Sie griff zum Grog und trank.

Wiebke bemerkte, dass Bente Harmsen das Thema unangenehm zu sein schien, und ließ sich schildern, wie sie den Mann im Strandkorb gefunden hatte. Dabei unterbrach sie die Frau nicht ein einziges Mal. Alles wirkte schlüssig.

»Sie haben keine Ahnung, wer der Mann ist?«, fragte sie.

Bente Harmsen blickte ins Leere. Ihre Finger zitterten, als sie sich eine weitere Zigarette anzündete und hastig daran zog. Sie führte die gläserne Tasse zum Mund und leerte den Grog in einem Zug. Dann blickte sie die Beamten an.

»Nein«, sagte sie heiser und verschluckte sich am Rauch ihrer Zigarette. Ein Hustenanfall unterbrach die Unterhaltung. Nachdem sie sich beruhigt hatte, lachte sie humorlos auf. »Woher auch? Haben Sie eine Ahnung, wie viele Gäste täglich herkommen? Da kann ich mir doch nicht jedes Gesicht merken.« Sie schüttelte den Kopf, wie um ihre Worte zu unterstreichen, und wiederholte: »Nein, da kann ich mir doch nicht jedes Gesicht merken.«

»Haben Sie irgendetwas Außergewöhnliches festgestellt, als Sie heute Morgen herkamen?«, mischte sich nun Petersen ein.

»Nein, gar nichts.« Die Antwort schnell, hastig. Ein Zug an der Zigarette, wieder Kopfschütteln. Ihre Hand zitterte. Die Nägel gepflegt, aber nicht lackiert.

»Einbruchspuren?«

»Auch nicht.« Sie klopfte die Asche am Rand des Aschenbechers mit dem Logo einer Flensburger Brauerei ab. »Tut mir leid.«

»Wie lange haben Sie abends offen?«, fragte Wiebke.

»Das kommt darauf an. Bei schlechtem Wetter kommen kaum Leute hier raus, dann machen wir schon mal am späten Nachmittag zu.« Schulterzucken, den Blick ins Leere gerichtet.

»Und gestern?«, bohrte Petersen, den es offensichtlich nervte, dass er Bente Harmsen alles aus der Nase ziehen musste.

»Haben wir so gegen acht Uhr zugemacht, vielleicht auch später. Es waren noch ein paar Gäste hier, die bei uns gegessen haben.« Sie lächelte matt. »Die werd ich ja nicht gleich rausschmeißen, das Geld geht doch mit!«

»Na klar«, nickte Petersen. Er deutete mit dem Kinn in Richtung Küche. »Wenn Sie bedient haben, wer war dann in der Küche – Ihr Mann?«

Bente Harmsen lachte freudlos, als hätte jemand einen schlechten Witz erzählt. »Nein, der doch nicht.«

Wiebke warf dem Kollegen einen vielsagenden Blick zu. Die Verachtung war ihr nicht verborgen geblieben. Etwas Bitteres, Abfälliges hatte in Bente Harmsens Stimme gelegen.

»Ubbo tut nur, was er muss. Er war auf dem Hof gestern Abend.«

»Wer stand also in der Küche?«, fragte Petersen.

»Die Ellen.« Kurze Pause, dann: »Ellen Budde. Sie arbeitet auf Vierhundert-Euro-Basis bei mir und hilft in der Küche aus.«

»Dann haben Sie bestimmt die Anschrift von Frau Budde für uns?« Wiebke atmete tief durch. Es war unwahrscheinlich, dass die Angestellte etwas Entscheidendes liefern konnte. Sie kam im Arbeitsalltag vermutlich nur selten aus der Küche heraus und bekam vom Geschehen in der Gaststube nicht viel mit. Trotzdem mussten sie jedem Hinweis nachgehen. »Wer war gestern Abend noch hier, als Sie den Laden geschlossen haben?«

»Nur die Ellen. Sie hat auch abgeschlossen. Mir war gestern nicht gut, deshalb bin ich etwas früher nach Hause gefahren. Ellen hat noch die Küche klargemacht.«

»Sie hat also einen Schlüssel?« Wiebke richtete sich auf.

»Ja, ich vertraue ihr.«

»Wer hat noch einen Schlüssel?«

»Die Putzfrau. Sie kommt dreimal die Woche und macht Klarschiff.«

»Gestern aber nicht?«, hakte Wiebke nach.

»Sie kam erst später.«

»Sicherlich haben Sie auch von Frau …«

»Wegener«, half Bente Harmsen Wiebke nach. »Beate Wegener.«

»Von Frau Wegener die Adresse?«

Bente Harmsen nickte und rutschte vom Barhocker herunter. Nervös pustete sie den Zigarettenqualm an die Decke. Sie trat auf die Pendeltür zu. »Ich hole schnell Stift und Papier und schreibe es Ihnen auf.«

Die Zigarette ließ sie im Aschenbecher zurück, bevor sie kurz in der Küche verschwand, um mit einem Stift zum Tresen zurückzukehren. »Block hab ich wohl nicht«, murmelte sie und zog einen der Bierdeckel heraus, die in einem der Halter mit dem Brauerei-Logo auf der Theke standen. Bente Harmsen erklomm den Barhocker, griff zur Zigarette und zog daran. Dann schrieb sie die Namen und Anschriften ihrer beiden Angestellten auf die Rückseite des runden Bierdeckels, den sie Petersen reichte.

Er warf einen flüchtigen Blick darauf, bevor er ihn in der Jackentasche verschwinden ließ. »Danke«, murmelte Petersen und gab Wiebke ein Zeichen. »Dann lassen wir Sie jetzt in Ruhe, Frau Harmsen.«

Wiebke hätte der Frau gern ihre Karte gegeben, doch die dienstlichen Visitenkarten mit dem Logo der Schleswig-Holsteinischen Polizei hatte sie in ihren privaten Laufklamotten nicht. »Dürfen wir wiederkommen, wenn wir noch Fragen haben?«

Bente Harmsen lachte sarkastisch. »Tun Sie das nicht sowieso?«

Petersen und Wiebke sparten sich eine Antwort. Jan Petersen reichte ihr seine Karte. Bente Harmsen ließ sie in der Hosentasche verschwinden, ohne einen Blick darauf zu werfen. Petersen und Wiebke wandten sich zum Gehen.

»Können Sie mir eine Frage beantworten?« Bente

Harmsens Stimme klang brüchig. Als sich die Polizisten an der Tür zu ihr umblickten, lächelte die Besitzerin des kleinen Bistros hilflos. »Warum musste er sich ausgerechnet hier bei mir umbringen?«

»Das werden wir herausfinden«, versprach Petersen, dann waren sie an der frischen Luft.

Vier

»Und?«, fragte Wiebke. Sie marschierten zum Parkplatz. Am Himmel über Nordstrand hatten sich graue Wolken aufgetürmt, und der Wind fegte scharf ins Landesinnere. Sicherlich würde es bald Regen geben. Die Männer von der Spurensicherung würden sich beeilen müssen. Wiebke fröstelte. Sie zog den Reißverschluss ihrer dünnen Laufjacke zu. Von Arne Carstensen war nichts zu sehen. Wahrscheinlich nahmen ihn die Flensburger Kollegen in Beschlag.

Petersen war stehen geblieben. »Was – und?«

»Na, was hältst du von ihr?«

»Sie lügt.«

»Was meinst du?«

»Sie hat gelogen, als sie sagte, dass sie den Toten nicht kannte, ich hab's sofort an ihrer Reaktion auf unsere Frage bemerkt, Wiebke.«

»Du meinst, wir sollten in ihrem Umfeld ermitteln?«

»Auf jeden Fall.« Petersen nickte und folgte ihr zum Parkplatz. »Das werden uns die Jungs aus Flensburg wohl nicht abnehmen.«

Wiebke wollte sich endlich umziehen. Von dem verlockenden Gedanken an einen freien Sonntag hatte sie sich bereits verabschiedet. Aber das gehörte zum Beruf.

»Außerdem scheint Bente Harmsen Probleme zu haben, da gebe ich dir recht. Auch, wenn sie es nicht zugeben wollte.«

»Irgendwie tut sie mir leid. Allein die Tatsache, dass sie eine Leiche im Strandkorb ihrer Kneipe findet, ist ein Problem für sie. Wenn sich das herumspricht, dann ...«

»... dann werden die Touristen in Scharen über den Laden herfallen«, erwiderte Petersen. »Das Volk ist sensationslustig. Lass mal, die Sache mit dem Toten im Strandkorb kann sich zum Selbstläufer entwickeln. Insofern ist Bente Harmsens Umsatz in den nächsten Tagen gesichert, mach dir da mal keinen Kopp, Mädchen.«

»Und sonst?«

»Ja, sie hat Probleme, vielleicht finanzieller Art, vielleicht hat sie private Sorgen, das sollten wir herausfinden, da sie es uns ja nicht auf die Nase gebunden hat.«

»Ihre Ehe scheint schlecht zu laufen, hast du gehört, wie abfällig sie sich über ihren Mann geäußert hat?«

»Das konnte ein Blinder mit Krückstock hören«, grinste Petersen. »Wir werden ihn auch befragen. Wenn seine Frau gestern nicht hier gearbeitet hat, dann sollte sie ein Alibi für die Tatzeit haben. Vielleicht kann er es ihr geben.«

»Und wenn nicht?« Wiebke war stehen geblieben.

»Wenn nicht, dann haben wir unseren ersten Verdächtigen.«

»Ist das nicht etwas wenig für einen Mordverdacht?«

Petersen winkte ab. »Auch das werden wir herausfinden.«

»Das bedeutet Feldarbeit«, seufzte Wiebke. Sie fröstelte und dachte wieder sehnsuchtsvoll an eine heiße Dusche. Die Feldarbeit hatte sie schon während ihrer Zeit im Streifendienst gehasst. Aber manchmal war es nötig, Nachbarn, Freunde und Verwandte von Zeugen und Tatverdächtigen zu befragen. Allein wären sie sicherlich mehrere Tage damit beschäftigt.

»Ich werde Unterstützung anfordern«, erwiderte Petersen. »Das schaffen wir zwei Hübschen nicht allein, fürchte ich.« Er grinste schief. »Jedenfalls nicht, wenn wir noch vor Weihnachten fertig werden wollen.«

»Wartet mal!«

Wiebke und Petersen blieben stehen und wandten sich um. Ein schnaufender Piet Johannsen näherte sich mit rudernden Armen.

»Ich habe etwas für euch!«

»Dann komm ran hier«, brummte Petersen und verdrehte die Augen.

»Also ... fest steht ... dass ....« Johannsen war es bei seiner Leibesfülle nicht gewohnt, sich schneller als in Schrittgeschwindigkeit zu bewegen. Sein rundes Gesicht hatte eine tiefrote Färbung angenommen. Keuchend setzte er die Nickelbrille ab und wischte sich mit einem Tuch den Schweiß von der Stirn.

»Komm erst mal zu Luft, mien Jung«, lachte Petersen.

»Schon gut, schon gut.« Piet Johannsen keuchte. »Uns liegen die ersten Hochrechnungen vor, wenn man so will.« Langsam nur kam er zu Atem. Er setzte die Brille wieder auf, die runden Gläser beschlugen. »An der Hand konnten wir gar keine Schmauchspuren feststellen.«

»Was bedeuten würde, dass er sich nicht umgebracht hat?«, folgerte Wiebke.

»Richtig. Womit klar wäre, dass es sich um einen Mord handelt«, nickte Petersen mit grimmiger Miene und fummelte eine zerknautschte Packung Marlboro aus der Hemdtasche. Er klopfte eine Zigarette heraus und zündete sich den Glimmstängel umständlich an, wobei er den Körper in den Windschatten drehte. Als er das kleine Kunststück geschafft hatte, paffte er den Rauch zum Himmel. Dann betrachtete er seinen Kollegen. »Aber die Waffe, die wir bei der Leiche gefunden haben, ist die Tatwaffe?«

»Dem Kaliber nach schon. Neun Millimeter, das kann

so ziemlich alles sein. Alles andere wird die KTU zeigen.«

»Also hat ihn jemand umgebracht und die Waffe liegen lassen, um es wie Selbstmord aussehen zu lassen«, schlussfolgerte Wiebke.

»Das ist Stand der Dinge«, bestätigte Johannsen.

»Wurde er denn hier erschossen, oder hat man ihn hier hergeschafft, als er schon längst tot war?«, fragte Petersen.

»Eine seltsame Sache.« Johannsen zögerte. »Zum einen haben wir im Umkreis von zwanzig Metern keine Patronenhülsen finden können, was darauf hindeutet, dass er nicht hier erschossen wurde. Allerdings weist der Strandkorb Blutspritzer auf, die mit größter Sicherheit vom Schuss herrühren.«

»Also wurde er hier im Strandkorb getötet, aber der Täter oder die Täter haben sich die Mühe gemacht, die Patronenhülsen aufzusammeln?« Wiebke schüttelte ungläubig den Kopf. Anscheinend versuchte sie der Mörder in die Irre zu führen.

»Das herauszufinden, ist euer Part«, stellte Johannsen fest. »Es war aber wohl nur ein einziger Schuss, nämlich der aufgesetzte Schuss auf die Schläfe, hab ich ja schon gesagt.« Dann nickte er. »Aber ich würde das nach dem derzeitigen Stand der Dinge auch so beurteilen.«

»Dank dir«, murmelte Petersen und verabschiedete sich von Johannsen.

»Und was machen wir jetzt mit dem angebrochenen Tag?« Wiebke blickte zu Petersen auf. Ihr wurde es immer unbehaglicher in ihren dünnen Laufsachen. Als sie am frühen Morgen das Haus verlassen hatte, war es bereits angenehm warm und sonnig gewesen. Aber wie so oft in diesem Landstrich war das Wetter innerhalb kürzester Zeit umgeschlagen. Jetzt sehnte sie sich nach einem warmen Pulli.

Petersen war nicht entgangen, dass die junge Kommissarin fror. »Ich fahre zur Polizeiinspektion und durchforsche alle Datenbanken. Mit etwas Glück galt der Mann als vermisst. Und du fährst erst mal nach Hause, gehst duschen und ziehst dich um. Wir sehen uns in anderthalb Stunden an der Poggenburgstraße.«

Wiebke hatte keine Einwände und machte, dass sie zu ihrem Auto kam. Als sie Nordstrand verließ, setzte die Heizung ein, und eine angenehme Wärme breitete sich im Wageninnern aus. Die teils mit Reet gedeckten Häuser von Schobüll duckten sich in die sanfte Landschaft, und die See lag rechts von ihr. Düstere Wolken trieben ins Landesinnere. Am liebsten hätte sich Wiebke nach einem ausgiebigen Bad ins warme Bett verkrochen. In Momenten wie diesem fühlte sie sich unendlich einsam und sehnte sich nach einem starken Mann an ihrer Seite. Doch Tiedje hatte ihr ja den Laufpass gegeben. Wiebke bemerkte nicht, dass sich ihre Hände um den Lenkradkranz des alten Passat krallten. Sie versuchte, die Schönheit der Landschaft zu genießen und atmete tief durch.

Im Spiegelbild der Windschutzscheibe sah sie immer wieder das Gesicht des Toten am Elisabeth-Sophien-Koog. Da war etwas im Gesicht des Toten, eine Art, die sie nicht beschreiben konnte, etwas, das sie sich vielleicht auch nur einbildete.

Ängstlich, anklagend, und hasserfüllt hatte er auf Wiebke gewirkt. So sah sicherlich kein Mensch im Augenblick des Todes aus, der sich selber umbringen wollte.

Es fehlte nicht nur die Spur, die zum Täter führte, sondern auch die Identität des Toten. Sie standen vor dem Nichts und hatten einen Mord in einem der idyllischsten Landstriche Deutschlands aufzuklären. Dass ein Mord in einer von Touristen stark frequentierten Gegend nicht gern gesehen war, verstand sich von selbst.

Hinter Husum bog sie auf die Ostenfelder Landstraße ab. Die Sonne drang wieder durch die Wolkendecke und heizte Wiebkes Auto auf. Sie nahm die Sonnenbrille aus der Konsole und genoss das Lichterspiel, das sich ihr bot. Der Wagen rollte nun durch ein ausgedehntes Waldgebiet. Wiebke kurbelte das Seitenfenster einen Spalt breit auf und sog die frische Waldluft tief ein. Wenig später lenkte sie den Wagen in die Einfahrt des Backsteinhauses von Heide und Helmut Uphusen an der Hauptstraße, in dem sie die Dachgeschosswohnung angemietet hatte. Früher war es einmal eine Ferienwohnung gewesen, doch nun hatte sich Wiebke dauerhaft eingemietet. Die Wohnung war perfekt für sie, denn sie hatte das Objekt möbliert übernehmen können, und auch der Hausstand war fast komplett eingerichtet gewesen. Gut nach der Trennung von Tiedje, denn für die Gründung eines neuen Hausstandes hätte ihr einfach das Geld gefehlt.

Heide Uphusen, ihre Vermieterin, war gerade damit beschäftigt, die Rosensträuche vor dem Haus zu schneiden. Die schlanke Mittfünfzigerin mit dem kurzen blonden Haar liebte den Garten über alles. Oft saßen sie an lauen Sommerabenden zusammen auf der Terrasse hinter dem Haus und unterhielten sich über Gott und die Welt. Heide blickte neugierig auf, als sie Wiebke bemerkte, und winkte mit der Schere in der Hand. »Moin«, rief sie durch die offene Seitenscheibe des Wagens.

Wiebke erwiderte den Gruß, war aber eigentlich gar nicht in der Stimmung für ein nachbarschaftliches Geplänkel. Sie rangierte ihr Auto neben die kleine Mauer und stieg aus.

»So früh schon unterwegs?« Heide trat näher und wischte sich den Schweiß von der Stirn. »Die verdammten Wechseljahre«, kommentierte sie, ohne Wiebkes Antwort abzuwarten, und blickte zum Himmel. »Obwohl es gar nicht so warm ist, läuft mir die Brühe runter.« Heide Uphusen winkte ab. »Komm in mein Alter, und du hast immer was zu lachen.« Dann stutzte sie. »Ist etwas passiert?«

»Die Arbeit ruft: Es hat einen Toten gegeben.« Weitere Details behielt Wiebke für sich, die gehörten nicht in einen lockeren Nachbarschaftsplausch. Es war ihr erster Fall, und sie merkte, dass sie sich noch an viele Dinge gewöhnen musste.

»Und damit ist dein Wochenende vorbei, was?« Heide gab sich diskret. Sie machte keine Anstalten, Wiebke auszufragen.

»Es sieht ganz danach aus.« Sie klimperte mit dem Schlüssel. »Ich werd mich jetzt mal duschen und umziehen, und dann geht es an die Arbeit.«

»Ist gut, mach das.« Heide nickte. »Und ich werd mal wieder an meine Rosen gehen, sonst wachsen sie noch nach, während wir hier Klönschnack halten.« Sie lächelte und wandte sich wieder der üppig blühenden Pflanzenpracht am Haus zu.

Wiebke schloss die Tür auf und eilte die mit weißen Fliesen belegten Steinstufen ins erste Stockwerk hinauf. Sie betrat die Küche, die linker Hand lang, öffnete das Dachfenster und ließ frische Luft in die Wohnung. Dann nahm sie eine Packung Milch aus dem Kühlschrank und trank direkt aus der Tüte. Mit dem Handrücken wischte sie sich den Milchbart von den Lippen. Sie hörte ein leises, aber forderndes Maunzen und fuhr herum. Garfield blickte vorwurfsvoll zu ihr auf und strich um ihre Beine. Den Kater hatte sie sich nach der Trennung von Tiedje zugelegt, damit die Wohnung nicht immer so einsam war, wenn sie nach dem Dienst nach Hause kam.

Was heißt zugelegt?, verbesserte sie sich in Gedanken selbst. Aufgeschwatzt hatte man ihr das Vieh. Bauer Feddersen hatte Katzennachwuchs bekommen und seine Kinder versuchten jetzt, die Katzenbabys in der Nachbarschaft zu verteilen. Da war Anna Feddersen, der Mutter, Wiebkes Trennung von Tiedje gerade recht gekommen, um ihr einen kleinen Kater ans Herz zu legen. Seitdem führten sie so etwas wie eine Zweck-Wohngemeinschaft:

Während sie ihn mit Futter versorgte, sorgte der äußerst eigenwillige Kater dafür, dass ihr die Wohnung nicht so leer vorkam.

»Hast wohl auch Durst?« Wiebke beugte sich hinunter und kraulte ihn. Garfield schnurrte wie auf Kommando. Er strich um ihre Beine und fühlte sich sichtlich wohl.

»Alles Berechnung«, lachte Wiebke. »Auch deine Freundlichkeit.« Sie nahm eine kleine Schüssel mit Katzenmotiv aus dem Schrank und gab etwas Wasser hinein. Eilig stellte sie die Schüssel an ihren Platz unter der Fensterbank und beobachtete den Kater dabei, wie er zufrieden schlabberte.

Wiebkes Gedanken kreisten um den Toten im Strandkorb und um Bente Harmsen. Sie wusste nicht recht, was sie von der Betreiberin des *Möwennest*es halten sollte. Frau Harmsen war eine eigenartige Frau. Für Petersen stand anscheinend schon fest, dass sie gelogen hatte. Wie dem auch sei, das würden die Ermittlungen ergeben, dachte Wiebke, stellte die Milch zurück in den Kühlschrank und ging ins Bad. Dort entkleidete sie sich und stieg in die Dusche.

Während die Wasserstrahlen auf ihren Körper herabprasselten, erstellte sie einen Schlachtplan, nach dem sie mit Petersen vorgehen würde. Zunächst würden sie sich den Ehemann der *Möwennest*-Besitzerin vornehmen, bevor sie die Angestellten befragten. Vielleicht erhielten sie so erste Hinweise. Andererseits stand der Abschlussbericht der KTU noch aus; womöglich war es ja doch ein Selbstmord – dann war die Suche nach einem Täter vergebene Liebesmüh. Dennoch wollte Wiebke keine Zeit verstreichen lassen. Auf der Polizeischule in Kiel hatte sie gelernt, dass die ersten Stunden nach einem Gewaltverbrechen entscheidend waren.

Rasch rieb sie sich mit Duschgel ein und atmete tief durch, bevor sie sich abduschte. Unruhe hatte sie gepackt, und so stellte sie die Dusche ab und trat ins Bad, um sich eilig abzufrottieren. Mit dem Fön entfernte sie vom Spiegel den Beschlag, der sich auf das gesamte Badmobiliar gelegt hatte, dann trocknete und bürstete sie ihr Haar und trug ein dezentes Make-up auf. Nachdem sie ihr Werk vollendet hatte, betrachtete sie sich im Spiegel. Ihr Körper war fast makellos, die Haut glatt wie Samt und vom letzten Sonnenbad auf Pellworm leicht gebräunt. Sonnenbänke mied sie aus Prinzip, diese Tortur wollte sie ihrer Haut ersparen. Den Hals fand sie ein wenig zu lang, aber mit diesem kleinen Manko konnte sie leben. Tiedje jedenfalls hatte nie Probleme damit gehabt, dachte sie seufzend. Die Brüste waren fest und straff, der Bauch gut durchtrainiert, schließlich war Sport auf der Polizeischule schon fast ein Hauptfach gewesen. Und auch heute noch liebte sie es, sich körperlich zu betätigen. Wenn es die Zeit zuließ, verzichtete sie auf das Auto und holte das Rad aus dem Schuppen hinter dem Haus. Zwei-, dreimal im Monat besuchte sie das Fitnessstudio in Husum, und sie joggte, wann immer es ihre knappe Freizeit zuließ.

Unbekleidet verließ sie das Bad und trat ins Schlafzimmer, das unter der Dachschräge lag. Ein wenig unschlüssig stand sie vor dem offenen Kleiderschrank, bevor sie sich für eine leichte Baumwollhose und ein tailliertes T-Shirt entschied. Sie sank auf den Bettrand und schlüpfte in sportliche Schuhe. Dann betrachtete sie sich ein letztes Mal im großen Ankleidespiegel, bevor sie in den Flur trat. Ihr fiel auf, dass die kleine Lampe des Anrufbeantworters auf der Bauernkommode blinkte. Wiebke fragte, sich, wer sie am frühen Sonntagmorgen anrief und drückte die Taste, um die Ansage abzuhören.

»Hallo, Wiebke, ich bin's, Tiedje.« Ein Seufzer, dann weiter: »Vermutlich bist du zu Hause und willst gar nicht mit mir reden, das kann ich verstehen.« Wieder ein Seufzer. Er schien in Selbstmitleid zu ertrinken. »Aber es wäre schön, wenn wir uns heute treffen könnten. Wir sollten reden. Ruf mich doch einfach zurück, wenn du magst. Bis dann, tschüss!«

Wiebke spürte den leichten Stich im Herzen. Er hatte sie verlassen, um seine kleine Freundin flachzulegen. Und nun rief er an und bettelte um ein Gespräch? Wut keimte in ihr auf. Tiedje konnte warten, nein, er *musste* warten. Jetzt ging der Job vor. Sie atmete tief durch, strich sich eine Haarsträhne aus der Stirn und nahm den Schlüssel vom Bord. Garfield erschien auf der Bildfläche und blickte sie fragend an.

»Nun guck nicht so, ich muss noch mal los«, sagte Wiebke und seufzte. Den Sonntag hatte sie sich anders vorgestellt. Garfield trollte sich beleidigt in Richtung Küche.

Als sie vor das Haus trat, waren ihre Augen feucht. Von Heide Uphusen war nichts zu sehen, und so kam sie unbehelligt zu ihrem Wagen.

Sie und Tiedje hatten so große Pläne gehabt. Und Wiebke erinnerte sich noch gut an ihre Spinnereien. Sie hatte von einem Restaurant geträumt, in dem sie ihre Gäste verwöhnen konnte. Und Tiedje, ein Autoliebhaber mit einem Faible für alte VW-Busse, hatte sich vorgenommen, die Besucher mit einer Art Shuttle-Service von den Hotels zum Strand zu bringen. Später, wenn sie beide von ihrer Arbeit die Nase voll hatten.

All das gehörte jetzt der Vergangenheit an, und Wiebke konzentrierte sich auf den Beruf, für den sie nun lebte.

Fünf

»Fehlanzeige.« Petersen blickte von seinem Computermonitor auf, als sie gut zwanzig Minuten später das Büro der Polizeidirektion an der Poggenburgstraße betrat. Wiebke zog sich einen Stuhl heran und ließ sich darauf nieder. Petersen lehnte sich zurück, verschränkte die Hände hinter dem Kopf und grinste schief. »Der Tote wird offenbar nirgendwo vermisst.« Er deutete mit dem Kinn auf den Bildschirm. »Er taucht in keiner Datenbank auf, weder auf der Liste der Vermissten noch auf einer Fahndungsliste.«

»Also wird er noch nicht lange genug vermisst, dass sein Fehlen irgendwo oder irgendjemandem aufgefallen ist«, erwiderte Wiebke. »Wäre er vor seinem Selbstmord – gehen wir davon aus, dass es Suizid war – depressiv gewesen, hätten seine Mitmenschen das sicherlich bemerkt. Andererseits könnte er auch völlig anders drauf gewesen sein: Manche Depressive können nach außen hin bestens funktionieren und würden niemals den Eindruck von Hilfsbedürftigkeit machen. Wir wissen einfach zu wenig über ihn.«

»Es war aber kein Selbstmord«, entgegnete Petersen und legte die Beine auf den Schreibtisch. »Auch wenn der offizielle Abschlussbericht noch aussteht, können wir uns auf die Erfahrung von Piet Johannsen verlassen. Er ist lange genug bei unserem Laden, um einen Selbstmord von einem Tötungsdelikt zu unterscheiden. Vergiss nicht, dass unser Mister X keine Papiere mitführte. Jemand will verhindern, dass wir ihn identifizieren können. Und die Sache mit den fehlenden Schmauchspuren bei der Leiche spricht eine eindeutige Sprache.«

»Du meinst, wir haben es wirklich mit Mord zu tun?«

»Mit deinem ersten Mordfall, wenn du so willst, ja.« Petersen nickte.

»Dann sollten wir keine Zeit verlieren, um ...« Wiebke sprang auf.

»Langsam, Mädchen, langsam. Wir gehen jetzt erst mal frühstücken, und dann besprechen wir das weitere Vorgehen.« Petersen nahm die Beine vom Schreibtisch und erhob sich ebenfalls. Er fuhr den Rechner runter und nahm die leichte Jacke vom Haken. Als er Wiebkes verwunderten Blick sah, musste er lachen. »Was guckst du so? Ich lade dich ein!«

Petersen hatte Wiebke ins *Tine Café* am Binnenhafen geführt. Im oberen Stockwerk gab es ein üppiges Frühstücksbuffet – und die Möglichkeit, nach dem Essen zu rauchen, seit der Einführung des Rauchverbotes in Restaurants eine selten gewordene Einrichtung. Wiebke, die sich ein Croissant mit Konfitüre bestrich, hatte nichts dagegen, dass Petersen sich eine Zigarette angezündet hatte. Mehrmals hatte er sie gefragt, ob es wirklich in Ordnung für sie sei, und Wiebke hatte ebenso oft beteuert, dass sie damit absolut keine Probleme hatte. Ihr Vater war auch ein starker Raucher und hatte ständig gequalmt.

Mit dem Tod ihrer Mutter hatte sie jeden Kontakt zu ihrer Familie verloren. Mutter hatte darauf bestanden, in ihrer Heimatstadt Wuppertal bestattet zu werden. Seit der Beerdigung hatte Wiebke ihren Vater nicht mehr zu Gesicht bekommen. Er hatte abseits der Trauergemeinde am Grab gestanden und sich wohl zurückgehalten, weil Mutters neuer Mann natürlich dagewesen war. Wiebke erinnerte sich daran, dass er ihr in diesem Moment sogar leidgetan hatte. Er, der harte Hund der Wuppertaler Polizei, ließ sich nur selten zu Gefühlsausbrüchen hinreißen, doch als die Träger den Sarg seiner Exfrau ins Grab abgelassen hatten, hatten seine Augen feucht geschimmert. Nie würde Wiebke diesen tieftraurigen Blick vergessen können. Wahrscheinlich war er sich überflüssig am Grab seiner Exfrau vorgekommen.

Er hatte für den Job die Ehe aufs Spiel gesetzt. Das war schon etliche Jahre her, dachte Wiebke und seufzte fast unmerklich. Sollte ihr jetzt mit Tiedje ein ähnliches Schicksal widerfahren, weil sie zu viel Zeit in den Beruf investierte? Das Böse schläft nie, hatte Norbert Ulbricht immer gesagt, wenn er zu den unmöglichsten Tages- und Nachtzeiten ausrücken musste, weil irgendwo in Wuppertal ein Verbrechen begangen worden war.

Sie saßen an einem Fenstertisch und hatten einen wunderschönen Ausblick auf das Husumer Hafenbecken. Das einzige Schiff, das hier dauerhaft vor Anker lag, war das Restaurantschiff *Nordertor*, das ›letzte Restaurant vor der Innenstadt‹, wie auf einem Schild an der Mole zu lesen war. Es war Flut, und das warme Sonnenlicht brach sich im Wasser. Möwen zogen kreischend über dem Hafenbecken ihre Bahnen.

»Um es auf den Punkt zu bringen«, brach Petersen das Schweigen, »niemand vermisst unseren Mister X.«

»Vielleicht ist es noch zu früh, um …«, begann Wiebke, doch Petersen schüttelte den Kopf.

»Es kann natürlich auch sein, dass es sich bei unserem Toten gar nicht um einen Deutschen handelt. Womöglich kommt er aus Dänemark. Es ist nicht weit bis zur Grenze, und erfahrungsgemäß sind die dänischen Kollegen …«, Petersen brach ab und schien nach dem richtigen Ausdruck zu suchen.

»Behäbig«, half Wiebke ihm lächelnd. »Ich werde gleich mal in Dänemark anrufen und den Kollegen ein paar Fotos zukommen lassen, dann können die mal ihre Datenbanken abfragen«, schlug sie vor.

Petersens Handy meldete sich. Er murmelte eine Entschuldigung und zog das Telefon aus der Hemdtasche. Das Gespräch dauerte keine Minute. »Ja, machen wir. Kein Problem, wir sind in einer halben Stunde da.« Er drückte den roten Knopf und steckte das Handy wieder weg.

»Was Wichtiges?«, fragte Wiebke.

»Das kann man wohl sagen.« Petersen drückte die Zigarette im Aschenbecher aus. Er biss in ein trockenes Brötchen, das er sich vorhin aus dem Korb genommen hatte. »Essen werde ich das wohl gleich unterwegs. Es gibt Arbeit. Bente Harmsen will uns sprechen.« Er winkte der Kellnerin, um die Rechnung zu begleichen.

Keine zehn Minuten später saßen sie im Dienstwagen und waren auf dem Weg nach Nordstrand.

»Kann ich mich auf Ihre Diskretion verlassen?« Bente Harmsen blickte die Beamten mit versteinerter Miene an. Sie saßen an einem Tisch im hinteren Bereich der kleinen Strandkneipe. Erst vor einer Stunde waren die Kollegen der Spurensicherung abgerückt. Wiebkes Blick glitt durch die große Glasfront zum Außenbereich. Ein Strandkorb fehlte. Man hatte ihn abtransportiert, um ihn bei der KTU in Flensburg untersuchen zu lassen. Piet Johannsen erhoffte sich von den Mikrospuren Hinweise.

»Das kommt darauf an«, erwiderte Wiebke.

»Es ist sehr privat, was ich Ihnen jetzt sage.« Bente Harmsen hatte die Stimme gesenkt, obwohl sie sich alleine im *Möwennest* befanden.

»Wir sind an der Aufklärung eines Mordes interessiert, nicht an Ihrem Privatleben«, stellte Jan Petersen klar.

»Ich habe gelogen«, flüsterte Bente Harmsen. Als sie die Kommissare anblickte, schimmerten ihre Augen feucht. »Es stimmt nicht, was ich Ihnen heute Morgen erzählt habe.« Sie legte eine Pause ein und rang nervös mit den Fingern. »Ich kannte den Mann, der sich in meinem Strandkorb erschossen hat.«

»Er wurde getötet, so viel steht bereits fest«, antwortete Wiebke.

»Stehe ich jetzt unter Mordverdacht?« Bente Harmsens Augen wurden groß.

»Das kommt darauf an, in welchem Verhältnis Sie zu dem Toten standen«, antwortete Petersen.

»Verhältnis ist gut.« Sie lachte bitter. »Ja, es stimmt. Ich hatte ein Verhältnis mit Klaus.« Sie nestelte an der roten Tischdecke herum und wich den Blicken der Kommissare aus.

»Klaus?«

»Ja – Klaus Georgs.« Ein mattes Lächeln huschte um ihre Mundwinkel. Bente Harmsen rang die feingliedrigen Hände. Während sie weitersprach, blickte sie ins Leere. »In meiner Ehe mit Ubbo läuft es schon lange nicht mehr gut. Er trinkt viel, die Arbeit mit den Ferienwohnungen und dem *Möwennest* bleibt größtenteils an mir hängen. Ich habe es aufgegeben, um ihn zu kämpfen. Er ist in den letzten beiden Jahren immer mehr dem Alkohol verfallen. Und wenn er betrunken ist, wird er grob. Ich bin froh, dass er bislang noch nicht unsere Gäste angepöbelt hat.« Ein knappes Kopfschütteln, eine fahrige Geste durch das Gesicht. »Ich bin auch nur ein Mensch, sehne mich nach einer starken Schulter, nach Liebe und Zuneigung.«

»Dinge, die Ihnen Ihr Mann nicht mehr bieten kann?« Wiebke sprach leise.

»Richtig. Er interessiert sich nicht für mich.« Ihr Kopf ruckte hoch. Sie blickte die Beamten an. »Haben Sie eine Ahnung, wann er zum letzten Mal mit mir geschlafen hat?« Ihre blauen Augen schimmerten feucht. »Fast zwei Jahre ist das her«, stieß sie gepresst hervor. »Wir leben getrennte Leben unter einem Dach, sind zusammen, weil wir eine Menge Verpflichtungen haben. Das Haus, der Hof, die kleine Kneipe hier«, sie breitete die Arme aus und blickte sich im *Möwennest* um. »Viel zu viel, um eine Trennung sauber abzuwickeln.«

»Für die Aufteilung der Güter gibt es Anwälte«, bemerkte Petersen.

»Die viel Geld damit verdienen, schmutzige Wäsche zu waschen«, entgegnete Bente Harmsen. Sie schüttelte den Kopf. »Nein, so weit war ich auch schon. Im Grunde gefällt mir das, was wir uns aufgebaut haben. Nur die Sache mit Ubbo … Ich fühle mich so einsam mit ihm.«

»Und dann trafen Sie Klaus Georgs«, nahm Wiebke den Faden wieder auf.

»Ja, dann traf ich Klaus Georgs.«

»Wie und wann war das?«

»Vor einem guten Jahr. Wir haben uns im Internet kennengelernt. Es hat mit einem harmlosen Chat angefangen. Ich war nachts oft im Chat unterwegs, wenn Ubbo wieder mal betrunken im Bett lag und ich keinen Menschen hatte, dem ich mich mitteilen konnte.«

»Sie haben keine Kinder mit Ubbo?«, vermutete Petersen.

»Nein, und offen gestanden bin ich froh darüber, obwohl wir uns anfangs nichts sehnlicher gewünscht haben als ein Kind.« Wieder lachte Bente Harmsen trocken auf. »Wie gesagt, er trinkt viel.«

»Schlägt er Sie?« Wiebke richtete sich in ihrem Stuhl auf.

»Nein – wie kommen Sie denn darauf?«

»Viele Männer werden gewalttätig, wenn sie Alkohol zu sich nehmen«, erwiderte Petersen. »Es kommt oft zu Gewalt in der Ehe. Und die Fälle, die auf unseren Schreibtischen landen, liegen weit unter der Dunkelziffer. Viele Frauen trauen sich aus Angst vor dem eigenen Mann nicht, ihn anzuzeigen, obwohl sie das Recht dazu hätten.«

»Ubbo tut so etwas nicht.« Kopfschütteln, eine fahrige Geste mit der rechten Hand.

Abwehr, analysierte Wiebke und beobachtete, wie Bente Harmsen eine zerknautschte Packung Zigaretten aus der Tasche ihrer Schürze zog.

Als die Wirtin Wiebkes Blick bemerkte, lächelte sie unsicher. »Ich darf doch rauchen?«

»Wir arbeiten für die Mordkommission, nicht für das Ordnungsamt«, erwiderte Petersen und lächelte Bente

Harmsen aufmunternd zu. Wiebke ahnte, dass ihr Kollege jetzt auch gern geraucht hätte. Doch er war im Dienst und hielt sich zurück.

Bente Harmsen nahm eine Streichholzschachtel, riss ein Zündholz an und zündete sich die Zigarette an. Erst, als sie den Rauch in kleinen Kringeln an die Decke blies, entspannten sich ihre Gesichtszüge.

»Wer war er, dieser Klaus Georgs?«, fragte Petersen.

Zur Verwunderung der Kommissare zuckte Bente Harmsen nach einem Zug an ihrer Zigarette mit den Schultern. »Ich weiß es offen gestanden nicht. Er war Handelsvertreter. Oft hier im Norden und in Dänemark unterwegs. In Tønder hatte er einen großen Kunden, den er regelmäßig besucht hat, mehr weiß ich im Grunde gar nicht von ihm. Wir haben uns getroffen, anfangs in irgendwelchen Hotels auf dem Land oder in der Stadt. Später hat er sich nach Husum versetzen lassen. Klaus hat eine Wohnung im Jebensweg angemietet. Da ist es anonym, niemand kennt seinen Nachbarn. Irgendwie hatte ich immer den Eindruck, dass er niemandem in Husum auffallen wollte, und den Nachbarn schon mal gar nicht.«

»Warum – war er vielleicht verheiratet?«, schoss Petersen dazwischen.

»Möglich. Erzählt hat er mir nie davon.« Ein humorloses Lachen. »Es hat mich aber auch nicht wirklich interessiert. In seiner Nähe fühlte ich mich sicher, ihm konnte ich mein Herz ausschütten, anders als bei Ubbo, verstehen Sie das?«

Wiebke nickte. »Worüber haben Sie gesprochen, wenn Sie zusammen waren?«, fragte sie.

»Wir haben nicht viel geredet«, erwiderte Bente Harmsen. Ihre Wangen waren gerötet. »Meist war ich es, die geredet hat. Klaus war ein wundervoller Zuhörer. Bei ihm habe ich mich einfach nur geborgen gefühlt, kennen Sie so was?«

»Natürlich«, erwiderte Wiebke leise und dachte an die Zeit mit Tiedje.

»Haben Sie mit ihm auch über Ihre Ehe gesprochen?«, fragte Petersen.

»Natürlich. Er konnte es nicht verstehen, dass Ubbo mich vernachlässigt und mit allem allein fertig werden lässt.« Wieder ein Zug an der Zigarette; sie drehte den Glimmstängel nervös zwischen Daumen und Zeigefinger.

»Er hat den Beschützer raushängen lassen?«

»Allerdings.« Nun lächelte Bente Harmsen. »Und was soll ich sagen? Ich habe es genossen. Ich habe von ihm das bekommen, was mir in meiner Ehe mit Ubbo fehlte.«

»Verständlich«, murmelte Wiebke.

»Aber es wurde mir zu viel.« Das Lächeln in Bente Harmsens Gesicht war wie weggewischt. »Der Druck, die Erwartungshaltung, alles. Ich fühlte mich bei Klaus bald schon wie gefangen.«

Wiebke tauschte einen raschen Blick mit Petersen, der fast unmerklich mit den Schultern zuckte. »Was meinen Sie mit ›gefangen‹?«, fragte sie. »Waren Sie ihm hörig?«

»Ganz im Gegenteil – manchmal hatte ich das Gefühl, dass Klaus *mir* hörig war.« Der Ansatz eines sehnsüchtigen Lächelns huschte um ihre Mundwinkel. »Dennoch fühlte ich mich eingeengt. Klaus verlangte von mir, dass ich Ubbo verlasse. Das ging schon seit ein paar Wochen so. Er sagte, er wolle ihn notfalls umbringen, wenn unsere gemeinsame Zukunft an diesem Säufer hängt.«

»Hat Ihnen das keine Angst gemacht?«

»Und ob. Ich sah Klaus plötzlich in einem ganz anderen Licht. Nie zuvor hatte ich ihn mit Gewalt in Verbindung gebracht.« Ihre Finger zitterten, als sie die Zigarette an den Mund führte und daran zog. »Das war auch der ausschlaggebende Grund für unsere Trennung.«

»Sie sind getrennt?« Damit hatte Wiebke nicht gerechnet.

»Seit einigen Tagen.« Kopfnicken. »Ich hatte den Eindruck, dass er mit dieser Trennung nicht zurechtgekommen ist. Er hat mir nachgestellt und SMS geschickt, mich mit E-Mails zugemüllt und, und, und. Das ganze Programm.«

»Haben Sie ihm nicht damit gedroht, dass Stalker polizeilich verfolgt werden?«, fragte Wiebke.

»Natürlich. Als Antwort erhielt ich die Nachricht, dass Ubbo schon so gut wie tot sei. Er hat mir gedroht, meinen Mann zu töten, verstehen Sie das?«

Wiebke schwieg. Sie hätte Tiedje in dem Augenblick, als er sie wegen dieses jungen Dings verlassen hatte, doch auch am liebsten umgebracht. Da hatte der Beruf als Kriminalkommissarin nicht viel genutzt, wenn man von dem Umstand absah, dass sie mit einer Knarre herumlaufen durfte und bei Einsätzen sogar musste. Am liebsten hätte sie die Waffe benutzt, um sich an Tiedje für sein Verhalten zu rächen. Aber eine Mörderin war sie nun mal nicht.

Petersen antwortete an Wiebkes Stelle. »Warum sind Sie nicht spätestens in diesem Moment zur Polizei gegangen?«

»Das frage ich mich jetzt auch.« Bente Harmsen klopfte die Asche ihrer Zigarette ab und nahm einen tiefen Zug. Sie schüttelte den Kopf, fast so, als könnte sie selber nicht glauben, was sie in den letzten Wochen durchgemacht hatte.

»Glauben Sie, dass er sich selbst umgebracht hat, weil Sie ihn verlassen haben?«, fragte Wiebke.

»Das hatte ich angenommen, bis Sie mir sagten, dass es eindeutig kein Selbstmord war.« Eine wegwischende Handbewegung. Der Blick ausweichend, Ringen mit den Händen.

Unsicherheit, registrierte Wiebke. Warum auch immer.

»Hat Ihr Mann vielleicht Wind von Ihrem außerehelichen Verhältnis bekommen?«

»Und ihn aus Hass und Eifersucht ermordet?« Bente Harmsen blickte Petersen unverwandt an und schüttelte den Kopf. »Ich möchte ihn nun wirklich nicht in Schutz nehmen, aber das traue ich ihm einfach nicht zu. Aber um Ihre Frage zu beantworten: Nein, Ubbo weiß nichts von Klaus und mir. Und wenn doch, dann hat er mich das nie merken lassen.«

»Warum?«, fragte Wiebke wie aus der Pistole geschossen.

»Weil mein Ubbo keiner Fliege was zuleide tun kann.«

Wiebke zückte ihren Notizblock und ließ sich die Adresse der Wohnung geben, in der sich Bente Harmsen immer mit ihrem Geliebten zum Schäferstündchen getroffen hatte. Danach nickte sie Petersen zu, der offenbar auch keine weiteren Fragen hatte.

Er erhob sich. »Vielen Dank für das offene Gespräch«, sagte er freundlich und sah Bente Harmsen dabei zu, wie sie den Zigarettenstummel im Aschenbecher ausdrückte. »Eine letzte Frage noch: Wo vermieten Sie Ihre Ferienwohnungen?«

»Na, hier auf Nordstrand.« Bente Harmsen nannte ihm die Adresse des Hofes.

»Gut. Danke also.« Petersen gab Wiebke ein Zeichen. Sie erhob sich ebenfalls und folgte ihm ins Freie.

Sechs

»Und, was hältst du nun von ihr?«, fragte Wiebke, als sie vor dem *Möwennest* standen. Petersen war stehen geblieben und zündete sich jetzt selber eine Zigarette an. Möwen kreischten über ihren Köpfen. Das Wasser ging zurück, und die ersten Touristen stiegen in ihre Autos und traten den Heimweg in ihre Feriendomizile an. Westwind fegte ins Landesinnere. Erste Wolken zogen auf und tauchten die Halbinsel in ein faszinierendes Licht. Wiebke betrachtete die Wolkengebilde, die sich über Nordstrand auftürmten. Sie liebte das Wetter in diesem Landstrich.

»Willst du das ehrlich wissen?«

»Sonst würde ich nicht fragen.«

»Ich als Kerl kann diesen Klaus Georgs verstehen. Der Mann war über beide Ohren verliebt, und sie fühlt sich in die Enge getrieben und trennt sich von ihm, obwohl sie nichts erwartet als die heimische Hölle. Für ihn hat das Leben plötzlich keinen Sinn mehr, also zieht er einen Schlussstrich.« Petersen setzte sich den Zeigefinger an die Schläfe und symbolisierte so den tödlichen Schuss.

»Der männliche Beschützerinstinkt, was?« Wiebke musste schmunzeln. »Und wenn ihr nichts mehr zum Beschützen habt, ist der Lebenssinn gleich futsch?«

»Nenn es, wie du willst.« Er winkte amüsiert ab. »Aber ich hatte mal so was Ähnliches laufen.«

»Das hätte ich dir gar nicht zugetraut«, bemerkte Wiebke.

»Du kennst meine sanfte Seite noch gar nicht«, mokierte er sich mit bierernster Miene. »Aber das ist auch nicht Bestandteil unserer Ermittlungen. Was schlägst du vor?«

Sie waren zum Parkplatz weitergegangen. Wiebke deutete auf den Dienstwagen. »Zum Hof der Harmsens natürlich, was dachtest du denn?«

»Danke, mehr wollte ich gar nicht hören.« Grinsend schnippte Petersen den Zigarettenstummel fort und stieg ins Auto. Der Weg führte über einsame Landstraßen, die teils schnurgeradeaus über die Halbinsel verliefen. Ab und zu bremste sie ein gemächlich dahinschleichendes Wohnmobil aus, das Petersen aber bei nächster Gelegenheit überholte. Unterwegs telefonierte er mit Johannsen und bat ihn, den Namen Klaus Georgs zu überprüfen. Vielleicht gab es eine Spur, die zu der Identität des Toten führte.

Der Hof der Harmsens lag auf dem Weg zur Fähre nach Pellworm. Unübersehbar, weil durch ein großes, gemaltes Holzschild angekündigt, ging es zum Harmsen-Hof über einen unbefestigten Seitenweg weiter. Petersen drosselte das Tempo. Im zweiten Gang lenkte er den Wagen auf die Zufahrt, die von einem hölzernen *Willkommen*-Schild flankiert wurde. Rechts und links lagen Pferdekoppeln. Im Hintergrund der Deich, auf dem Schafe weideten. Heile nordfriesische Welt für Touristen, dachte Wiebke. Hier fühlten sich kleine Mädchen aus der Stadt im Urlaub wahrscheinlich pudelwohl.

Unwillkürlich dachte sie an ihren eigenen Vater, der im fernen Wuppertal selber als Kriminalhauptkommissar seinen Dienst verrichtete und der Familie damals kaum eine Auszeit gegönnt hatte. Wiebke nahm sich vor, es eines Tages besser zu machen als ihr Vater, den sie schon seit zwanzig Jahren nicht mehr zu Gesicht bekommen hatte. Irgendwann war es ihrer Mutter zu bunt geworden: Norbert Ulbricht war mehr mit seinem Beruf verheiratet als mit ihr, und so hatte sie ihn frustriert verlassen und war nach Nordfriesland ausgewandert, wie sie es genannt hatte. Wiebke war im fast kriminalitätsfreien Norden der Republik aufgewachsen und hatte sich trotz aller Vorurteile der Mutter für eine Karriere im Polizeidienst entschieden.

Erst viel später hatte sie erfahren, dass Mutter einen

Geliebten in Nordfriesland gehabt hatte. Seinetwegen hatte sie die Schwebebahnstadt mit ihrer Tochter verlassen und unweit der dänischen Grenze ein neues Leben begonnen.

Manchmal wünschte sich Wiebke heute noch, mit ihrem Vater zu sprechen. Sie hätte ihn gern nach seiner Version gefragt. Vermutlich würden sich dann einige Dinge ganz anders anhören. Trotzdem verurteilte sie Norbert Ulbricht dafür, dass es ihn in all den Jahren nicht ein einziges Mal zu seiner Tochter gezogen hatte. Auch Glückwunschkarten zum Geburtstag oder ein Gruß zu Weihnachten kamen nur sporadisch in Nordfriesland an.

»Ist was?«, riss Petersens Stimme sie aus den Gedanken. Er hatte den Wagen vor dem Hauptgebäude des Hofes geparkt und den Motor abgeschaltet.

»Nein, was soll schon sein?« Wiebke schüttelte den Kopf und löste den Sicherheitsgurt.

»Weiß nicht, du warst mir so in Gedanken versunken.« Petersen stieß die Tür auf. Ein eisiger Westwind fegte ins Wageninnere. Sie stiegen aus und schlossen die Reißverschlüsse ihrer Jacken. Vermutlich würde es heute noch regnen.

»Privat, nichts, was den Dienst beeinflussen sollte«, antwortete Wiebke schließlich und folgte ihm.

»Können wir?«

»Sicher.« Seite an Seite marschierten sie auf das große reetgedeckte Gebäude zu. Neben dem Portal flatterte eine nordfriesische Flagge in den Farben gold, rot und blau im Wind. Der Karabiner schlug gegen den Fahnenmast und erzeugte ein metallisches Klimpern. Auf der Fahne prangte der friesische Spruch ›Lever düd als Slav‹.

»Ja ja, das schöne Bild der friesischen Freiheit, was.« Petersen legte mit einem süffisanten Grinsen den Daumen auf den Klingelknopf. »Schön hier.«

»Hm.«

Drinnen schlug ein dumpfer Gong an. Ein Hund bellte,

jemand fluchte, dann näherten sich Schritte. Sekunden später wurde die Eingangstür geöffnet.

»Wir haben keine Doppelzimmer frei«, brummte ein unrasierter Endvierziger. Ein Golden Retriever stand neben ihm und musterte schwanzwedelnd die Besucher. »Tut mir leid.« Eine Alkoholfahne schlug den Beamten entgegen. Bente Harmsen hatte ihnen wohl nicht zu viel versprochen, was den Alkoholkonsum ihres Mannes betraf. »Eine Ferienwohnung kann ich Ihnen anbieten, aber die müssen Sie eine Woche lang nehmen, darunter vermiete ich nicht.«

»Ubbo Harmsen?«, fragte Wiebke.

»Ja, wer will das wissen?« Er klang abweisend.

»Moin, Kripo Husum.« Petersen hatte keine Lust auf eine Diskussion und präsentierte Harmsen den Dienstausweis. Mit dem Daumen deutete er auf Wiebke. »Meine Kollegin Wiebke Ulbricht. Wir ermitteln in einem Tötungsdelikt, dürfen wir reinkommen?«

»Haben Sie einen Durchsuchungsbefehl?« Eine tiefe Falte bildete sich zwischen Harmsens buschigen Augenbrauen. Er hatte in etwa Petersens Körpergröße, war allerdings stabiler gebaut und trug zu einer alten Jeans ein kariertes Hemd. Der letzte Friseurbesuch lag offenbar schon länger zurück; seine dunklen Haare wirkten zerzaust. Tiefe dunkle Ringe lagen unter seinen Augen.

»Erstens heißt das Durchsuchungs*beschluss*, und zweitens möchten wir Ihnen nicht die Bude auf den Kopf stellen – wir haben ein paar Fragen an Sie. Mehr nicht. Geht das auch ohne die übliche Bürokratie? Denn sonst müssten wir Sie zur Polizeiinspektion nach Husum vorladen.« Petersen war um Freundlichkeit bemüht. »Geht natürlich auch, wenn Ihnen das lieber ist.«

Auf Harmsens Stirn hatte sich nun auch eine steile Falte gebildet. Misstrauen lag in seiner Miene. »Warum kommt nicht Carstensen, der Inselbulle?«

»Wir ermitteln jetzt«, erklärte Wiebke geduldig.

Harmsen überlegte, dann gab er den Eingang frei. »Kommen Sie rein.« Er machte keinen Hehl daraus, dass er sich lieber mit Carstensen unterhalten hätte. Trotzdem wirkte er nun ein wenig freundlicher.

Petersen warf Wiebke einen vielsagenden Blick zu. Geht doch, sollte das heißen.

Harmsen schob den Hund in ein Zimmer und murmelte etwas Unverständliches. Sie wurden in eine lichtdurchflutete Stube geführt. Durch das große Fenster hatte man Ausblick auf den Deich und die Schafe. Die Einrichtung war einfach, aber sehr sauber. Viel schienen die Kneipe und die Ferienwohnungen nicht abzuwerfen. Auf dem Wohnzimmertisch stand eine halb volle Flasche Bier, daneben lag eine Fernsehzeitung. Der Fernseher lief ohne Lautstärke; eine der so beliebten Doku-Soaps.

»Nehmen Sie Platz«, brummte Harmsen und deutete auf das Sofa, während er sich auf den Sessel der kleinen Sitzgruppe sinken ließ. Er betrachtete seine Besucher aufmerksam, dann nahm er einen tiefen Schluck aus der Bierflasche. Harmsen unterdrückte einen Rülpser, murmelte eine Entschuldigung und wandte sich ihnen wieder zu. »Es geht also um den Mord.«

Eine Alarmglocke schlug in Wiebke an. Als sie einen Blick mit Petersen wechselte, sah sie, dass es ihm auch aufgefallen war: Wie kam Ubbo Harmsen darauf, dass der Mann sich nicht selbst umgebracht hatte?

»Es sah wie Selbstmord aus«, stellte Petersen mit gedehnter Stimme fest.

»Sie haben doch von einer Mordsache gesprochen«, erwiderte Harmsen und grinste. »Ist doch das Gleiche.« Kopfschütteln, eine wegwerfende Handbewegung. Wieder einen Schluck Bier nehmend, wich Harmsen den Blicken der Kripobeamten aus. »Das Resultat jedenfalls. Das ist das Gleiche«, versuchte er einen makabren Scherz, doch seinen Besuchern war nicht nach Lachen zumute.

»Wie kommen Sie darauf, dass es ein Mord war?«, wagte Wiebke einen Vorstoß.

»Er wäre sicher nicht so blöd gewesen, sich ausgerechnet im *Möwennest* das Gehirn wegzupusten.« Wieder ein Detail, das er nicht wissen konnte, da er nicht im Bistro gewesen war, als seine Frau die Leiche von Klaus Georgs gefunden hatte. Womöglich hatte sie ihn angerufen und berichtet, dass der Tote sich nicht in die Brust geschossen hatte, oder besser, dass ihm nicht in die Brust geschossen worden war.

Er redet sich hier um Kopf und Kragen, durchzuckte es Wiebke.

»Es gibt in diesem Landstrich zig Ecken, an denen man einsamer sterben kann. Dazu muss man nicht umständlich in den Wintergarten eines Bistros klettern.« Er legte eine Pause ein und dachte kurz nach, bevor er fortfuhr. »Weiß man denn schon, um wen es sich bei dem Toten handelt?«

Wieder tauschte Wiebke einen Blick mit ihrem Kollegen. Entweder war Harmsen ein verdammt guter Schauspieler, oder er hatte tatsächlich keine Ahnung, dass es um den Geliebten seiner Frau ging. Wiebke beschloss, Bente Harmsen bei nächster Gelegenheit noch einmal zu fragen, ob ihr Mann von ihrem Verhältnis zu Klaus Georgs gewusst hatte.

»Gestatten Sie uns eine private Frage«, bat Wiebke, anstatt ihm zu antworten. »Wie steht es um Ihre Ehe?«

»Was soll das?«

»Bitte beantworten Sie meine Frage.«

»Wir sind lange verheiratet.« Er trank einen Schluck Bier, sein Blick glitt ins Leere. »Da läuft eben nicht immer alles so rund, wie man sich das wünscht. Wir haben finanzielle Sorgen, und ich trinke gern und viel, was meiner Frau, wie Sie sich denken können, nicht besonders gefällt.« Er legte eine Pause ein und betrachtete seine Besucher mit einem nachdenklichen Lächeln. Mit dem Daumen seiner rechten Hand knibbelte er an dem Etikett der Bierflasche herum. »Trotzdem stehe ich zu meiner Frau, ich liebe und verehre sie. Wie in guten, so in schlechten Zeiten, den Spruch kennen Sie ja.«

»Haben Sie eine Ahnung, wer der Tote ist?«

Humorloses Lachen, er schüttelte den kantigen Schädel. »Ist das nicht Ihr Job? Wissen Sie nicht, wer das ist, den Bente gefunden hat?«

Wiebke ging nicht darauf ein. »Herr Harmsen, wir müssen Sie fragen, wo Sie heute Nacht waren.«

Harmsen richtete sich auf. Seine buschigen Augenbrauen zogen sich zusammen. Die Bierflasche, die er in der Hand gehalten hatte, landete mit einem lauten Knall auf dem Tisch. »Was wollen Sie eigentlich?«, polterte er los. »Stehe ich unter Mordverdacht?«

»Bitte beantworten Sie unsere Frage«, beharrte Wiebke.

»Damit könnte ich mich belasten«, überlegte Harmsen.

»Oder entlasten«, spielte Petersen das Spiel des Hausherrn mit.

»Wo soll ich schon gewesen sein?«, antwortete Harmsen nach einer gefühlten Ewigkeit. »Ich war hier, habe etwas getrunken und mir das Fußballspiel im Fernsehen angeschaut, bevor ich ins Bett gegangen bin. Fragen Sie meine Frau, die wird Ihnen das bestätigen.«

»Wie hat Bremen denn gespielt?«, fragte Petersen.

»Drei zu eins.«

»Das ist schön.« Petersen grinste schief. »Ich bin Werder-Fan, hatte Dienst und konnte das Spiel nicht sehen.«

»Jetzt wissen Sie es ja.«

»Ja.« Petersen nickte Wiebke zu.

»Sind Sie im Besitz einer Schusswaffe?«, fragte Wiebke unvermittelt.

In Harmsens Gesicht zuckte es. Er rang die fleischigen Hände, blickte auf seine dreckigen Schuhspitzen, warf einen Blick auf den Fernseher, dann nickte er. »Klar hab ich eine Knarre. Hier draußen fühlt man sich damit einfach besser. Carstensen, unser Inselbulle, ist auch nicht mehr der Jüngste. Und bis der mal hier ist, wenn uns jemand an den Kragen will …« Er machte eine wegwerfende Handbewegung. »Ich dachte, der geht dieses Jahr in Rente.«

»Und den dazugehörigen Waffenschein haben Sie auch?« Wiebke erhob sich und machte ein paar Schritte durch den Raum. Unruhe hatte sie ergriffen. Es war ihr unmöglich, sitzen zu bleiben.

Ubbo Harmsen blickte sie an, als würde Wiebke unter geistiger Umnachtung leiden. »Waffenschein?« Er lachte humorlos auf. »So'n Quatsch. Ich wollte damit nie schießen, das Ding hat mir einfach Sicherheit verschafft, mehr nicht. Sie liegt nicht umsonst in meinem Nachtschrank.«

»Sie haben einen Hund, der Einbrecher verscheucht.«

»Der ist so zahm wie unsere Schafe auf dem Deich.« Harmsen winkte ab.

»Können wir sie sehen?«

»Die Schafe?« Harmsen lachte über seinen eigenen Witz.

»Die Waffe natürlich – haben Sie einen Clown gefrühstückt?«, blaffte Petersen.

»Klar. Ich hole sie.« Harmsen erhob sich kleinlaut und drückte seinen Rücken durch. »Schiet, ich werd auch alt«, bemerkte er grinsend, als er aus dem Raum schlurfte.

»Was hältst du von ihm?«, raunte Wiebke Jan Petersen zu.

Schulterzucken. »Ganz geheuer ist er mir nicht. Wir sollten ihn auf jeden Fall nicht aus den Augen lassen.«

Wiebke gab ihm recht und sank wieder auf das Sofa.

Es vergingen fünf Minuten, bis Harmsen wieder im Türrahmen stand. Mit leeren Händen und einem langen Gesicht. »Die Knarre ist nicht da«, murmelte er schuldbewusst.

»Wie – nicht da?« Petersen glaubte, sich verhört zu

haben. »Sie haben die Waffe immer im Nachtschrank, nicht unter Verschluss?«

»Sozusagen, ja. Im Waffenschrank nutzt die Pistole nichts, wenn nachts Einbrecher an meinem Bett stehen.«

Insgeheim stimmte Wiebke ihm zu, doch sie schwieg. Das deutsche Gesetz dachte anders darüber, und es hatte in der Vergangenheit unzählige Fälle gegeben, die das auch begründet hatten. Unwillkürlich dachte sie an einen, der noch gar nicht so lange zurücklag. Ein Schüler hatte sich die Waffe seines Vaters beschafft und war damit Amok gelaufen. Fünfzehn Menschen hatte er auf dem Gewissen, mehr als zehn hatte er schwer verletzt. Der Schüler war bis dahin nie auffällig geworden; allerdings hatte er gewaltverherrlichende Spiele am Computer geliebt. Im weiteren Verlauf des Verfahrens hatte man den Vater angeklagt; er habe seine Waffe nicht vorschriftsmäßig unter Verschluss gehalten. Das Drama wäre vielleicht nie geschehen, hätte der damals Siebzehnjährige sich die Waffe des Vaters nicht ausleihen können.

»Wer könnte die Waffe haben?« Petersen zwang sich sichtlich, ruhig zu bleiben.

»Niemand, höchstens Bente. Aber was sollte die mit meiner Pistole? Sie hasst das Ding und findet es schrecklich, sie neben dem Bett zu wissen. Außerdem ist sie nicht in der Lage, einer Fliege etwas zuleide zu tun.«

»Was ist das für eine Waffe?«

»Eine alte Bundeswehrpistole. Ich habe sie damals aus der Kaserne mitgehen lassen. War nicht ganz leicht, aber es hat geklappt.« Er grinste überheblich. »Bin ja nicht ganz blöd. Ist auch schon mehr als zwanzig Jahre her, dürfte also inzwischen verjährt sein.«

»Wir könnten mit einem Durchsuchungsbeschluss wiederkommen und Ihnen bei der Suche nach der Pistole behilflich sein«, entfuhr es Petersen.

»Tun Sie, was Sie nicht lassen können.«

Wiebke sah ein, dass es keinen Sinn hatte. Sie erhob

sich und gab Petersen ein Zeichen. Harmsen begleitete seine Besucher bis zur Tür. Wiebke reichte ihm eine Visitenkarte. »Bitte rufen Sie uns an, wenn Ihnen noch etwas einfällt.«

»Was sollte mir einfallen?« Sarkasmus lag in seiner Stimme.

Wiebke antwortete nicht darauf. Sie verabschiedeten sich und gingen zum Wagen.

Wiebke hatte sich von dem Gespräch mit Harmsen mehr erhoffte. Der einzige Punkt, der ihn belasten konnte, war der Umstand, dass er gleich von Mord gesprochen hatte. Womöglich hatte seine Frau die Todesursache aber auch bei einem Gespräch der Kollegen von der Spurensicherung im Bistro aufgeschnappt und ihrem Mann davon berichtet. Dann wäre Harmsen entlastet.

»Der hat Dreck am Stecken«, stellte Petersen im Auto fest. »Das müssen wir ihm jetzt nur noch nachweisen. Allein die Tatsache, dass er von Mord anstatt von Selbstmord gesprochen hat, lässt mich stutzig werden. Dann kommt hinzu, dass er wusste, dass der Tote sich in den Kopf geschossen hat, und nicht beispielsweise in die Brust. Und dann die Sache mit der Pistole, die er geklaut hat, illegal besitzt und die nun verschwunden ist.«

»Womöglich ist es die Waffe, mit der Klaus Georgs erschossen wurde.« Wiebke schob die Lippen vor.

Petersen startete den Motor, wendete und fuhr zurück zur Landstraße. Er warf Wiebke, die gedankenverloren auf dem Beifahrersitz lümmelte, einen Seitenblick zu. Sie schwieg und betrachtete die Landschaft, die an ihnen vorbeizufliegen schien. Die Weite der Landschaft faszinierte Wiebke. Fast vergaß sie, warum sie hier draußen war. Auf Nordstrand blieb das quirlige Treiben der Stadt weit zurück.

»Was ist, wenn sie es beide waren?«, fragte sie, als sie Schobüll erreicht hatten.

Petersen blickte sie entgeistert an. »Wie meinst du das?«

»So, wie ich es sage.« Wiebke richtete sich im Sitz auf. »Bente hat ein Verhältnis mit einem fremden Mann. Die Sache wird ihr zu heikel und sie vertraut sich ihrem Mann an. Bente Harmsen beendet das Verhältnis, doch ihr Lover kommt mit der Trennung nicht zurecht. Er stellt ihr nach – der klassische Stalker eben. Bente und Ubbo Harmsen machen gemeinsame Sache. Bente lockt Klaus Georgs unter einem Vorwand in ihr Strandbistro. Georgs folgt der Einladung und wird von Ubbo Harmsen erschossen.«

»Seh ich anders«, brummte Petersen. »Wäre es nicht logischer, wenn Bente Harmsen Klaus Georgs selber erschossen hat? Ich meine, ich weiß nicht, ob ich mich auf einen ständig betrunkenen Kerl verlassen würde. Die Gefahr, dass der sich verplappert, wäre mir an Bente Harmsens Stelle viel zu groß.«

»Und wie wäre es, wenn sie ihm den Mord in die Schuhe schieben würde?«

»Oder halten sie doch zusammen? Kennt man doch, den alten Spruch: in guten und in schlechten Zeiten«, zitierte Petersen Harmsens Aussage, als sie ihn auf seine Ehe angesprochen hatten.

»Genau. Was, wenn beide unter einer Decke stecken? Beide hätten ein perfektes Motiv, Jan. Die Frage, warum Klaus Georgs ausgerechnet im *Möwennest* sterben musste, ließe sich so ebenfalls erklären.«

»Eine Sache gefällt mir trotzdem nicht«, warf Petersen ein, ohne den Blick von der Straße abzuwenden. »Während Bente Harmsen kein gutes Haar an ihrem Mann lässt, nimmt er sie in Schutz und steht zu seiner Ehe, auch, wenn es im Moment nicht so gut zu laufen scheint. Das passt doch nicht.«

»Kann aber auch sein, dass er die Dinge einfach anders bewertet als sie«, entgegnete Wiebke. »Er säuft, vernachlässigt sich, Bente hat die ganze Plackerei und für ihn ist die Welt in Ordnung.« Sie überlegte, dann fügte sie hinzu: »Oder es gehört schlicht zum Plan, den sich die beiden zurechtgelegt haben. – Was sollen wir tun?«

»Wir sollten die Wohnung unter die Lupe nehmen, in der sie sich mit Georgs zu ihren Schäferstündchen getroffen hat.«

»Dann fahr hin.«

Petersen schüttelte den Kopf. »Das ist ein Job für die Spurensicherung.« Er setzte den Blinker und lenkte den Dienstwagen auf die Tankstelle an der Nordseestraße. Nachdem er den Motor des Passat Variant abgeschaltet hatte, griff er zum Telefon und wählte die Nummer der Mordkommission in Flensburg. Petersen informierte die Kollegen und bat sie, ein Team zur Wohnung des Toten zu schicken. Danach steckte er das Handy in die Innentasche seiner Jacke und stieß die Fahrertür auf. Ein frischer Ostwind wehte ins Wageninnere.

»Was nun?« Wiebke blickte ihn fragend an.

»Was wohl?« Er grinste. »Ich werd mir hier jetzt ein Fahrrad mieten und damit in die Geest fahren.«

Wiebke blickte ihm kopfschüttelnd nach, als er in dem gläsernen Gebäude der Tankstelle verschwand. Kurze Zeit später kehrte er mit den *Husumer Nachrichten* zurück.

»Willst du jetzt hier Zeitung lesen?«

»Nur den Sportteil«, lachte Petersen und schlug die Zeitung auf. Kurze Zeit später machte er mit triumphierender Miene »aha« und faltete die Tageszeitung unter lautem Rascheln wieder zusammen, um sie auf den Rücksitz zu befördern. Danach startete er den Motor und lenkte den Wagen auf die Nordseestraße in Richtung Husum zurück.

»Und was war das jetzt?« Wiebke verstand Petersens Aktion immer noch nicht.

»Nun wissen wir, dass Ubbo Harmsen lügt. Er hat doch behauptet, das Fußballspiel im Fernsehen gesehen zu haben, bei dem Werder Bremen mit drei Toren gewonnen hat.« Petersen warf Wiebke einen schnellen Seitenblick zu. »Und es stimmt nicht, denn Bremen hat kurz vor Spielende das zweite Tor geschossen und dann in letzter Minute von den Gegnern einen Ausgleich reingekriegt.«

»Wusstest du das wirklich nicht?« Wiebke staunte, hatte sie den Kollegen doch als Fußballfan kennengelernt. »Du bist doch der größte Bremen-Fan in Husum!«

Er warf ihr einen vernichtenden Blick zu. »Ich bin HSV-Fan!«

»Ist das nicht das Gleiche?«, gab Wiebke unbekümmert zurück.

»Willst du den Rest des Weges zu Fuß gehen?«

Da Wiebke wusste, wozu Jan Petersen manchmal imstande war, wechselte sie schnell das Thema. »Harmsen lügt also. Somit steht er nach wie vor auf der Liste unserer Verdächtigen.«

»Jetzt hast du's.« Petersen nickte grinsend. »Wir sollten auf jeden Fall dafür sorgen, dass …« Das Klingeln seines Telefons unterbrach ihn. Petersen zog das Handy wieder aus der Tasche. Da er keine Gelegenheit fand, rechts an den Straßenrand zu fahren, gab er es nach einem Blick auf das Display an Wiebke weiter. »Das ist Johannsen, kannst du mal drangehen?«

»Klar.« Wiebke drückte die grüne Taste.

»Also, die Suche nach unserem Freund Klaus Georgs hat nichts ergeben«, sagte Johannsen. »Es scheint ihn gar nicht zu geben, denn er taucht in keiner Datenbank auf.«

»Aber der Name ist ein Allerweltsname«, warf Wiebke ein.

»Deshalb hat die Suche nach dem richtigen Klaus Georgs ja auch ein bisschen länger gedauert«, erwiderte Johannsen unbeeindruckt. »Wahrscheinlich hat er sich für seine Geliebte einen falschen Namen zugelegt.«

»Womöglich hat er Dreck am Stecken.«

»Oder einfach Schiss, dass seine Frau dahinterkommt.«

»Das werden wir morgen früh in der Besprechung mal vertiefen«, murmelte Wiebke. Morgen war Montag, da waren wieder alle im Dienst, und sie konnten mit ganzer Kraft an dem Fall arbeiten. Wiebke unterbrach die Verbindung und berichtete Petersen, dass die Suche ergebnislos verlaufen war. Als Wiebke ihn von der Seite betrachtete, stellte sie fest, dass er mit den Kieferknochen mahlte. Sie kannte ihn gut genug, um zu wissen, dass er angestrengt nachdachte.

Nach einer weiteren Viertelstunde erreichten sie die Polizeiinspektion an der Poggenpohlstraße in Husum. Petersen lenkte den Variant auf den Hinterhof. Er nahm das Bereitschaftshandy aus der Mittelkonsole und zog den Schlüssel ab. Wiebke blieb unschlüssig sitzen. »Und jetzt?«

»Ich werd mich selbst ein wenig durch die Datenbanken quälen und sehen, ob ich unseren Klaus Georgs da nicht doch irgendwo finden kann. Vielleicht fährst du noch auf einen Sprung bei dieser Küchenkraft aus dem *Möwennest* vorbei, wie hieß die noch?«

»Ellen Budde. Kann ich machen, auch wenn ich mir davon nicht viel erhoffe.«

»Mühsam nährt sich das Eichhörnchen«, grinste Petersen und stieg aus. »Sollte ich etwas herausfinden, rufe ich dich an. Wenn nicht, genieß den Restsonntag und sei morgen um acht Uhr hier, dann sehen wir weiter.«

Die Kollegen der Flensburger Mordkommission ermittelten. Für Wiebke und Petersen gab es augenblicklich nichts zu tun. Sie verabschiedete sich von Jan Petersen und stieg in ihren privaten PKW. Auf dem Heimweg würde sie noch bei Bente Harmsens Küchenhilfe Station machen und sich dann wieder ihren privaten Problemen widmen können.

Sieben

Ellen Budde wohnte in einem der gesichtslosen Miethäuser in der Mommsenstraße. Backsteinfassaden hinter kleinen Vorgärten, die zur Straße hin von einer gründlich gestutzten Hecke abgegrenzt wurden. Ein älterer Herr, der gerade damit beschäftigt war, die Hecke vor seinem Haus zu schneiden, bedachte Wiebke mit einem knappen Kopfnicken. Der argwöhnische Gesichtsausdruck blieb ihr nicht verborgen, doch sie grüßte freundlich, trat an die Haustür und studierte die Namen am Klingelbrett. Ellen Budde wohnte im oberen Stockwerk.

Wiebke drückte auf den Klingelknopf und musste nicht lange warten, bis der Summer ertönte. Sie stemmte sich gegen die schwere Tür. Im Hausflur blecherne Briefkästen an der Wand, Rauputz bis zur Decke und eine einfache Lampe, die aufflammte, nachdem Wiebke den Lichtschalter betätigt hatte. Der Mief von angebranntem Mittagessen hing im Treppenhaus. Wiebke ging ein Stockwerk weiter und lächelte, als sich die Wohnungstür öffnete. Zuvor war sie durch einen Spion begutachtet worden.

»Guten Tag, mein Name ist Wiebke Ulbricht«, sagte sie freundlich. Den Dienstausweis zu zeigen, hielt sie für übertrieben. »Ich komme von der Polizeiinspektion Husum und habe ein paar Fragen.«

»Sicher geht es um den Toten im Strandkorb.« Verstehendes Nicken; die Tür, die sich anfangs nur einen Spaltbreit geöffnet hatte, stand Wiebke nun offen. Eine junge Frau, Wiebke schätzte sie auf Mitte, Ende zwanzig, stand im Rahmen. Etwa einen Kopf kleiner als sie selbst, von schlanker Statur. Das schulterlange blonde Haar hatte die Frau zu einem Pferdeschwanz zusammengebunden. Sie trug eine bequeme Hose und ein weites Shirt. »Kommen Sie rein.«

Ellen Budde ging vor. Wiebke folgte ihr ins Wohnzimmer, das nicht sonderlich groß war. Vom Fenster aus hatte man einen Ausblick auf den Hinterhof, der aus einem pedantisch geschnittenen Rasen bestand, über den sich eine Ansammlung von Wäscheleinen spannte. Die Einrichtung des Zimmers erschien ihr geschmackvoll, aber nicht besonders wertvoll. An der Wand über dem L-förmigen Sofa hingen Erinnerungsfotos hinter rahmenlosem Glas. Familienbilder, die eine traute Idylle zeigten. Auf einigen erkannte Wiebke Ellen Budde in früheren Jahren, mehrmals war sie mit einer anderen jungen Frau zu sehen, wahrscheinliche eine gute Freundin aus Kindheitstagen. Möglicherweise aber auch eine Schwester, denn wenn sie genauer hinsah, erkannte Wiebke die Ähnlichkeit zwischen den beiden Mädchen. Das Sofa war groß und bequem, diente sicherlich auch als Schlafcouch und beherrschte das Wohnzimmer, davor ein niedriger Tisch, darauf eine Zeitung. Der Flachbildfernseher an der Wand lief. *NDR, Schleswig-Holstein 18.00*. Eine Viertelstunde mit den Nachrichten der Region. Natürlich gab es einen Beitrag über den Unbekannten im Strandkorb.

»Deshalb sind Sie also hier«, murmelte Ellen Budde.

»Allerdings«, nickte Wiebke und setzte sich auf das Sofa. Neben der Zeitung eine Tasse.

»Pharisäer«, kommentierte Ellen Budde, als sie Wiebkes Blick gefolgt war. Ein feines Lächeln huschte um die Mundwinkel. »Mögen Sie auch einen?«

»Danke, nein«, lehnte Wiebke höflich ab.

»Nicht im Dienst – kennt man ja.« Ellen Budde nickte verstehend und bot ihrer Besucherin Platz an. »Ich guck immer *Tatort*, da lernt man was über Ihre Arbeit.«

Wiebke ließ sich auf das Sofa sinken, die Gastgeberin nahm im Schneidersitz auf dem Sessel vor dem Tisch Platz.

»Es ist im wahren Leben nicht so wie im Fernsehen.«

»Hm.« Die junge Frau nickte und wechselte die Position, indem sie die Beine unter den Hintern zog. »Also«, sagte sie nach ein paar Sekunden unangenehmen Schweigens. »Was wollen Sie hören?«

»Was haben Sie zu erzählen?«

»Der Tote ist nicht gut fürs Geschäft, das steht fest.« Sie nahm die Tasse in die Hand, Wiebke erkannte darauf das Logo des Strandbistros *Möwennest*. Ellen Budde hielt die Tasse mit beiden Händen, fast so, als müsste sie sich trotz der sommerlichen Temperaturen, die draußen herrschten, daran wärmen. Die junge Frau pustete scheinbar gedankenverloren hinein, bevor sie mit kleinen Schlucken trank.

»Und sonst?« Wiebke beschloss, Ellen Budde erzählen zu lassen und fasste sich in Geduld. Sie lehnte sich im Sofa zurück und betrachtete die Frau.

»Was möchten Sie hören? Schrecklich, was da passiert ist.«

»Ist Ihnen gestern etwas Besonderes während Ihrer Schicht aufgefallen?«

Ellen Budde überlegte. »Nicht, dass ich wüsste«, erwiderte sie nach einer Weile und schüttelte den Kopf. »Bente, also Frau Harmsen, war ziemlich nervös. Wie ich mitbekommen habe, hatte sie wieder mal Streit mit Ubbo.«

»Streiten die beiden sich öfters?«

»Als Streit würde ich das nicht bezeichnen«, antwortete die junge Frau. »Sie hat sich mal wieder über ihn geärgert. Ubbo trinkt viel und arbeitet zu wenig – ein Umstand, der Bente nicht gerade gefällt, wie Sie sich vorstellen können. Die ganze Arbeit mit dem Hof und dem Bistro bleibt an ihr hängen. Deshalb achte ich auch nicht auf jede Überstunde. Ich helfe ihr, wenn Not am Mann ist.« Sie pustete wieder in die Tasse und trank von ihrem Pharisäer. Dann lächelte sie Wiebke an. »Aber ich denke, das ist nicht das, was Sie von mir wissen möchten. Nein, mir ist nicht zufällig ein einsamer Gast kurz vor Geschäftsschluss aufgefallen, der sich seltsam verhalten hat.«

Wiebke musste lachen. »Das wäre natürlich ein Hinweis. Aber war sonst etwas anders als an den anderen Tagen, wenn Sie Dienst im *Möwennest* haben?«

Ein Schluck Pharisäer, dann Kopfschütteln. »Die üblichen Gäste, Touristen, die sich bei einem Heißgetränk aufwärmen. Ich kann mich daran erinnern, dass kurz vor Küchenschluss noch eine Portion Rührei und Bratkartoffeln bestellt wurden. Ein einzelner Gast offenbar, der noch Hunger hatte.«

»Um wie viel Uhr war das?«

»So gegen neun Uhr abends. Ich erinnere mich deshalb daran, weil ich einigermaßen sauer war, dass Bente die Bestellung noch angenommen hat, denn ich hatte die Küche schon so weit sauber.«

»Sie haben aber nicht mitbekommen, wer die Mahlzeit bestellt hat?« Wiebkes Neugier war erwacht. Ein einzelner Gast war anscheinend eine Seltenheit in einem Strandbistro, das hauptsächlich von Touristen frequentiert wurde, die meist in Gruppen oder zumindest als Paare auftauchten.

»Leider nicht, tut mir leid. Ich war, wie gesagt, in der Küche beschäftigt und bekomme nur etwas von den Gästen mit, wenn Bente Hilfe beim Bedienen braucht. Das war aber nicht der Fall.«

»Wie ist Ihr Verhältnis zu Bente Harmsen?«

»Fast schon freundschaftlich. Sie ist zwar fast zwanzig Jahre älter als ich, allerdings habe ich manchmal den Eindruck, dass sie in mir die große Tochter sieht, die sie nie hatte.« Ellen Budde blickte Wiebke mit großen Augen an. »Darf ich Ihnen etwas vertraulich sagen?«

»Natürlich.«

»Ich weiß nicht, ob Ihnen das hilft, aber ich weiß, dass Bente eine Affäre mit einem Mann hatte. Sie ist so unglücklich mit Ubbo.«

»Wissen Sie, um wen es sich bei dem Mann handelt?«

»Nein. Ich habe die beiden nur ein einziges Mal zusammen gesehen. Aber ich weiß, dass sie sich öfters heimlich treffen. Meist ist sie bei ihm, und Bente verbringt die Nacht mit ihm. Ubbo ist das alles egal, er ist fast jeden Abend betrunken.«

»Warum lässt sie sich nicht scheiden?«

»Sie hat Angst vor der Trennung der ganzen Güter. Der Hof, das Bistro, alles müsste sauber aufgeteilt werden. Außerdem glaube ich, dass sie das tief in ihrem Herzen auch gar nicht will. Sie möchte einfach nur glücklich sein, und da ihr das zu Hause nicht gelingt, sucht sie ein paar glückliche Stunden bei einem anderen Mann.«

»Sie sagten, dass Sie den Geliebten von Bente Harmsen einmal gesehen haben. Können Sie ihn mir beschreiben?« Auch wenn Ellen Buddes Aussage weitestgehend mit der von Bente Harmsen übereinstimmte, interessierte sie, wie die Angestellte des Bistros die Lage als Außenstehende beurteilte.

»Ich muss überlegen«, murmelte Ellen Budde und nahm einen Schluck von ihrem Pharisäer. »Er war groß, dunkelhaarig und gut aussehend. Ich erinnere mich, dass er schon graue Schläfen hatte. Darauf stehe ich irgendwie, müssen Sie wissen.« Ellen Budde lächelte.

Die Personenbeschreibung passte tatsächlich auf Klaus Georgs. Wiebke erhob sich. »Danke, Sie haben mir sehr geholfen.« Sie nahm eine ihrer Visitenkarten aus der Tasche. »Wenn Ihnen doch noch etwas einfällt, rufen Sie einfach an.«

»Das werde ich.« Ellen Budde begleitete Wiebke zur Wohnungstür und verabschiedete sich.

Im Auto wählte Wiebke Petersens Nummer.

»Hast du denn noch keinen Feierabend?«, begrüßte er sie und gähnte in den Hörer.

»Jetzt schon. Ist der Obduktionsbericht des Leichnams schon da?«

Petersen lachte. »Mädchen, es ist Sonntag. Und die Gerichtsmediziner in Flensburg haben Wochenende. Vor Montagabend werden wir den Bericht nicht haben, schätze ich.«

»Okay, da kann man nichts machen.« Wiebke seufzte enttäuscht.

»Worum geht es denn?«

Sie berichtete ihm von ihrem Besuch bei Ellen Budde. »Sie wusste jedenfalls vom Verhältnis ihrer Chefin zu einem anderen Mann. Ubbo Harmsen scheint ihr nicht sonderlich sympathisch zu sein, hatte ich den Eindruck. Aber zurück zum Essen: Sollten im Magen des Toten Rührei und Bratkartoffeln gefunden werden, dann wissen wir schon mal, dass sich Klaus Georgs vor seinem Tod im *Möwennest* seine Henkersmahlzeit gegönnt hat.«

»Aber diese Ellen Budde hat ihn am Abend vor seinem Tod nicht mit eigenen Augen im Bistro gesehen?«

»Nein, sie kam aus der Küche nicht weg. Wenn ihn jemand gesehen hat, dann seine Freundin Bente Harmsen.«

Petersens Begeisterung über den Verlauf von Wiebkes Gespräch mit Ellen Budde hielt sich in Grenzen. »Und was bringt uns das?«

»Sicherlich gibt es Zeugen, die uns möglicherweise einen Hinweis geben können«, erwiderte Wiebke ein wenig enttäuscht über seine Reaktion.

»Bente Harmsen hätte uns gesagt, wenn Georgs am Vorabend seines Todes im Bistro aufgetaucht wäre.«

»Möglich, aber sie hat uns auch erst beim zweiten Anlauf davon berichtet, dass sie mit dem Toten ein außereheliches Verhältnis gehabt hat.« Sie legte eine kurze Pause ein und wechselte dann das Thema. »Hat die Durchsuchung von Klaus Georgs' Wohnung etwas ergeben?«

»Siehe oben«, seufzte Petersen. »Ich warte noch auf den Bericht von Johannsen. Derzeit beschäftige ich mich mit dem lästigen Bürokram, schreibe das Einsatztagebuch und so weiter. Die Durchsuchung der Datenbänke hat auch nichts ergeben, allerdings sind auch noch nicht alle Fälle digital erfasst. Sollte Klaus Georgs also zu einem früheren Zeitpunkt aktenkundig geworden sein, kann es durchaus sein, dass er in unseren Datenbanken nicht auftaucht. Es gab auch keinen Wagen, der auf seinen Namen angemeldet ist.«

»So etwas hatte ich befürchtet.«

»Lass dich nicht aufhalten. Wie gesagt, sollte ich wider Erwarten zu einer neuen, bahnbrechenden Erkenntnis kommen, ruf ich dich an.«

Wiebke verabschiedete sich und unterbrach die Verbindung. Nachdenklich trat sie den Heimweg an. Auf der Landstraße herrschte kaum Betrieb um diese Zeit. Von der Mommsenstraße gelangte sie zur Rosenburg, danach passierte sie Schwalbstedt und Witbek, um rund zehn Minuten später das Ortseingangsschild von Ostenfeld zu erreichen. Jetzt freute sie sich auf einen gemütlichen Feierabend vor dem Fernseher und auf ein Glas Wein.

Acht

Die neue Woche begann trüb zwischen den Meeren: In der Nacht hatte Nieselregen eingesetzt, der das Land mit einem feuchten Netz überzog. Wiebke hatte schlecht geschlafen und zwei starke Tassen Kaffee benötigt, um ihren Kreislauf in Fahrt zu bekommen. Gedankenverloren hatte sie Garfield sein Fressen in den Napf gelöffelt, als der Kater ihr schnurrend um die Beine gestrichen war und bettelnd zu ihr aufgeblickt hatte. Die Erkenntnisse rund um den Toten im Strandkorb waren sehr dürftig und hatten ihr keine Ruhe gelassen. Wiebke konnte einfach nicht abschalten.

So hatte sie sich auch, als Heide Uphusen ihr auf dem Weg zum Auto begegnet war, kurz angebunden gegeben. Das Pfeifen des Keilriemens ging Wiebke heute noch mehr auf die Nerven als sonst. Auch das Dröhnen eines Radlagers an der Hinterachse wurde von Tag zu Tag lauter. Vielleicht musste der Passat mal in die Werkstatt. Normalerweise hatte sich ihr Freund um solche Dinge gekümmert. Doch es gab keinen Mann mehr in ihrem Leben, stellte sie betrübt fest.

Schon nach den ersten Kilometern setzte die Heizleistung des alten Wagens ein. Die Landschaft wirkte trist und grau an diesem Morgen, und Wiebke wäre nur allzu gern noch länger im Bett geblieben. Nur das Grün der Felder wirkte kräftiger und saftiger als sonst. Die Kühe auf den Weiden schauten ihr gelangweilt nach, doch dafür hatte Wiebke keinen Blick. Im Radio berichteten sie vom Auffinden eines Mannes, der sich im Strandkorb eines Bistros nach ersten Erkenntnissen der Polizei selbst getötet habe. Gehörte dies zur Ermittlungstaktik der Flensburger Mordkommission?

Um kurz vor acht Uhr erreichte sie die Polizeiinspektion an der Poggenburgstraße. Hier führte sie ihr erster Weg zum Kaffeeautomaten.

»Stark, schwarz und heiß – das deutet nicht auf eine lange Nacht mit erholsamem Schlaf hin«, riss Petersens Stimme sie aus den Gedanken. Er stand mit einem schiefen Grinsen und mit seiner leeren Bürotasse in der rechten Hand hinter ihr. In der linken Hand klimperte er mit Münzen.

»Moin.« Wiebke nahm den Plastikbecher mitsamt des dampfenden Inhalts aus dem Automaten. Petersen rückte nach, warf eine Münze hinein und drückte den Knopf, mit dem man einen schwarzen Kaffee ziehen konnte. Röchelnd nahm der Automat seine Arbeit auf. Wiebke betrachtete den Kollegen. Dunkle Ringe lagen unter seinen Augen. »Hast du in der Zwischenzeit geschlafen?«

»Seit rund achtundzwanzig Stunden schon nicht mehr. Mein persönlicher Rekord liegt übrigens bei zweiundsiebzig Stunden ohne Schlaf. Danach braucht mein Körper aber fast vier Tage, bis sich der Biorhythmus wieder eingependelt hat.« Er winkte ab. »Was mich nicht umbringt, das macht mich stark.« Petersen deutete mit dem Kinn zum Besprechungszimmer. »Die Kollegen aus Flensburg sind mit dem Mord oder Selbstmord total überfordert, weil unterbesetzt. Sie haben uns offiziell um Unterstützung gebeten.«

»Und da konntest du wohl nicht Nein sagen?« Wiebke schüttelte schmunzelnd den Kopf.

»Ich hab also schnell die *SOKO Strandkorb* organisiert. Dierks und die Jungs aus Flensburg sind auch schon da und scharren ungeduldig mit den Hufen. Ehrlich gesagt, ich glaub wirklich, dass die ohne unsere Hilfe ganz schön auf dem Schlauch stehen.«

»Na, dann mal los.« Wiebke sparte sich den Weg ins Büro und folgte Petersen in den Besprechungsraum. Nickend grüßte sie in die Runde und suchte sich einen freien Platz, während Petersen neben Dierks am Kopf des langen Tisches Platz nahm.

Matthias Dierks war als Erster Hauptkommissar der Leiter der Kriminalinspektion Husum. Er war dafür bekannt, zu den Kollegen aus Flensburg und zum LKA in Kiel einen guten Draht zu haben. Ein Umstand, der Petersen und Wiebke nun gelegen kam. Vom üblichen Kompetenzgerangel zwischen den Behörden war hier in der Regel nichts zu spüren: Man kam gut miteinander aus und zog gemeinsam an einem Strang.

Von den Kollegen aus Flensburg waren auch wieder Piet Johannsen und sein Team vom Erkennungsdienst anwesend. Fritz Mahndorf, der Staatsanwalt, war ebenfalls gekommen, um sich einen Überblick über den Stand der Ermittlungen zu verschaffen. Wiebke hatte ihn bereits kurz kennengelernt. Mahndorf war ein ruhiger und besonnener Typ Anfang fünfzig. Wie immer war er korrekt gekleidet und trug einen gut sitzenden Anzug, dazu ein helles Hemd und eine passende Krawatte. Man wusste nicht viel von seinem Privatleben, nur, dass er Vater zweier Kinder war, ein Haus am Rand der Stadt besaß und ein Faible für schnelle Autos hatte. Mahndorf ließ die Mordkommission ihre Arbeit tun, ohne sich mehr als nötig einzumischen.

Der Erste Hauptkommissar Matthias Dierks hielt sich bewusst im Hintergrund. Der drahtige Endvierziger saß am Kopf des Tisches, erhob sich, als alle anwesend waren, und begrüßte die Kollegen. Nach einer kurzen Ansprache übergab er an Petersen, setzte sich und hielt sich dezent zurück.

Nachdem Petersen die *SOKO Strandkorb* offiziell ins Leben gerufen und auch die Kollegen des Kommissariats 1 der Bezirkskriminalinspektion aus Flensburg begrüßt hatte, trat er an das Flipchart in der Ecke des Raumes. Den Namen des Toten hatte er groß und mit einem Fragezeichen in Klammern versehen auf das ansonsten leere Blatt geschrieben. Er umriss mit wenigen Sätzen den Einsatz der Mordkommission am Holmer Siel auf Nordstrand. »Leider können wir zur Identität des Toten noch nicht viel sagen, da er offenbar ein Doppelleben führte. Zwar hatte er mit der Besitzerin des Strandbistros bis vor Kurzem ein Verhältnis, allerdings hielt er sich bedeckt und gab ihr wenig Informationen an die Hand. Es ist denkbar, dass er beispielsweise ein braver Familienvater war, der halt ein Verhältnis zu einer anderen Frau hatte.«

»Muss Liebe schön sein«, bemerkte Sven Gerkes, ein Kommissaranwärter der Husumer Wache von fast zwei Metern Körpergröße, mit einem süffisanten Grinsen. Gerkes war für seine flapsigen Sprüche bekannt. Er bildete bei Ermittlungen mit Katja Graf ein Team.

Intern wurden die beiden wegen ihrer gleichen Anfangsbuchstaben auch scherzhaft Doppel-G genannt. Graf war eine junge Kommissarin, die erst wenige Monate vor Wiebke ihren Dienst auf der Husumer Wache angetreten hatte. Sie war selbstbewusst genug, um sich die Frotzeleien der Kollegen gefallen zu lassen. Man munkelte hinter ihrem Rücken, dass sie eine Diät nach der anderen ausprobierte, ohne den gewünschten Erfolg zu erzielen. Dennoch hatte sie wechselnde Männerbekanntschaften. Kein Wunder, denn Katja war trotz ihres Übergewichts eine schöne Frau mit Rundungen an den richtigen Stellen, wie es ihre Verehrer gerne nannten. Meist trug sie Jeans und bequeme Pullis oder Blusen. Im Dienst hatte sie die schulterlangen blonden Haare zu einem Zopf gebunden.

Im Augenblick ruhten die Blicke der Kollegen auf ihrem Partner Sven Gerkes. »Na, es ist doch so: Die beiden haben sich offenbar immer heimlich getroffen, um ein Schäferstündchen zu verbringen. Dabei ging es nicht um die äußeren Umstände. Die hatten andere Dinge im Kopf, als über ihr wahres Leben zu philosophieren!« Im

Grunde genommen sprach Gerkes die Gedanken aller Anwesenden aus.

»So hat es zumindest Bente Harmsen ausgesagt«, bestätigte Petersen. »Unser Unbekannter, bei ihr trug er den Namen Klaus Georgs, war demnach ein ausgezeichneter Zuhörer. Während sie ihm ihr Herz ausschütten konnte, gab er nicht viel von seinem wahren Leben preis. Wir können also davon ausgehen, dass es sich bei Klaus Georgs um einen ebenfalls verheirateten Mann handelt, der die Wohnung im Jebensweg ausschließlich gemietet hat, um sich dort mit seiner Geliebten zu treffen.« Nach einer kleinen Pause fuhr Petersen fort: »Der Name Klaus Georgs taucht übrigens in keiner Datenbank auf, weswegen wir derzeit damit rechnen können, dass es sich hierbei nicht um seinen richtigen Namen handelt. Wenn man bedenkt, dass er die Wohnung im Jebensweg zu seinem Privatvergnügen angemietet hat, können wir davon ausgehen, dass er sich das auch leisten konnte.«

»Demnach war er ein gut situierter Mann, denn sonst hätte er sich die doppelte Miete wohl kaum erlauben können«, stellte Wiebke fest, die sich Notizen machte.

»Davon ist auszugehen.« Matthias Dierks musterte die Kollegen aus Flensburg. »In diesem Fall müssen alle beteiligten Kommissariate zusammenarbeiten – Kompetenzgerangel ist hier fehl am Platze«, stellte er klar.

Die Flensburger Beamten nickten schweigend. Techniker hatten ihnen provisorische Arbeitsplätze mit Computern und Telefonen im obersten Stockwerk der Polizeiinspektion eingerichtet, an denen sie tatortnah arbeiten konnten. Ob sie abends zu ihren Familien fahren würden, wusste Wiebke nicht.

Dierks blickte Piet Johannsen an. »Liegt uns der Obduktionsbericht schon vor?«

»Leider nein.« Johannsen schüttelte den Kopf und blätterte in seinen Unterlagen. »Allerdings werden wir die Kleidung des Toten einer gesonderten Untersuchung in der KTU zuführen. Möglicherweise finden wir daran DNA-Spuren eines Täters, der in unseren Datenbanken auftaucht. Das Gleiche gilt für den Strandkorb. Ein Blutspurengutachter der Rechtsmedizin hat die Spuren am Strandkorb analysiert. Der Täter ist sehr gründlich vorgegangen: Der Schusswinkel ist nahezu exakt so gewählt worden, als hätte sich der Mann selbst erschossen. Wer das getan hat, der hat seine Hausaufgaben sehr gründlich gemacht.«

»Oder er guckt regelmäßig *Tatort*«, murmelte Wiebke und berichtete den Kollegen von Ellen Buddes Leidenschaft für Fernsehkrimis.

»Hätte sie ein Motiv?«, fragte Dierks.

»Kann ich mir zum jetzigen Zeitpunkt nicht vorstellen, aber wir sollten das nicht außer Acht lassen«, schlug Wiebke vor.

Johannsen warf einen Blick in die Mappe, die vor ihm lag. »Wie dem auch sei: Der Mann starb an einem einzigen Schuss, der ihm aus nächster Nähe zugefügt wurde. Ein Projektil scheint noch in seinem Kopf zu stecken – wie gesagt, das endgültige Ergebnis der Rechtsmedizin steht noch aus, wird aber wohl im Laufe des heutigen Tages eintreffen.«

»Da uns die Identität des Toten noch nicht bekannt ist, sollten wir auch zusehen, dass wir die Herkunft seiner Kleidung ermitteln«, schlug Wiebke vor.

Dierks nickte und gab einem der anwesenden Flensburger Kollegen ein Zeichen. »Bitte veranlasst das Nötige beim Institut für Rechtsmedizin.«

Mara Imken nickte. Sie gehörte zum Team der Bezirkskriminalinspektion aus Flensburg und war auch schon gestern am Tatort dabei gewesen. »Ich übernehme das«, schlug sie vor. Johannsen stimmte ihr mit einem knappen Kopfnicken zu und machte sich Notizen.

»Was hat die Untersuchung der Wohnung am Jebensweg ergeben?«, fragte Petersen den Erkennungsdienstler.

Er kratzte sich am Kinn. Die Stoppeln seines Dreitagebartes raschelten.

Piet Johannsen blätterte in der Mappe. »Der Verdacht, dass Klaus Georgs die Wohnung ausschließlich nutzte, um sich dort mit seiner Geliebten aufzuhalten, hat sich erhärtet. Zwar fanden wir auch Lebensmittel und Vorräte in der Küche, aber es schien nicht sein Hauptwohnsitz zu sein. Dinge des täglichen Bedarfes fanden wir im Bad, darunter übrigens auch zwei Zahnbürsten. Die Untersuchung der Wohnung ergab außerdem, dass sich dort hauptsächlich zwei Personen aufhielten. Haare, die wir im Bett fanden, wiesen die gleiche DNA auf wie die in den Haarbürsten im Bad.« Er räusperte sich und blickte in die Runde, bevor er fortfuhr: »Auch benutzte Kondome haben wir gefunden, ebenfalls mit dem gleichen DNA-Muster.«

»Um zu wissen, dass es sich um die DNA von Bente Harmsen handelt, benötigen wir sicherlich DNA-Material von ihr?« Wiebke richtete sich in ihrem Stuhl auf, pustete in den Kaffee und trank in kleinen Schlucken.

»Das ist nicht zwingend notwendig, kann aber nicht schaden, wenn wir ausschließen möchten, dass sich Klaus Georgs dort mit einer weiteren Dame getroffen hat.«

»Dann hättet ihr auch die Spuren der anderen Frau gefunden, wenn Klaus Georgs sich mehrere Geliebte angelacht hätte?« Petersen blickte auf.

»Technisch ist das möglich, und es wäre uns wohl auch aufgefallen. Natürlich haben wir noch weitere DNA gefunden, die wir allerdings nicht zuordnen können, von daher ist es nicht auszuschließen, dass Klaus Georgs dort ab und zu Besuch empfangen hat – womöglich auch von weiteren Damen. Es können aber ebenso gut Freunde oder Handwerker gewesen sein, die sich kurz in der Wohnung aufgehalten haben, muss also nichts zu bedeuten haben.«

»Angenommen, die DNA würde von einer oder gleich

mehreren verschiedenen Frauen stammen, wäre die Wohnung womöglich ein Unterschlupf für unseren Casanova gewesen, in dem er sich die Zeit mit wechselnden Bekanntschaften versüßt hat«, murmelte Wiebke.

»Das haben die Befragungen der Nachbarn im Haus nicht ergeben«, meldete sich Katja Graf zu Wort. »Klaus Georgs lebte offensichtlich sehr zurückgezogen und hatte keinen Kontakt zu den anderen Mietern. Ein Nachbar sagte aus, dass er ab und zu eine Frau gesehen hat, die er nicht kannte. Seine Beschreibung würde auf Bente Harmsen passen.«

Wiebke ließ sich von der Kollegin den Namen des Nachbarn geben. Sie beschloss, dem Mann ein Foto von Bente Harmsen zu zeigen. Sollte es sich bei ihr um die Frau handeln, die er des Öfteren beobachtet hatte, war ihm vielleicht noch das eine oder andere Detail aufgefallen.

»Wie werden Sie vorgehen?«, mischte sich nun Dierks ein. Er fixierte Petersen und Wiebke mit seinem Blick.

»Zunächst steht noch die Befragung von Bente Harmsens Putzfrau aus«, antwortete Wiebke. »Beate Wegener hat am Abend, bevor die Leiche aufgetaucht ist, das Bistro geputzt. Sie war also als letzte Person vor Ort und hat vielleicht etwas Auffälliges beobachtet.«

»Was hat die Untersuchung der Waffe ergeben?« Dierks' Blick richtete sich auf Piet Johannsen.

»Es handelt sich offenbar um die Tatwaffe«, berichtete der Leiter der Spurensicherung. »Demnach hat der Täter während seiner Tat einen faserfreien Handschuh benutzt, um keine Spuren zu hinterlassen. An der Waffe befanden sich ausschließlich die Fingerabdrücke des Toten. So wie es aussieht, wurde sie dem Opfer in die Hand gelegt, um den Eindruck eines Suizides zu erwecken. Ungeklärt ist allerdings die Herkunft. Der Nummer nach handelt es sich um eine Waffe des Bundes. Vermisst wird sie aber nicht.«

»Könnte es sich bei Klaus Georgs also um einen Bediensteten einer Bundesbehörde handeln? Einen Beamten, der mit der Waffe unterwegs war, und dem dies zum Verhängnis wurde?« Wiebke warf Petersen einen Blick zu. Er nickte fast unmerklich. Zwar stand das Kaliber der Tatwaffe fest, aber ob tatsächlich aus einer offiziellen Dienstwaffe geschossen worden war, mussten die Ballistiker noch herausfinden.

»Das ist nicht auszuschließen. Er könnte als Soldat, Polizist, früher vielleicht auch für den Bundesgrenzschutz gearbeitet haben. Sie sollten also weiter in diese Richtung recherchieren, vielleicht führt die Spur so zur wahren Identität von Klaus Georgs. Eine andere Möglichkeit wäre die, dass er die Waffe aus alten Beständen erworben hat – ganz offiziell. Das müsstet ihr mal prüfen.«

»Moment, Moment«, rief Petersen dazwischen. »Was heißt das, er hat sie ganz offiziell gekauft?«

»Vor einiger Zeit hat das Land Niedersachsen ausrangierte Dienstwaffen veräußert«, berichtete Johannsen. »Die Geschichte hat bei vielen Leuten für Empörung gesorgt. Die Eltern der Opfer von Winnenden sind auf die Barrikaden gegangen und haben dem Land Doppelbödigkeit vorgeworfen. Für sie war es ein Skandal, dass trotz des neuen Waffenscheingesetzes jeder Bürger eine Waffe von einer Behörde kaufen konnte. Das Land hat damit argumentiert, das Geld, das die Waffenverkäufe abwerfen, dringend zu benötigen.«

Die Kollegen staunten wortlos.

Der Erste Hauptkommissar blickte Mara Imken an. »Das sollten Sie mal prüfen. Sicherlich gibt es noch alte Listen, auf denen die Nummern der damals verkauften ausrangierten Dienstwaffen aufgeführt sind. Und wenn nicht: Bringen Sie in Erfahrung, in welcher Behörde und in welcher Dienststelle die Waffe registriert ist. Womöglich erhalten wir so weiterführende Informationen.«

»Das wird aber ein paar Tage dauern.« Damit war Mara

Imken für die Recherche vom Schreibtisch aus zuständig. Wiebke betrachtete die Kollegin unauffällig, konnte aber an Maras Miene nicht erkennen, ob ihr der Umstand gefiel. Sie beschloss, Mara später darauf anzusprechen.

Nachdem Dierks die Aufgaben verteilt hatte, schloss der Erste Hauptkommissar die Konferenz und wünschte allen Kolleginnen und Kollegen ein frohes Schaffen.

Neun

Auf Nordstrand herrschte um diese Zeit noch nicht viel Betrieb. Die meisten Touristen saßen beim Frühstück und planten den Tagesablauf. Sie würden der Halbinsel erst später einen Besuch abstatten, vielleicht um von hier aus zu einem Ausflug nach Pellworm aufzubrechen.

Der Wind hatte aufgefrischt und trieb die Wolken, die sich bei Tagesanbruch über dem Festland gehalten hatten, aufs Meer hinaus. Dort, wo die Sonne sich bereits den Weg durch die Wolkenfetzen bahnte, zauberte sie faszinierende Lichtspiele an den Himmel. Petersen lenkte den Dienstwagen schweigend über die gerade verlaufende Landstraße, während Wiebke den Ausblick genoss. Man nannte Nordstrand das grüne Herz des Wattenmeeres, und die saftigen Wiesen, auf denen Kühe weideten, bestätigten diesen Begriff.

Wiebkes Gedanken wandten sich wieder Tiedje zu. Ihn an der Seite einer anderen Frau zu wissen, bereitete ihr Magenkrämpfe. Mit einer Mischung aus blinder Wut und Enttäuschung ballte sie eine Faust.

»Allens kloar?«, fragte Petersen, als er ihr einen raschen Seitenblick zuwarf. Ihm war nicht entgangen, dass Wiebke etwas zu beschäftigen schien.

Sie nickte und erwiderte sein aufmunterndes Lächeln. »Bisschen Stress im Privatleben«, murmelte sie.

»Willst du drüber schnacken?«

Sie schüttelte den Kopf. »Noch nicht. Sei nicht böse, muss erst mal selber ’nen klaren Kopf bekommen. Aber danke trotzdem.«

»Sicher, immer gern«, erwiderte er grinsend. »Sollst nur wissen, dass ich immer ein offenes Ohr für dich habe.«

»Das ist schön.«

Sie hatten den Parkplatz des Strandbistros erreicht. Nur ein einziges Wohnmobil parkte hier. Wahrscheinlich hatten die Touristen hier draußen in der Einsamkeit genächtigt. Petersen lenkte den Dienstwagen so nah wie möglich an das *Möwennest* heran, dann schaltete er den Motor ab. Sekundenlang herrschte Stille. Nur das Pfeifen des Windes war zu hören.

»Na denn man los.« Wiebke stieß die Beifahrertür auf und stemmte sich in den Wind. Die frische Meeresluft sog sie tief in die Lungen ein.

Seite an Seite schritten sie auf den Flachdachbau zu. Hinter der Küche parkte ein rostiger Lieferwagen. Bente Harmsen schien anwesend zu sein.

Das *Geschlossen*-Schild am Eingang ignorierten sie und betraten den Innenraum des Bistros. Die Stühle standen verkehrt herum auf den Tischen. Niemand war zu sehen. Aus der Küche drang das Klappern von Geschirr. Im Aschenbecher auf dem Tresen glomm eine Zigarette vor sich hin, die sich bereits größtenteils zu einer grauen Aschestange verwandelt hatte. Aus einem Radio hinter der Theke dudelte Musik.

»Wir haben geschlossen«, rief Bente Harmsen aus der Küche. »Sie sind zu früh.«

»Kein Problem«, rief Petersen und zuckte mit einem Seitenblick auf Wiebke die Schultern.

Bente Harmsen tauchte in der Tür unter dem Schild *Kombüse* auf und wischte sich die Finger an einem karierten Geschirrtuch ab. »Moin. Sie schon wieder?«, fragte sie, als sie die beiden Polizisten erkannte.

»Wir haben noch ein paar Fragen an Sie«, erklärte Wiebke und lächelte freundlich.

»Hm.«

Bente Harmsen trug die Haare heute offen. Das blonde Haar umspielte locker ihre Schultern. Auch ein dezentes Make-up hatte sie aufgelegt. Überhaupt wirkte sie um Jahre jünger und erholter. Unwillkürlich fragte sich Wiebke, ob man den Tod eines Geliebten schneller verkraftete als den des eigenen Ehemannes. Aber Bente Harmsen hatte gute Gründe gehabt, sich von ihrem Geliebten zu trennen: Er war ein möglicherweise gefährlicher Stalker gewesen.

Bente Harmsen rutschte auf den Barhocker, griff nach der qualmenden Zigarette, klopfte die Asche ab und nahm einen Zug. »Dann schießen Sie mal los.« Sie wirkte entspannt.

»Nach derzeitigem Stand unserer Ermittlungen gibt es keinen Klaus Georgs.« Petersen war sichtlich gespannt auf Bente Harmsens Reaktion.

»Wie meinen Sie das?« Ihre Augen wurden groß.

»Wir gehen davon aus, dass er sich diesen Namen zugelegt hat und unter falscher Identität in Husum gemeldet war. Nun sind wir natürlich auf der Suche nach seinem wahren Namen. Haben Sie eine Idee, wer Klaus Georgs im wahren Leben gewesen sein könnte?«

Es dauerte einen Augenblick, bis Bente Harmsen die Nachricht verdaut hatte. Sie starrte die Polizisten ungläubig an und schüttelte den Kopf. »Das ist nicht möglich«, murmelte sie. »Ich habe seinen Ausweis gesehen.«

»Sie lassen sich von Ihrem Geliebten den Ausweis zeigen?«, hakte Wiebke nach.

Nun lächelte Bente Harmsen, und sie wirkte wehmütig. Georgs schien ihr jetzt doch zu fehlen. »Es war nur Blödsinn, ein Jux. Kennt man doch: Irgendwann kommt man auf seine eigene Vergangenheit zu sprechen. Man kramt den Ausweis oder Führerschein heraus, um ein absolut peinliches Foto zu zeigen, für das man sich schon unmittelbar, nachdem es entstanden ist, geschämt hat. Wir haben uns über früher unterhalten, und er hat mir das Bild in seinem Ausweis gezeigt. Es war noch ein alter Pass.« Sie machte eine wegwischende Handbewegung. »Ist ja auch egal. Auf jeden Fall hat er mir da den Ausweis gezeigt, und ich weiß noch, wie sehr ich mich über die Frisur gewundert habe, die er damals getragen hat. Sogar einen Schnurrbart hatte er mal.«

»Das war früher Mode.« Petersen blickte kurz auf die Schuhspitzen, und Wiebke mutmaßte, dass auch er mal einen Schnäuzer getragen hatte. Sie verkniff sich ein amüsiertes Grinsen.

»Jedenfalls stand ›Klaus Georgs‹ in seinem Ausweis«, nahm Bente Harmsen den Faden wieder auf. »Ich weiß nicht, wie Sie darauf kommen, dass es ihn nicht gegeben hat.«

»Weltweit sind über zwanzig Millionen gefälschte Ausweispapiere im Umlauf«, erwiderte Petersen. »So betrachtet ist es nicht allzu abwegig, dass er im Besitz eines falschen Passes war.«

»Glauben Sie ernsthaft, er würde diesen Aufwand treiben, nur um seine wahre Identität mir gegenüber zu verschleiern?« Bente Harmsen schüttelte den Kopf und drückte den Zigarettenstummel im Aschenbecher aus. »Ein ziemlich großer Aufwand, nur um sein eigentliches Leben vor einer Geliebten geheim zu halten, finden Sie nicht?«

Wiebke gab ihr recht. »Können Sie sich zufällig an seinen Geburtstag erinnern?«

Die Besitzerin des Bistros dachte einen Augenblick lang angestrengt nach. »Es war der 5. März 1967«, sagte sie dann. »Wozu müssen Sie das wissen?«

»Wir werden versuchen, ihn in den Datenbanken zu finden.«

»Darf ich Ihre Toilette benutzen?«, wechselte Petersen das Thema.

»Natürlich. Die Toiletten sind draußen. Und schon offen.« Bente Harmsen deutete ins Freie.

Petersen bedankte sich, nickte Wiebke zu und verließ den kleinen Gastraum. Die Plastikmöwe unter der Decke schwang im Wind, bis sich die Tür hinter Petersen geschlossen hatte.

Wiebke nutzte die Gunst der Stunde, mit Bente Harmsen von Frau zu Frau zu sprechen. »Und Sie wollten nichts über den Mann wissen, den Sie so sehr geliebt haben?«

Bente Harmsen zuckte die Schultern. »Was heißt, ich wollte es nicht wissen? Natürlich hat mich der Mann interessiert, doch er hat nicht viel von seiner Vergangenheit preisgegeben. Und so habe ich es dabei bewenden lassen.«

»Halten Sie es für möglich, dass er neben Ihnen noch andere Frauen hatte?«

»Grundsätzlich schon. Genug Zeit hatte er ja. Wir waren nicht das klassische Paar, das jede freie Minute gemeinsam verbrachte. Alles musste geheim bleiben, und immerhin muss ich mich um den Hof und um das Bistro kümmern. Ich weiß nicht, ob Klaus ein Mann war, der sich mit vielen Frauen vergnügt hätte. Mir hat er immer seine Liebe geschworen, und an dem Tag, als ich mit ihm Schluss gemacht habe, brach für ihn eine Welt zusammen.« Bente Harmsen blickte Wiebke mit ernster Miene an. »Nein, ich glaube nicht, dass er eine andere Frau hatte, geschweige denn mehrere. Es sei denn, er war ein sehr guter Schauspieler.«

»War er das denn?«

»Immerhin hat er es geschafft, mich mit seinem Spiel aus meiner traurigen Welt zu retten, jedenfalls für ein paar Stunden und die eine oder andere Nacht, die wir zusammen verbracht haben.«

»Immer in seiner Wohnung am Jebensweg?«

»Fast immer. Ich hatte ja schon erzählt, dass wir uns anfangs in einem Hotel in Husum getroffen haben.«

»Wie hieß das Hotel?«

Bente Harmsen nannte den Namen und die Adresse. Der *Husumer Haubarg* war Wiebke natürlich ein Begriff. Spätestens, seitdem dort ein Fernsehkoch seine Sendung produziert hatte, war das Sterne-Haus aus der gastronomischen Landschaft nicht mehr wegzudenken. Vielleicht sollten sie dort einmal nachforschen, ob er in dem Hotel auch mit anderen Frauen abgestiegen war.

Petersen hatte Glück: Bente Harmsen hatte den Lieferwagen nicht abgeschlossen. Es handelte sich um einen alten Renault Kangoo, dessen Lack einmal strahlend weiß gewesen sein musste. Nun war die Farbe in der Sonne Nordfrieslands stumpf geworden. Rotbraune Rostflecken bildeten ein unansehnliches Muster, überall am Wagen gab es Beulen, die offenbar von kleinen Parkremplern stammten. Die vordere Kunststoffstoßstange hing lose in ihrer Halterung und klapperte. Petersen blickte sich kurz um, bevor er die Fahrertür öffnete und sich hinter das Lenkrad des kleinen Transporters sinken ließ.

Ein Duftbäumchen am Spiegel verbreitete ein künstliches Zitrusaroma. So rostig und verbeult der Wagen von außen auch war, im Innern herrschte penible Ordnung. Das Armaturenbrett glänzte, als hätte es seine Besitzerin mit einer Speckschwarte eingerieben. Über die sicherlich längst verschlissenen Sitzpolster hatte sie Bezüge mit modernem Muster gezogen. Das Radio im Armaturenbrett war älteren Datums; es wies noch altmodische Drehknöpfe und einen Kassettenschacht auf.

Petersen beugte sich zur Beifahrerseite und öffnete die kleine Klappe des Handschuhfachs. Neben dem

Wartungsheft fand er einige Musikkassetten, einen blauen Eiskratzer, einige Visitenkarten von Harmsens Ferienwohnungen und einen Kamm.

»Bingo«, sagte Petersen und griff danach. Mit der freien Hand zog er aus der Innentasche seiner Windjacke einen Klarsichtbeutel hervor, in den er den Kamm fallen ließ. Höchste Zeit, zu Wiebke und zu Bente Harmsen zurückzukehren.

»Damit kannst du nichts anfangen«, stellte Wiebke später unbeeindruckt fest, als sie wieder im Dienstwagen saßen und er ihr den Kamm präsentierte. »Das Ding gilt vor Gericht nicht als Beweis, weil wir keinen richterlichen Durchsuchungsbeschluss in der Tasche haben.«

»Entspann dich, Mädchen. Ich will doch gar kein Beweismittel. Piets Trupp hat in der Wohnung DNA-Material gefunden. Möglicherweise können es seine Jungs mit dem hier abgleichen. Aber was, wenn auch andere Damen in seinem Laken gelegen haben?«

»Keine dumme Idee, wenn auch nicht ganz legal.« Wiebke schürzte die Lippen. »Du hattest kein Recht, den Wagen zu durchsuchen.«

»Man merkt, dass deine Zeit auf der Polizeischule noch nicht so lange zurückliegt«, grinste Petersen. »Den Kamm könnte sie auch auf dem Weg vom Auto zum Bistro aus der Tasche verloren haben, und ich habe ihn rein zufällig gefunden.«

»Du schaffst mich, Jan.«

»Danke für die Blumen.« Er startete den Motor und lenkte den Dienstwagen in Richtung Husum. »Hast du das Foto von ihr?«, fragte er, ohne den Blick von der Straße zu nehmen.

»Natürlich. Und frag bitte nicht nach dem Grund, den ich ihr erzählt habe, warum ich sie fotografieren musste.«

»Heißt das, du hast gelogen?« Petersen grinste. »Lernt man das denn in der Polizeischule?«

Wiebke ging nicht auf seine Frage ein. »Ich habe das Blaue vom Himmel gelogen.« Sie lächelte. »Aber das Foto habe ich«, entgegnete sie stolz und griff in die Tasche, um ihr Handy herauszuziehen. Schnell hatte sie im Bistro eine Aufnahme von Bente Harmsen gemacht. Die Frau hatte keine weiteren Fragen zum Verwendungszweck gestellt.

»Ich bin stolz auf dich, Frau Kollegin. Geht doch.«

»Und was machen wir nun mit dem angefangenen Tag?«

»Wir sollten dem Hotel einen Besuch abstatten und dort fragen, ob Georgs sich ausschließlich mit Bente Harmsen getroffen hat. Unter Umständen haben wir es hier mit einem professionellen Heiratsschwindler zu tun.«

»Solange wir nicht seine wahre Identität kennen, stochern wir im Nebel herum«, maulte Wiebke. »Es sei denn, dass sich eine der Frauen für sein schäbiges Verhalten gerächt hat.«

»Oder einer der gehörnten Ehemänner – wenn es sie denn gab, von Ubbo Harmsen einmal abgesehen.«

»Und was, wenn Bente Harmsen tatsächlich die Frau seiner Träume war, die *einzige* Frau, wohlgemerkt?«

»Dann stehen wir wieder am Anfang.«

Der Wagen rollte durch Schobüll. Die ersten Touristen waren mit Fahrrädern unterwegs, um einen Tag am Wattenmeer zwischen Husum und Nordstrand zu verbringen. Die Sonne tauchte die Landschaft in ein anheimelndes Licht. Es war Flut, und rechter Hand glitzerte ab und zu das Meer zwischen den Häusern hindurch.

»Wir kennen den Mann nicht«, brach Petersen das Schweigen im Auto, als sie den Ortseingang von Husum erreichten. »Weder seinen wahren Namen noch das, was er beruflich getan hat. Die Tatsache, dass er mit einer Dienstwaffe ermordet wurde, die in zahlreichen deutschen Behörden eingesetzt wird, könnte ein Indiz darauf sein, dass sein Mörder oder seine Mörderin ein Staatsdiener ist.«

Es war frustrierend. Sie vergeudeten Zeit und Mühe auf Recherchen. Sein Name war falsch, diese Identität hatte nichts mit dem zu tun, was er in seinem wahren Leben getan hatte.

»Und nun?« Wiebke richtete sich im Beifahrersitz auf.

»Zeit für ’nen Tee.« Petersen blickte auf die Uhr im Armaturenbrett. »Elf Uhr gleich.« Er grinste Wiebke an. »Elführtje«, murmelte er.

»Du willst jetzt Teepause machen?«

»Tun das nicht alle Friesen, die was auf sich halten?«

»Petersen, du schaffst mich.«

»Bin ja auch ein paar Jahre älter als du. Also, wohin?«

»Ins Hotel *Husumer Haubarg*, kennst du doch?« Als Petersen die Schultern zuckte, erklärte Wiebke: »Da hat Tom Schmelzer mal den Kochlöffel geschwungen, das war damals im Fernsehen. Seitdem brummt der Laden. Ist allerdings nicht ganz billig.«

»Hab davon gehört. Da soll es ausgezeichneten Tee geben.«

»Dann gib Gas.«

»Schon dabei.« Petersen trat das Gaspedal des Dienstwagens tiefer durch und lenkte den Wagen auf die Schnellstraße in Richtung Norden. Dort, wo sich die B 201 und die Bundesstraße 5 kreuzten, nahm er die Abfahrt und ordnete sich links ein. Auf der Schleswiger Chaussee herrschte der übliche Verkehr: Lastwagen mischten sich unter Wohnmobile, die aus Westen kamen. Entsprechend lang musste er warten, bis er an der Reihe war. Stadteinwärts floss der Verkehr dann recht gut. Petersen ordnete sich wieder links ein und bog in die Straße Rosenburg ab.

Den *Husumer Haubarg* konnten die Kommissare schon von Weitem erkennen. Es handelte sich um einen historischen Bauernhof aus dem siebzehnten Jahrhundert, den ein findiger Geschäftsmann irgendwann zu einem Hotel mit einer ausgezeichneten Küche gemacht hatte.

Die Zufahrt war mit Kies ausgelegt, und Buchsbäumchen flankierten den Weg zum Parkplatz. Es war auffällig, dass hier nur Fahrzeuge der Oberklasse parkten. Anhand der Kennzeichen erkannten Wiebke und Petersen, dass die Gäste aus nah und fern anreisten.

»Sieht doch gut aus«, bemerkte Petersen und rangierte den Wagen in eine freie Lücke. Er klaubte eine Mappe von der Rückbank. Darin befanden sich alle nötigen Unterlagen zum Fall, sowie ein Foto des Toten. Petersens Blick schweifte hinüber zum *Husumer Haubarg*. Insgeheim wunderte er sich, da die Bauform eines Haubarg eigentlich nur auf der Halbinsel Eiderstedt vorkam, aber er schwieg. Möglicherweise war das Gebäude dort zerlegt und an dieser Stelle im Norden von Husum originalgetreu wieder errichtet worden. Nichts war unmöglich, und vor Wiebke wollte er sich nicht blamieren. Teure Restaurants, in denen er sich höchstens ein Bier hätte leisten können, interessierten ihn nicht sonderlich.

In einem flachen Seitentrakt schien sich die Gaststube zu befinden. Als er die Türe aufstieß, wehte ein verführerischer Duft ins Wageninnere. Aus der Küche vernahmen sie das gedämpfte Klappern von Geschirr.

»Sieht teuer aus«, verbesserte Wiebke ihn. »Wer auch immer unser Mister X war, er scheint nicht arm gewesen zu sein.«

Petersen zuckte die Schultern und folgte seiner Kollegin, die es offenbar eilig hatte, den Eingang zu erreichen, obwohl sich am Himmel über Nordfriesland keine einzige Wolke zeigte.

Im Eingangsbereich stießen sie auf eine Mischung aus elegant-schlichtem Luxus und friesischem Bauernstil. Die Wände waren mit weiß gestrichenem Holz vertäfelt. Ein dicker Teppich dämpfte ihre Schritte an den Rezeptionstresen, wo sie von einer blonden Empfangsdame Ende vierzig begrüßt wurden. Wiebke und Petersen zeigten ihr die Dienstausweise und fragten nach der

Hotelleitung. Die Rezeptionistin hatte sichtlich Mühe, ihre Aufregung zu verbergen. Dennoch stellte sie keine weiteren Fragen und führte die Kommissare in den hinteren Teil des Hauptgebäudes. Der Weg zum Büro des Geschäftsführers wurde von Ölgemälden mit Motiven aus der umliegenden Umgebung gesäumt.

Die Empfangsdame blieb an einer Zimmertür stehen und hielt kurz inne. »Einen Moment bitte.« Sie lächelte, klopfte an und steckte den Kopf in das Büro, bevor sie ganz eintrat und sich die Tür hinter ihr schloss.

»Vermutlich denkt sie, dass wir auf der Suche nach polnischen Schwarzarbeitern im Hotel sind«, schmunzelte Petersen. »Sie will ihren Boss warnen.«

»Möglich.« Weiter kam Wiebke nicht, denn die Tür wurde geöffnet. Die Empfangsdame erschien, lächelte und gab den Eingang frei.

»Bitte schön, Herr Thomsen erwartet Sie.«

Die Beamten traten ein und sie verschwand von der Bildfläche.

Wiebke ließ den Blick durch das überraschend kleine Büro schweifen. Rechter Hand gab es einen runden Tisch, der allerdings mit zahlreichen Unterlagen blockiert war. Vor Kopf, am Fenster, das zum hinteren Teil des Hauses hinaus zeigte, ein Schreibtisch, auf dem ebenfalls das Chaos herrschte. Aktenberge, Bücher und Reiseführer stapelten sich zwischen einem ultraflachen Computermonitor der neuesten Generation und einem großen Telefon. Von Ordnung in seinem Büro schien Thomsen nichts zu halten. Hinter dem Schreibtisch saß ein schlanker Mann, den Wiebke auf Anfang dreißig schätzte. Die dunkelblonden Haare waren kurz geschnitten und mit einem wohlduftenden Gel in Form gebracht, die Brille mit den dünnen Gläsern war rahmenlos. Der Anzug sicher nicht von der Stange, Wiebke tippte auf einen italienischen Designer. Schlecht schien er nicht zu verdienen, und so kam sie zu dem Schluss, dass der *Husumer Haubarg* wohl ganz gut lief. An seiner Brusttasche erkannte sie ein glänzendes Schild mit der Aufschrift *Anders Thomsen, Manager*. Der Geschäftsführer des Hotels wurde von einer unsichtbaren Wolke teuren Rasierwassers umgeben, die schwer im Raum hing.

Als die Gäste näher traten, lächelte er, als könne er kein Wässerchen trüben.

Typ dynamischer Jungmanager, durchzuckte es Wiebke.

»Darf ich Ihnen etwas zu trinken anbieten?«

»Einen Tee vielleicht.« Petersen warf Wiebke einen glücklichen Blick zu. Nun kam er also doch noch zu seinem Elf-Uhr-Tee, stellte Wiebke amüsiert fest. Sie verneinte dankend, als sie gefragt wurde, ob sie auch etwas trinken wolle.

Anders Thomsen griff zum Telefon und bestellte Tee und Gebäck. Danach lehnte er sich in seinem Stuhl zurück und fragte die Beamten nach dem Grund ihres Besuches.

»Wir ermitteln in einem Tötungsdelikt«, kam Petersen auf den Punkt. Unaufgefordert zog er sich einen der Stühle vom runden Tisch heran und setzte sich darauf. Wiebke zog es vor, stehen zu bleiben. Das Fenster stand auf Kipp. Vogelgezwitscher drang in den Raum. Draußen gab es einen pedantisch kurz geschnittenen Rasen und einige Büsche, die das Gelände von der viel befahrenen Straße abgrenzten.

»Hören Sie, unser Haus hat einen sehr guten Ruf.« Das Lächeln war wie weggewischt, auf seiner Stirn zeigte sich eine tiefe Sorgenfalte.

»Das bezweifeln wir auch gar nicht«, erwiderte Petersen.

»Geht es um den Toten auf Nordstrand?« Anders Thomsen deutete auf den *Friesenboten*, der zusammengefaltet auf dem Schreibtisch lag. Der Tote im Strandkorb hatte es in der Husumer Zeitung auf Seite Eins geschafft.

Petersen ging nicht auf die Frage ein. Er blätterte in der Mappe und zog ein Foto des Toten heraus, um es Thomsen auf den Schreibtisch zu schieben. »Kennen Sie diesen Mann?«

Thomsen beugte sich vor, betrachtete die Aufnahme, schüttelte stumm den Kopf, nahm die Brille ab und warf einen weiteren Blick auf die Fotografie. Wieder ein Kopfschütteln. »Sollte ich?«, fragte er nach einer kleinen Ewigkeit.

»Er war mehrfach Gast in Ihrem Haus.«

»Ich kenne nicht jeden Gast.«

Die Tür wurde nach einem dezenten Anklopfen geöffnet. Eine junge Angestellte im Dienstmädchendress stellte ein Tablett mit Tee und Gebäck bereit. Dann verschwand sie so schnell, wie sie erschienen war.

»Bitte bedienen Sie sich.« Thomsen setzte ein Lächeln auf wie aus einer Zahnpastawerbung. Er war falsch, das spürte Wiebke sofort. Sie fragte sich, ob er etwas zu verbergen hatte, oder ob es ihm wirklich nur um den guten Ruf des Hotels ging.

»Sicherlich ist er Ihren Mitarbeitern bekannt.« Petersen schenkte sich Tee aus der kleinen Kanne ein, gab Süßstoff hinein und rührte mit dem Löffelchen um. Das Ganze glich einer Zeremonie. Er nahm einen Keks und nippte von seinem Tee.

»Mein Team setzt auf Diskretion«, mauerte Thomsen.

»Und mein Team setzt darauf, einen Mörder zu fassen, der frei herumläuft«, konterte Petersen unbeeindruckt. »Ich denke, dass in einem solchen Fall die Diskretion und der gute Ruf Ihres Hauses zweitrangig sind, Herr Thomsen. Also bitte – fragen Sie Ihre Angestellten, ob der Mann hier bekannt war.«

Anders Thomsen rang sekundenlang mit sich, dann griff er wieder zum Telefon. Es dauerte nicht lange, und die Empfangsdame erschien nach einem leisen Klopfen im Raum.

»Kommen Sie, Angelika«, rief Thomsen und winkte sie mit einer weit ausholenden Geste an seinen verkramten Schreibtisch. Angelika trat hinter ihn. Er tippte auf das Foto. »Die Herrschaften von der Polizei möchten gern wissen, ob Ihnen dieser Mann bekannt vorkommt.«

Angelika warf einen Blick darauf und nickte. »Ich kenne ihn, ja.« Ängstlich betrachtete sie Wiebke und Petersen. »Ist er ein Verbrecher?«

»Das ist noch nicht raus«, antwortete Petersen. »Jedenfalls ist er tot.«

»Oh mein Gott, das ist ja schrecklich.« Die Empfangsdame schlug die Hände vor das Gesicht. Anscheinend war Klaus Georgs großzügig im Umgang mit Trinkgeld gewesen, stellte Wiebke in einem Anflug von Sarkasmus fest.

»Wer ist er?«, fragte Petersen.

»Ich müsste kurz nachdenken.« Hinter Angelikas Stirn arbeitete es offensichtlich. Nachdem sie die Todesnachricht verkraftet hatte, fiel ihr auch der Name wieder ein. »Georgs«, stieß sie hervor. »Karl oder Klaus, irgendwas mit K.« Angelika dachte noch einmal angestrengt nach, doch sie schüttelte den Kopf. »Jedenfalls erinnere ich mich an seinen Nachnamen: Georgs. Ja, er war öfter unser Gast, müssen Sie wissen.«

»War er alleine hier?«

»Nein.«

»Kam er mit einer oder mit wechselnden Damen hierher?« Petersen hatte keine Lust mehr, um den heißen Brei herumzureden.

»Nein, es war immer dieselbe Frau. Blond, etwa meine Größe. Nicht besonders elegant gekleidet, aber eine gut aussehende Person. Schlank, um die vierzig.«

»Die beiden haben sich hier heimlich getroffen?«

»Das geht mich nichts an, und ich habe ihn nie danach gefragt.« Angelika war rot geworden. Sie senkte den Blick und rang nervös die Hände.

Wiebke zog ihr Handy hervor und rief das Foto auf, das sie im *Möwennest* von Bente Harmsen gemacht hatte. »War es diese Frau?«

Angelika warf einen Blick auf das Handy und nickte.

»Mit einer anderen Frau war er nie hier?« Petersen schlürfte von seinem Tee.

»Nein.« Sie blickte erst Wiebke, dann Petersen und schließlich ihren Vorgesetzten an, der ihr aufmunternd zunickte. »Jetzt kann ich es ja sagen. Ich hatte immer den Verdacht, dass sich die beiden hier treffen, weil sie eigentlich anderweitig in festen Händen sind. Sie waren hier, um die Nacht gemeinsam zu verbringen.«

»Wir sind natürlich kein Stundenhotel«, warf Thomsen eilig ein. Das Blut war ihm bis unter die Haarspitzen geschossen, und er nestelte nervös an seiner Krawatte.

»Selbstredend«, nickte Petersen.

»Wenn Herr Georgs unser Gast war, dann taucht er auf unserer Videoüberwachung auf. Die Dame, die ihn begleitet hat, natürlich ebenfalls«, fügte Thomsen ein wenig leiser hinzu. »Ich kann die Aufnahmen gerne heraussuchen lassen und Ihnen zur Verfügung stellen.«

»Das wäre nett«, nickte Wiebke und wunderte sich über seine Kooperationsbereitschaft. »Vielleicht könnten Sie uns die Tage heraussuchen, wann er hier zu Gast war.«

»Natürlich. Wir werden die Daten auswerten und Ihnen zur Verfügung stellen.«

»Gab es irgendwelche Auffälligkeiten an Klaus Georgs und seiner Begleiterin?«, hakte Petersen nach.

»Nun … es ist nicht unsere Aufgabe, uns Gedanken über das Leben unserer Gäste zu machen«, erwiderte Angelika ausweichend. »Aber natürlich sind wir auch nur Menschen und nicht blind. Es war offensichtlich, dass sich die beiden hier heimlich getroffen haben. Deshalb war er auch recht großzügig mit dem Trinkgeld. Selbstverständlich sind wir auch ohne Trinkgeld diskret, aber bei Herrn Georgs drängte sich mir der Verdacht auf, dass ihm außergewöhnlich viel daran gelegen war, dass sein Versteck nicht aufflog.«

»Angelika, bitte, das gehört doch nicht hierher«, mischte sich Thomsen erregt ein.

»Doch, das gehört es sehr wohl«, verbesserte Petersen ihn.

»Wie war Georgs?«, fragte Wiebke.

»Sehr ruhig.« Angelika tauschte einen raschen Blick mit ihrem Chef, bevor sie fortfuhr. »Er war eigentlich schon ein wenig zu ruhig, dafür, dass er sich hier heimlich mit seiner Geliebten traf. Es gibt andere Männer, die sich ein Zimmer bei uns mieten, um eine schöne Nacht mit ihrer Freundin zu verbringen, aber die sind anders.«

»Inwiefern?« Wiebke betrachtete die Empfangsdame.

»Nun, die anderen Männer wirken im Vergleich zu ihm nervös. Sie lachen zu laut, reden zu viel und verraten sich damit, dass sie sich alle paar Sekunden umblicken, fast so, als würden sie fürchten, von ihrer Frau hier in flagranti erwischt zu werden. Wenn sie bei mir einchecken, dann schwitzen ihre Hände, dann werden sie rot, wenn ich mir ihren Personalausweis zeigen lasse, und so weiter. Das alles sind typische Indizien für einen Seitensprung.« Angelika hob abwehrend die Hände. »Aber wie gesagt, das alles geht mich nichts an. Die Gäste sollen sich bei uns wohlfühlen, wir sind diskret, aber es kommt immer wieder vor, dass hier Geschäftsleute mit ihrer Geliebten oder einer Escort-Dame ein Zimmer mieten.«

»Und bei Herrn Georgs war das alles anders?«

»Absolut, ja. Er war höflich, wirkte souverän und sehr ruhig und entspannt.«

»Sonst gab es keine Auffälligkeiten?«

»Bei mir nicht, nein. Ich kann mir auch nicht vorstellen, dass Herr Georgs einem meiner Kollegen aufgefallen wäre.«

»Danke, Sie haben uns sehr geholfen.« Wiebke lächelte freundlich.

»Sie können dann gehen, Angelika.« Thomsen fuchtelte mit der Hand in der Luft herum. »Vielleicht bereiten Sie den Herrschaften von der Polizei schon mal den Ausdruck mit den Daten vor, damit sie wissen, wann Herr Georgs in unserem Hause zu Gast war.« Ihm war die Angelegenheit offenbar unangenehm, und Wiebke fürchtete, dass sich die Empfangsdame für ihre Offenheit noch einen Dämpfer von ihm einfangen würde.

Angelika zog sich zurück, und auch Petersen gab Wiebke ein Zeichen, dass sie durch waren. Er leerte seine Teetasse und stellte sie auf das kleine Tablett zurück. Schnell griff er nach einem weiteren Keks. »Und Sie sind so freundlich und versorgen uns mit den entsprechenden Videoaufzeichnungen und mit den Einträgen ins Gästebuch. Die Unterlagen lasse ich heute Nachmittag von Kollegen abholen, wenn das recht ist.«

»Natürlich, dafür benötigen Sie keinen Durchsuchungsbeschluss.«

Daher weht der Wind, dachte Wiebke. Thomsen war alles recht, solange er die Durchsuchung seines Hotels verhindern konnte, ohne sein Gesicht zu verlieren. Als sie sich mit Petersen von ihm verabschiedet hatte, fragte sie sich, ob es einen Grund für Thomsens außergewöhnlich kooperatives Verhalten gab.

Thomsen griff zum Telefon, nachdem die Beamten gegangen waren. Er hatte keine Lust auf Schwierigkeiten und wollte den Ruf seines Hauses auf keinen Fall schädigen. Der *Husumer Haubarg* war seine Existenz, und alles, was dem Hotel und Restaurant schaden könnte, wehrte er ab. Thomsen hatte alles auf eine Karte gesetzt und nicht vor, sich die Zukunft von einem einzigen Gast zerstören zu lassen. Nervös trommelte er mit den Fingern auf der Tischplatte herum. Es tutete nur zweimal in der Leitung, bis sich jemand mit einem knappen »Hallo?« meldete.

»Ich hatte Besuch von der Polizei. Sie haben erfahren, dass er hier seine Nächte mit ihr verbracht hat.«

»Was haben Sie ihnen gesagt?« Die Stimme des Mannes am anderen Ende der Leitung klang emotionslos.

»Nichts. Ich habe nicht gelogen, als ich ihnen sagte, dass ich ihn nicht kenne. Er ist mir persönlich nie begegnet. Sie wollen die Bänder der Videoüberwachung sehen, auf denen er auftaucht.«

»Händigen Sie den Polizisten die Aufzeichnungen aus.«

»Das hatte ich vor.«

»Ich werde mich ab sofort wieder selbst um die Sache kümmern. Auch wenn ich wahrscheinlich nicht dafür sorgen kann, dass seine Identität noch länger geheim bleibt. So wie ich die Sache sehe, müssen wir uns in Schadensbegrenzung üben. Ich werde mich darum bemühen, dass sich eine höhere Instanz um den Fall kümmert, aber das kann dauern. Keine Angst, der Name des Hotels wird nicht negativ in den Akten auftauchen.«

»Das wäre auch in meinem Interesse.« Thomsen versprach, seinen Gesprächspartner auf dem Laufenden zu halten, sollte sich noch etwas ergeben, was für ihn von Belang sein könnte, und unterbrach die Verbindung. Danach verließ er sein Büro und begab sich zur Rezeption, wo die Empfangsdame mit einer Kollegin bereits damit beschäftigt war, die von der Kriminalpolizei gewünschten Aufnahmen zu sichten. Es war ein seltsames Gefühl, dass die Existenz des *Husumer Haubargs* von diesem einen Mann abhängen könnte. Ab sofort durfte nichts mehr schiefgehen.

Nachdem sie den Dienstwagen auf dem Hof der Polizeiinspektion abgestellt hatten, standen sie ein wenig unschlüssig vor dem Eingang des Gebäudes an der Poggenburgstraße. Petersen blickte auf seine Armbanduhr.

»Mahlzeit«, sagte er dann und warf den Autoschlüssel in die Luft, um ihn geschickt wieder aufzufangen und in der Jackentasche zu versenken.

»Was hast du vor?« Wiebke runzelte die Stirn. Sie hatte sich bereits damit angefreundet, die nächsten Stunden im Büro vor dem Computer zu verbringen. Sie mussten recherchieren und das manchmal so lästige Einsatztagebuch auf Stand bringen, doch anscheinend hatte Petersen andere Pläne.

»Guck mal auf die Uhr. Ich weiß ja nicht, wie es dir geht, aber ich habe Hunger.«

»Du denkst auch nur ans Essen«, rügte Wiebke ihn.

Jan Petersen strahlte und strich sich über den Bauch. »Na, 'n starker Kerl wie ich muss ordentlich gefüttert werden. Ohne Benzin läuft auch der beste Motor nicht.«

»Dann los.« Wiebke hatte sich umgedreht und marschierte in Richtung Innenstadt.

»Geht doch«, murmelte Petersen zufrieden und folgte seiner jungen Kollegin.

Nach einem kurzen Fußmarsch erreichten sie die Hafenstraße und genossen den Blick auf den Husumer Hafen. An der Schiffsbrücke herrschte reger Verkehr, und inzwischen waren auch zahlreiche Urlauber unterwegs, um die graue Stadt, wie Theodor Storm sie einst genannt hatte, zu erkunden. Zwischen Schiffsbrücke und der Hafenstraße reihten sich Restaurants und kleine Souvenirläden aneinander. Einige Lokale hatten Tische ins Freie gestellt. An einem mit Blick auf den Binnenhafen nahmen sie Platz.

Das Kulturzentrum *Speicher Husum* lag gleich nebenan. Hier fanden unterschiedlichste Veranstaltungen im Jahr statt; vom Weihnachtsmarkt über Lesungen bis hin zum Punkkonzert wurde hier alles angeboten. Der Verein hatte sich gut mit der Stadt arrangiert, um der Bevölkerung ein buntes Programm in urigem Ambiente am Hafen bieten zu können.

Kreischend zogen einige Möwen über das Hafenbecken, das zurzeit kein Wasser führte. Ein ausgedienter Tonnenleger ruhte gegenüber auf der Slipanlage der ehemaligen Werft. Wiebke erinnerte sich daran, gelesen zu haben, dass die *Hildegard* im Jahr 1907 von den Husumer Werftarbeitern als Segelschiff gebaut worden war. Damals war sie auf den Namen *Eider* getauft und Anfang der 1920er-Jahre zum Motorschiff umgebaut worden. 1958 wurde die *Eider* an eine Tonnenlegefirma verkauft und markierte fortan unter dem Namen *Hildegard* das Fahrwasser von der Eider bis zur dänischen Grenze. Erst zwanzig Jahre später wurde das Schiff außer Dienst gestellt. Seitdem lag sie hier als eine der Attraktionen im Husumer Schifffahrtsmuseum, ein mächtiges Industriedenkmal nordfriesischer Schiffsbaukunst. Sie sah aus, als könne sie jederzeit wieder in See stechen. Die Werft gab es längst nicht mehr; an der Stelle, wo die *Hildegard* Anfang des letzten Jahrhunderts gebaut worden war, stand heute das neue Rathaus.

Nachdem sich Petersen bei der Bedienung eine große Portion Krabben mit Rührei und Bratkartoffeln und ein Mineralwasser bestellt hatte, entschied sich Wiebke für Pellkartoffeln mit Heringsstipp. Petersen hatte sich eine Zigarette angezündet und paffte scheinbar gedankenverloren den Rauch in den Himmel. Doch Wiebke sah ihm an, dass er über den Fall nachdachte.

»Was denkst du?«, wollte Wiebke wissen, doch Petersen antwortete nicht.

Als die Bedienung das Essen brachte, murmelte er ein überraschtes »Was – so schnell?« und drückte die Zigarette im Aschenbecher aus.

Wiebke stocherte in ihren Pellkartoffeln herum. »Wir haben einen unbekannten Mann, der ein Doppelleben führte und nirgendwo gemeldet, aber auch nirgendwo vermisst wird. Das ist doch nicht normal.« Der Umstand, dass sie auf der Stelle traten, gefiel ihr nicht. Dies war ihr erster Mordfall, und sie war ehrgeizig genug, um entscheidend zur Lösung des rätselhaften Mordes beitragen zu wollen. Immerhin war ihr Vater ein erfolgreicher

Ermittler, und sie hatte vor, in seine Fußstapfen zu treten. Vielleicht war er dann stolz auf sie und entsann sich, dass er eine Tochter hatte. »Ich möchte mir seine Wohnung ansehen«, murmelte Wiebke kauend und spülte mit einem Schluck Cola nach.

»Das haben die Jungs von der Spurensicherung doch schon getan«, erwiderte Petersen und schob sich eine Gabel Rührei in den Mund. Er wirkte trotz der beruflichen Anspannung äußerst zufrieden; ein Umstand, den Wiebke darauf schob, dass er einen vollen Teller vor sich hatte. Die Bratkartoffeln dufteten wunderbar, und Petersen wurde zum Gourmet.

Wiebke schüttelte den Kopf. »Ich will dort hin und mich umsehen, um ein Gefühl für den Mann und sein Leben zu bekommen. Was hat ihn bewogen, diese Wohnung anzumieten, die er anscheinend nur selten wirklich bewohnte? Warum hat er sich nicht dafür entschieden, Nägel mit Köpfen zu machen? Warum hat er Bente Harmsen nicht aus dem Ehealltag gerettet und mit ihr ein neues Leben begonnen? Hatte er etwas zu verbergen? Hatte er Angst?«

»Wie willst du das herausfinden?« Petersen machte große Augen.

»Lass mich man machen«, lächelte Wiebke und genoss den Hering. »Vielleicht kann ich mich dann in seine Situation hineinversetzen und komme auf die richtigen Gedanken, die uns zur Lösung des Falles führen.«

»Wie du meinst.« Petersen nickte ergeben und widmete sich seinen Krabben. Er war sichtlich im Reinen mit der Welt, und Wiebke war sicher, dass er ihr in diesem Augenblick jeden Wunsch von den Lippen abgelesen hätte.

Sie leerte eilig ihren Teller. Nachdem sich Petersen die obligatorische Zigarette gegönnt hatte, zahlten sie die Rechnung und schlenderten zurück zur Poggenburgstraße.

Im Büro machte Wiebke sich gleich an die Arbeit

und nahm Kontakt mit Dierks auf, der ihr mit einer fragend gehobenen Augenbraue den Schlüssel für Klaus Georgs Wohnung im Jebensweg aushändigte. Danach telefonierte sie mit der Stadtverwaltung und wusste schon bald, wem das Mietshaus gehörte, in dem die Treffen zwischen Klaus Georgs und Bente Harmsen stattgefunden hatten. Mit diesem Wissen machten sie sich auf den Weg.

Zehn

Den Wagen hatten sie in der Theodor-Storm-Straße unter einem der schattenspendenden Bäume abgestellt und waren den Rest des Weges zu Fuß gegangen. Von hier aus war es nur ein Katzensprung zum Schlosspark, der in jedem Frühjahr die Besucher in Scharen in die Stadt lockte, die das Meer von Krokusblüten bewundern wollten.

Das Mietshaus im Jebensweg bildete einen harten Kontrast zu den idyllischen Häuschen auf der gegenüberliegenden Straßenseite. Die weißgraue Betonschicht war partiell mit Klinkern abgesetzt. Ein gut fünf Meter breiter Rasenstreifen grenzte das Gebäude vom Bürgersteig ab. Mülltonnen neben dem Eingangsbereich vermittelten nicht gerade eine anheimelnde Atmosphäre, und Wiebke zählte vierundzwanzig Namen auf dem Klingelbrett neben der gläsernen Haustür.

Eine alte Frau war auf der gegenüberliegenden Straßenseite damit beschäftigt, ihren Vorgarten zu pflegen. Sie hackte ein kleines Beet und bückte sich immer wieder umständlich, um Unkraut zu entfernen, das sie in einem alten Zinkeimer sammelte. Misstrauisch äugte sie zu den Polizisten in Zivil herüber, doch weder Wiebke noch Petersen beachteten die Rentnerin.

»Das ist ja das reinste Wohnsilo«, stellte Wiebke fest, als sie an der Fassade emporblickten. »Kein Wunder, dass jemand wie Klaus Georgs hier anonym wohnen konnte.«

»Da kennt kein Nachbar den anderen«, murmelte Petersen und klimperte mit dem Schlüssel, den sie von Matthias Dierks mitbekommen hatten. Die Kollegen vom Erkennungsdienst hatten die Wohnungstür durch einen Schlüsseldienst öffnen und anschließend ein neues Schloss einsetzen lassen.

»Außer vielleicht Paul Hinrichsen«, erwiderte Wiebke. »Ihm gehört das Haus, und Klaus Georgs hat mit ihm einen Mietvertrag geschlossen. Dass er dabei Wert auf eine kurze Kündigungsfrist legte, war Hinrichsen gleich komisch vorgekommen.«

»Die Frist war wohl nicht kurz genug«, murmelte Petersen, dann stutzte er. »Warum weiß ich das alles nicht?«

»Weil du nicht danach gefragt hast«, antwortete Wiebke. »Ich habe mich vorhin im Büro kurz an den Rechner gesetzt und meine Mails gelesen. Die Flensburger waren so freundlich, schon mal zu recherchieren und uns so die Arbeit zu erleichtern.«

»Moment – es ist ihr Fall«, stellte Jan Petersen klar.

»Wohl nur auf dem Papier.« Wiebke winkte ab.

»Ich will diesen Hinrichsen sprechen.«

»Das war mir klar, und deshalb habe ich seine Adresse aufgeschrieben. Hinrichsen ist ein Immobilienmensch, er ist Makler, Vermieter und Bauherr von neuen Projekten in einer Person. Liegt fast auf der Hand, dass er im schönen Schobüll residiert. Wir werden ihm später einen Besuch abstatten, einverstanden?«

»Du machst mich fertig.«

»Das tut mir leid«, lächelte Wiebke zuckersüß, während sie die flache Hand auf das Klingelbrett legte. Es dauerte nicht lange, bis sich verschiedene verzerrt klingende Stimmen über die Gegensprechanlage meldeten. Doch wie immer in solchen Situationen waren auch einige Mieter dumm genug, zu öffnen, ohne sich zu versichern, dass die Besucher nichts Böses im Schilde führten. Wiebke murmelte »Sesam öffne dich« und stemmte sich gegen das Gewicht der Tür. Petersen folgte ihr mit einem Kopfschütteln, dann standen sie im Treppenhaus. Oben klappten Wohnungstüren, und einige Hausbewohner unterhielten sich aufgebracht über den Klingelterror.

»Es ist alles in Ordnung«, rief Petersen nach oben. »Kriminalpolizei Husum, bitte machen Sie sich keine Sorgen!« Er wandte sich mit einem fragenden Gesichtsausdruck an Wiebke.

»Dritter Stock.«

»Na toll, ganz oben.« Petersen rieb sich über den Bauchansatz. »Und das mir.«

»Ein bisschen Bewegung kann dir gar nicht schaden, Dicker, dann kannst du das Mittagessen wieder abtrainieren«, lachte Wiebke und spurtete voran.

Keuchend fügte sich Petersen in sein Schicksal und nahm sich wohl in diesen Minuten vor, Wiebke mal beim Joggen am Dockkoog zu begleiten.

Im Treppenhaus bildeten Glasbausteine eine natürliche Lichtquelle. Durch das Muster der Steine konnten sie den Jebensweg verschwommen erkennen. Ein wenig atemlos erreichten sie den dritten Stock.

»Und nun?«, keuchte Petersen.

»Hier muss es sein.« Wiebke deutete auf eine Tür, die vom Treppenhaus auf eine Art Laubengang hinausführte. »So haben es mir die Kollegen jedenfalls erklärt.«

An der Wohnungstür gab es kein Namensschild. Klaus Georgs war also daran gelegen, dass die Nachbarn ihn nicht kannten. »Wie unten«, kommentierte Wiebke, der auch auf dem großen Klingelbrett am Hauseingang ein Schild ohne Namen aufgefallen war. Sie löste das Polizeisiegel, das die Bezirkskriminalinspektion Flensburg zwischen Zarge und Türblatt aufgebracht hatte, und steckte den Schlüssel in das neue Schloss.

Im Korridor der Wohnung empfing sie schummriges Licht. Wiebke wischte mit der rechten Hand über die Wand neben der Tür, fand einen Lichtschalter und betätigte ihn. Die Wohnung machte einen fast pedantisch aufgeräumten Eindruck; das Mobiliar war hochwertig und noch nicht sehr alt. Farben und Fenstervorhänge waren sorgfältig ausgewählt worden – sie passten gut zueinander. Wiebke überlegte, ob die Wohnung von einem professionellen Raumausstatter eingerichtet worden war. Alles wirkte harmonisch und fügte sich in das Gesamtbild.

Sie schätzte Georgs Unterkunft auf fünfundsechzig Quadratmeter, die sich auf drei Zimmer verteilten. Gegenüber der recht kleinen Küche, die den Eindruck machte, nur sehr selten genutzt worden zu sein, gab es ein rund zwanzig Quadratmeter großes Schlafzimmer. Beherrscht wurde der Raum von einem Dreimeterschrank und einem französischen Bett. Daneben standen kleine Kommoden, auf denen Nachttischlampen mit Edelstahlgestell und Milchglasschirmchen standen. Das Bett wirkte frisch bezogen.

Petersen hatte die Wohnungsbesichtigung bereits fortgesetzt. Der größte Raum war mit geschätzten dreißig Quadratmetern das Wohnzimmer. Eine Tür neben der großen Fensterfront führte auf den Balkon. Petersen hatte die Balkontür geöffnet und ließ die frische Luft des milden Sommertages ins Zimmer. Für ihn war die Besichtigung abgeschlossen; er verließ sich auf die Erfahrung der Kollegen vom Erkennungsdienst. So war er ins Freie getreten und hatte sich auf dem Balkon eine Zigarette angezündet. Genüsslich paffend lehnte er über der Brüstung und winkte der alten Dame zu, die gegenüber immer noch mit der Pflege ihres Vorgartens beschäftigt war.

Typisch Petersen, dachte Wiebke und wandte sich ab. Sie machte ihm keinen Vorwurf. Sie selbst war nur aus emotionalen Gründen hergekommen, um sich ein Bild von Klaus Georgs' und Bente Harmsens Umfeld machen zu können. Alleine zog sie sich in den schmalen Korridor zurück, zur Wohnungstür, an der ihre Besichtigung begonnen hatte. Sie lehnte sich rücklings an die Tür und spürte das kalte Holz durch den dünnen Stoff ihrer Kleidung. So verbrachte sie ein, zwei Minuten mit geschlossenen Augen und versuchte, sich in Bente Harmsen zu versetzen.

Wie hatte sie empfunden, wenn sie an der Seite von Klaus Georgs in diese Wohnung gekommen war? Mit welchen Erwartungen und Gefühlen war sie an diesen Ort gekommen, und was war dann geschehen?

Hatten sie sich leidenschaftlich geküsst, um sich gleich darauf die Kleider vom Leib zu reißen, eng umschlungen auf das Bett im Schlafzimmer zu sinken? Hatte sie eine leidenschaftliche Nacht erwartet – nicht mehr, nicht weniger – oder waren sie zunächst ins Wohnzimmer gegangen, hatten sie sich miteinander unterhalten, hatte er ihr geduldig zugehört, wenn sie ihm ihr Herz ausgeschüttet hatte?

Hatten sie gemeinsam ferngesehen?

Hatte er etwas für sie gekocht, um sie zu verwöhnen?

Wie war er als Liebhaber gewesen – hatte er sie auf Händen getragen?

Sie hatten hier miteinander geschlafen, und Wiebke erinnerte sich daran, dass Bente ihr erzählt hatte, wie Klaus Georgs ihr Abstand vom tristen Ehealltag geboten hatte, ihr das gegeben hatte, was sie zu Hause entbehren musste. Wiebke stellte sich vor, dass er ein sehr aufmerksamer Zuhörer gewesen war und ein leidenschaftlicher Liebhaber zudem. Er war geschickt genug gewesen, nicht viel von seinem wahren Leben preiszugeben. Hatte er etwas zu verbergen gehabt? Gab es irgendwo eine Ehefrau, die nicht ahnte, dass ihr Mann sie betrog?

Dann musste sie ihn doch inzwischen vermissen, denn Wiebke wusste, dass die Treffen zwischen ihm und Bente Harmsen immer nur wenige Stunden angedauert hatten. Nur selten hatten sie die ganze Nacht gemeinsam verbracht, Bente war trotz Ehefrust immer sehr darauf bedacht gewesen, dass Ubbo nicht hinter ihr Verhältnis kam. Wiebke erinnerte sich daran, dass die Kollegen aus Flensburg benutzte Kondome mit der DNA des Toten gefunden hatten. Wollte sich Klaus Georgs, wie auch immer er im wahren Leben geheißen hatte, vor Geschlechtskrankheiten schützen, da er mit wechselnden Partnerinnen Sex gehabt hatte?

Oder wollte er Bente Harmsen vor einer ungewollten Schwangerschaft schützen?

Vielleicht war er aber auch ein äußerst verantwortungsvoller Mann gewesen.

Wiebke schlug die Augen auf, als die Gedanken sie in eine Art Trancezustand zu versetzen drohten. Sie rieb sich durch das erhitzte Gesicht und trat in das Schlafzimmer. Vor ihrem geistigen Auge lief ein Film ab, und sie sah ein lachendes Paar, das sich unter leidenschaftlichen Küssen ins Schlafzimmer zurückzog, um sich seiner Kleidung zu entledigen. Sie sanken auf das französische Bett und liebten sich mehrmals in einer einzigen Nacht. Doch als in den frühen Morgenstunden der Wecker klingelte, sprang Bente Harmsen aus dem Bett. Es war halb fünf in der Früh, und da sie nur wenig Schlaf bekommen hatte, wäre sie wahrscheinlich am liebsten bis zum Mittag im Bett liegen geblieben, um sich später mit einem opulenten Frühstück im Bett von ihrem Liebhaber wecken und verwöhnen zu lassen. Doch die Wirklichkeit rief und hatte den Traum der letzten Nacht wie eine Seifenblase platzen lassen. Wiebke schloss die Augen und glaubte zu sehen, wie Bente Harmsen im Bad verschwand, um ihre Müdigkeit unter den prasselnden Strahlen der Dusche zu vertreiben und die letzten Spuren der durchliebten Nacht abzuspülen. Sie verabschiedete sich mit einem Kuss auf die Stirn von dem noch schlafenden Klaus Georgs. Hektisch sprang sie auf die Straße zu ihrem alten Lieferwagen, der unter der Straßenlaterne parkte, erst beim dritten Startversuch röchelnd zum Leben erwachte und sie stotternd und bockend zurück nach Nordstrand brachte, wo sie den Bauernhof rechtzeitig erreichte, um ihren noch vom Restalkohol benebelten Mann zu wecken.

Ein Leben in zwei verschiedenen Welten, dachte Wiebke und bemerkte den tiefen Seufzer, der über ihre Lippen kam, selber nicht. Für Klaus Georgs ebenso wie für Bente Harmsen.

Erst, als Petersen sich direkt neben Wiebke geräuschvoll räusperte, schlug sie schwer atmend die Augen auf. Das Leben von Bente Harmsen und ihrem geheimnisvollen Geliebten rückte schlagartig in den Hintergrund. Dennoch spürte sie die Leere.

»Können wir dann?«

»Klar.« Sie lächelte unsicher und gab sich Mühe, Petersen nichts von dem mitkriegen zu lassen, was sich eben in ihrer Phantasie abgespielt hatte. Dabei spürte sie die Sehnsucht nach der erfüllten Liebe fürs Leben nach ihrem Herzen greifen. Sie vermisste Tiedje.

Doch er konnte ihr gestohlen bleiben. Er hatte sie mit einer anderen Frau betrogen, weil er einfach nicht damit klargekommen war, dass sie einen zeitintensiven Beruf ausübte. Mit einer Mischung aus Wut, Trauer und Erschöpfung folgte sie Jan Petersen zum Wagen. Er fragte nicht, was mit ihr los war, warum sie so aufgewühlt war, und ließ sie in Ruhe. Sogar seine dummen Sprüche verkniff er sich, als sie nebeneinander in die weichen Polster des Passat Variant sanken. Wiebke war ihm sehr dankbar dafür.

Sie verließen Husums Stadtmitte in Richtung Norden. Der Verkehr wurde dünner, als sie auf den Abzweig nach Nordstrand abbogen. Um diese Zeit waren nur noch wenige Touristen unterwegs auf die schönste Halbinsel Nordfrieslands, wie Wiebke sie gern nannte. Unterwegs brach sie ihr Schweigen und berichtete Petersen, was sie in der Wohnung von Klaus Georgs gefühlt hatte. Nur ihre privaten Gedanken und Empfindungen ließ sie bewusst außen vor.

»Dass sie in Georgs oder wie auch immer der Kerl hieß, den rettenden Anker sah, ist klar wie Kloßbrühe«, murmelte Petersen, ohne den Blick von der Straße abzuwenden. »Die Frage ist doch, ob er die Beziehung ähnlich gewertet hat. Wer weiß, wenn er ein Schwerenöter war und sie für das Ausleben seiner unerfüllten sexuellen Wünsche missbraucht hat, dann hatte er sicherlich eine ganz andere Vorstellung für eine gemeinsame Zukunft als sie.«

»Das ist brillant.« Wiebke lehnte sich im Beifahrersitz zurück und betrachtete die Landschaft, die an ihnen vorüberflog. »So habe ich es noch nicht gesehen, denn alle, mit denen wir gesprochen haben, waren sicher, dass es neben Bente Harmsen keine andere Frau im Leben unseres Mister X gab. Und nun stehe ich vor der Frage, ob der ehrenwerte Klaus Georgs vielleicht einem angesehenen Beruf nachging, verheiratet und vielleicht ein fürsorglicher Vater war.«

»Und selbst wenn, dann dürften seine Kinder aus dem Gröbsten heraus sein, denn er war Mitte vierzig, Mädchen.«

»Das hat nichts zu heißen«, widersprach Wiebke. »Aber immerhin muss er über eine zweite Identität verfügt haben. Wenn das stimmt, was wir von Bente Harmsen erfahren haben, dann ist für ihn eine Welt zusammengebrochen, als sie sich von ihm getrennt hat. Nicht umsonst hat er ihr auch weiterhin nachgestellt, ihr SMS und E-Mails geschickt.«

»Könntest du dir vorstellen, dass sie ihn erschossen hat, weil er ihr lästig wurde?«

»Eigentlich nicht.« Wiebke schüttelte den Kopf. Sie hatte bei Bente Harmsen das Bild einer starken Frau vor sich, die sich, enttäuscht von den Demütigungen, die sie täglich in der Ehe erfuhr, in ein amouröses Abenteuer geflüchtet hatte, das ihr schließlich über den Kopf gewachsen war. »Sie hat nicht den Mut aufgebracht, Ubbo zu verlassen und mit Klaus Georgs ein neues Leben zu beginnen. Reumütig ist sie zu dem alkoholkranken und arbeitsscheuen Mann zurückgekehrt, mit dem sie sich so viel aufgebaut hatte.«

»Andererseits hat sie sich von einem Mann getrennt, der offenbar eine Schraube locker hatte«, gab Petersen zu bedenken. »Das ist doch auch mutig, oder?«

»Vielleicht sollten wir den Medien ein Foto von ihm zur Verfügung stellen. Niemand scheint ihn ernsthaft zu vermissen«, überlegte Wiebke.

»Ich werde mit Dierks sprechen, er soll das mit den Flensburgern klarmachen«, versprach Petersen. Er drosselte das Tempo, setzte den Blinker und bog rechts in eine kleine Seitenstraße ab. »Gleich sind wir bei Hinrichsen, und vielleicht hat er einen heißen Tipp für uns.«

Elf

»Wann kann ich mit dem Geld rechnen?« Ellen Budde wanderte mit dem schnurlosen Telefon am Ohr durch die Wohnung. Am Wohnzimmerfenster blieb sie stehen, sah der alten Utke als dem ersten Stock zu, wie sie die Wäsche von der Leine nahm, trat einen Schritt zurück und setzte die Wanderung fort.

»Ich tu, was ich kann, aber du weißt, wie schlecht es aussieht.«

»Und ich möchte dich nicht unter Druck setzen, aber du weißt, dass ich um jeden Euro verlegen bin«, erwiderte Ellen und strich sich eine widerspenstige Haarsträhne aus der Stirn. Heute hatte sie ein Schreiben der Bank im Briefkasten gehabt. Man bat schnellstens um einen Ausgleich des Saldos, der sich bereits seit Langem im Minus befand, ansonsten würde man ihr das Konto kündigen. Was das für Folgen hatte, darüber wollte Ellen augenblicklich gar nicht erst nachdenken. Sie war mit der Miete zwei Monate im Rückstand. Schon jetzt wagte sie sich kaum auf die Straße, stets hatte sie Angst, dem Vermieter über den Weg zu laufen, der sie mit einer Mischung aus Spott, Vorwurf und Lüsternheit anstarrte. Ellen fragte sich, wann er die Hemmung verlöre und das aussprechen würde, was er wohl schon lange dachte: sie auffordern, mit ihm zu schlafen, damit er seine Mietforderungen vergaß. Dabei war Jensen ein alter, fetter Sack, der nichts anderes zu tun hatte, als seine Mieter zu beobachten, ja, zu observieren. Dass er dabei unter der Fuchtel seiner Frau Käthe stand, einer alten hysterischen Kuh, die irgendwann aus Nordrhein-Westfalen in den Norden gekommen war, verdrängte Jensen in solchen Augenblicken.

Er hatte Ellen schon so seltsam angeschaut, als er sie beim Besichtigungstermin durch die Wohnung an der

Mommsenstraße geführt hatte. »An der Miete können wir sicher noch etwas machen«, hatte er feist gegrinst und sie wie ein Stück Fleisch betrachtet. Am liebsten hätte sie ihm damals eine gescheuert, und nur ihre gute Erziehung hatte ihr verboten, Jensen in seine Schranken zu weisen. Inzwischen hatte sie es schon mehrfach bereut, hier eingezogen zu sein. Sie traute sich kaum noch, im Sommer mit einem luftigen Kleid oder gar einem kurzen Rock und im knappen Top aus dem Haus zu gehen, da Jensen immer irgendwo auf der Lauer lag und sie lüstern angaffte.

»Ich werde noch heute mit Ubbo sprechen und sehen, was wir tun können«, hörte sie Bentes Stimme wie durch Watte an ihr Ohr dringen.

»Danke.« Ellen hoffte, dass Ubbo Harmsen noch nicht zu betrunken war, um mit seiner Frau über die miese finanzielle Situation der Angestellten nachzudenken. Die beiden steckten in Schwierigkeiten, und lange hatte Ellen Verständnis gezeigt und Bente, die sie sehr schätzte, signalisiert, dass sie schon irgendwie über die Runden kommen würde. Doch in letzter Zeit waren einige unbezahlte Rechnungen bei ihr aufgelaufen, und es war höchste Zeit, drohende Mahnverfahren abzuwenden. Noch mehr Schwierigkeiten wären augenblicklich das Letzte, was sie gebrauchen konnte.

Zwölf

Paul Hinrichsen wohnte nicht – er residierte. Der Immobilienmakler lebte in einem riesigen freistehenden Haus am Waldrand, das in der Mitte des Halebüller Weges lag. Nach Süden hin wurde das kleine Waldstück vom Ingwer-Paulsen-Weg eingegrenzt. Kleinere Häuser, die oft als Ferien- und Wochenendhäuser genutzt wurden, bestimmten das Bild des gepflegten Vorortes, auch das Erholungsgebiet Schobüller Wald lag nur einen Steinwurf entfernt.

Als Wiebke ausstieg, mischte sich die frische Seeluft mit dem Aroma des angrenzenden Waldes. Ein einzigartiger Duft. Wiebke erinnerte sich unwillkürlich an ihre Schulfreundin Merle, die ebenfalls hier in Schobüll gelebt hatte. Als einzige Tochter wohlhabender Eltern war sie stets gut gekleidet und teuer ausgerüstet zur Schule gekommen. Natürlich hatte das Mädchen seinerzeit viele Neider gehabt.

Schobüll gehörte erst seit 2007 offiziell zu Husum und wurde seitdem auch durch den dortigen Tourismusverband Husumer Bucht vertreten, der dafür sorgte, dass auch in diesem Ortsteil die Hotelbetten und Ferienhäuser zur Saison immer ausgebucht waren. Schobüll verfügte als einziger Ort weit und breit über einen freien Blick auf die Nordsee, denn Deiche suchte man hier vergeblich.

Paul Hinrichsen residierte in einem Neubau mit mindestens dreihundert Quadratmetern Grundfläche. Das Grundstück war von einem Rancherzaun umgeben; neben dem Eingang gab es eine Doppelgarage, vor der ein schwerer VW Phaeton parkte. Auf den Kennzeichen erkannte Wiebke neben dem NF die Initialen des Besitzers. Demnach war der Herr des Hauses anwesend. Sie war von einer inneren Unruhe ergriffen, die sie sich selber nicht erklären konnte, als sie auf den Hauseingang zumarschierten.

»Ganz schön gediegen lebt er«, murmelte Wiebke.

»Wat mut, dat mut«, antwortete Jan Petersen leise, fast so, also fürchte er, von versteckten Richtmikrofonen belauscht zu werden.

Wiebke ließ den Blick an der Backsteinfassade des Neubaus empor gleiten. Ausladende Gauben mit großen Glasflächen über dem Eingang ließen vermuten, dass auch das Innere des luxuriösen Hauses lichtdurchflutet war. Sie waren wie dafür geschaffen, das Lichterspiel am norddeutschen Himmel einzufangen und in das Haus zu transportieren. »Ein architektonisches Meisterwerk«, entfuhr es ihr.

»Schön, dass es Ihnen gefällt.« Paul Hinrichsen war lautlos auf der kleinen Empore am Eingang erschienen. Er lächelte seine Besucher nachsichtig an und erinnerte dabei an einen Vater, der seine Kinder dabei erwischt hatte, wie sie einen Streich ausheckten.

Wiebke schätzte ihn auf Ende fünfzig. Obwohl er bereits zu den fortgeschrittenen Semestern gehörte, wie sie es gern nannte, sah Hinrichsen noch verdammt gut aus: Er war hochgewachsen und schlank; seine blauen Augen funkelten unternehmungslustig und blickten den Besuchern wachsam entgegen. Seine dunklen Haare waren von einigen silbernen Strähnen durchzogen, die Haut war gebräunt und er trug bequeme, aber durchaus elegante Freizeitbekleidung.

»Was kann ich für Sie tun?«

Petersen zog seinen Dienstausweis aus der Jackentasche und stellte sich und Wiebke vor. »Wir ermitteln in einem Tötungsdelikt.«

»Fällt das nicht in den Zuständigkeitsbereich der Bezirkskriminalinspektion Flensburg?« Hinrichsen legte den Kopf schräg. Seine Augenbrauen zogen sich ein Stück weit enger zusammen. Misstrauen lag in seinem Blick.

»Allerdings. Die Kollegen haben Amtshilfe bei uns beantragt, deshalb haben wir ein paar Fragen an Sie, Herr Hinrichsen.« Wiebke wunderte sich darüber, wie gut Hinrichsen sich im Polizeiapparat auskannte, sagte aber nichts dazu.

»Wie dem auch sei. Dann folgen Sie mir freundlicherweise.« Hinrichsen gab den Hauseingang frei und führte seine Besucher durch einen lichtdurchfluteten Eingangsbereich. Durch die gläsernen Dachgauben tauchte die Nachmittagssonne sie in einen warmen und anheimelnden Lichtschein. Sie gelangten in ein Arbeitszimmer, das von einer großen Fensterfront beherrscht wurde, die den Blick ins Grüne freigab. Ein Swimmingpool glänzte in der Sonne, und am liebsten hätte sich Wiebke ausgezogen, um ein paar Runden im kühlen Nass zu drehen.

»Nehmen Sie ruhig Platz.« Hinrichsen deutete auf die bequemen Stühle vor seinem Schreibtisch. Nachdem sich Wiebke und Petersen niedergelassen hatten, umrundete er seinen Tisch und sank in den Ledersessel. Er beugte sich über die Tischplatte, legte das Kinn in die Hände und betrachtete die Polizisten neugierig.

»Sie deuteten an, in einem Tötungsdelikt zu ermitteln«, nahm er schließlich den Faden wieder auf.

»Allerdings.« Petersen berichtete Paul Hinrichsen, dass der Tote im Strandkorb noch nicht einwandfrei identifiziert war. »Das Einzige, was wir von ihm wissen, ist, dass er wahrscheinlich mit einem falschen Namen unterwegs war und dass er in einem Ihrer Häuser unter diesem Namen eine Wohnung angemietet hat.«

»Dazu muss er sich nicht mit einem behördlichen Dokument bei mir ausweisen«, erwiderte Hinrichsen. Dann zeigte er sich ein wenig versöhnlicher. »Darf ich wissen, in welchem Haus er mein Mieter war?«

Petersen nannte ihm den Namen des Toten und die Adresse des Mietshauses im Jebensweg.

»Ich erinnere mich dunkel an den Mann«, nickte Hinrichsen schließlich. »An diesem Tag war mein Verwalter, der diese Mietgeschichten sonst abwickelt, plötzlich krank, aber den Termin mit dem Bewerber wollte ich nicht verschieben, da die Wohnung bereits mehrere Monate leer gestanden hatte. Da ich an diesem Tag sowieso in Husum zu tun hatte, zeigte ich Herrn Georgs die Wohnung selbst. Er war sofort einverstanden und unterzeichnete den Mietvertrag noch am gleichen Tag.« Hinrichsen zog die Mundwinkel nach oben. »Offen gestanden war ich über seine Spontaneität überrascht, stellte aber keine weiteren Fragen. Für mich ist wichtig, dass ich die Wohnungen belegt habe, denn nur so gehen meine oft knappen Kalkulationen auf, verstehen Sie?«

Wiebke registrierte schweigend, dass Hinrichsen ein Kaufmann durch und durch war. Er rechnete trotz seines Wohlstandes mit jedem Cent. Seine Ausführungen klangen plausibel, deshalb unterbrach sie Paul Hinrichsen nicht und überließ es Petersen, die Fragen zu stellen.

»Gab es Zwischenfälle oder Probleme mit Georgs?«

Eiliges Kopfschütteln, dann legte Hinrichsen noch ein Schulterzucken nach. »Keine Ahnung«, gestand er. »Ich kümmere mich normalerweise nicht darum, wenn es im Haus Probleme zwischen den Mietparteien gibt. Auch dafür ist mein Verwalter zuständig. Und die Miete war jeden Monat pünktlich auf dem Konto.«

»Wussten Sie, dass er die Wohnung nutzte, um sich dort mit seiner Geliebten zu treffen?« Petersen beugte sich in seinem Stuhl vor.

»Nein, aber das ist schließlich auch nicht verboten. Wir leben ja nicht mehr im Mittelalter, und solange er keine Prostitution in meinem Objekt betrieben hat, hätte ich nicht einmal eine Handhabe dagegen gehabt, wenn mir sein Verhalten nicht gefallen hätte – ich betone *hätte*.« Hinrichsen lehnte sich in seinem Stuhl weit zurück und verschränkte die Arme hinter dem Kopf. »Ich fürchte, mehr kann ich Ihnen zu Herrn Georgs nicht sagen.«

Dann richtete er sich wieder auf. »Kann ich die Wohnung schon wieder inserieren? Sie wissen ja, dass ich davon lebe, zu vermieten. Wenn der Mieter, so unangenehm das auch ist, verstorben ist, bekomme ich kein Geld mehr.«

»Das klären Sie freundlicherweise mit den Kollegen aus Flensburg«, erwiderte Petersen und gab Wiebke ein Zeichen. Fast zeitgleich erhoben sie sich.

Hinrichsen begleitete sie zur Tür. »Ach ja«, nickte er verständnisvoll. »Ich vergaß, dass Sie den Kollegen von der Bezirkskriminalinspektion nur zuarbeiten dürfen.«

Petersen ersparte sich eine Antwort, nickte, dann verabschiedeten sie sich von Paul Hinrichsen. Ohne sich noch einmal umzublicken, stiegen sie in den Wagen und rollten vom Grundstück. Dass ihnen Paul Hinrichsen so lange nachschaute, bis der Passat Variant um die Ecke am Ingwer-Paulsen-Weg verschwunden war, bekamen sie schon nicht mehr mit.

Nachdem der zivile Wagen der Polizei um die nächste Straßenecke verschwunden war, legte Hinrichsen den Kopf in den Nacken und betrachtete die unheilvollen Wolkengebilde, die sich am Himmel aufbauten. Sicherlich würde es spätestens in der Nacht zu regnen beginnen. Der Wind kam aus Osten und trieb die würzige Seeluft ins Landesinnere. Wahrscheinlich lag es daran, dass Schobüll keinen Deich hatte, der das Land vom Meer trennte. Zwei Möwen zogen über seinem Kopf ihre Bahn, dann verschwanden sie in Richtung Geest. Einen Augenblick lang stand er einfach da, genoss die Stille und sog die frische Luft tief in seine Lungen ein. Es war, als würde er innehalten, um Kraft zu tanken, die er aus der Umgebung schöpfte. Dann ging ein Ruck durch seine athletische Erscheinung. Hinrichsen machte auf dem Absatz kehrt. Im Haus suchte er zunächst sein Arbeitszimmer auf, sank hinter den Schreibtisch und dachte auch hier einige Sekunden nach, bevor er zum Telefon griff und eine Nummer wählte, die er nirgendwo abgespeichert hatte. Während er dem Freizeichen lauschte, trommelte er nervös auf der Tischplatte herum.

Erst nach dem fünften Tuten meldete sich sein Gesprächspartner. Ohne seinen eigenen Namen zu nennen, kam Hinrichsen auf den Grund seines Anrufes zu sprechen. »Die Polizei war eben hier und hat mir ein paar Fragen zu ihm gestellt.«

»Was sollen wir tun?«

»Jedenfalls dürfen wir nicht die Hände in den Schoß legen und abwarten. Ich will auf gar keinen Fall, dass etwas nach draußen sickert.«

»Ich werde mich darum kümmern«, versprach der Mann am anderen Ende der Leitung.

»Gehen Sie dezent vor, ich will nicht, dass Sie sich wie ein Elefant im Porzellanladen aufführen«, warnte Hinrichsen. Seine Kieferknochen mahlten.

»Sie können sich auf mich verlassen. Die Polizei wird keine Interna erfahren, dafür werde ich sorgen. Halten Sie mich bitte auf dem Laufenden, wenn die Ermittler noch einmal auftauchen.« Ohne Hinrichsens Antwort abzuwarten, hatte der Mann am anderen Ende der Leitung die Verbindung unterbrochen.

Hinrichsen war ihm nicht böse deshalb, denn er hatte sich klar genug ausgedrückt. Und auf seine Leute konnte sich Paul Hinrichsen in der Regel verlassen.

Dreizehn

In der Polizeiinspektion an der Poggenburgstraße herrschte trotz später Stunde noch Hochbetrieb, und Dierks hatte alle Kollegen zusammengetrommelt, um die Ergebnisse des Tages zusammenzutragen. Frisch wirkte niemand mehr, und jeder freute sich auf einen ruhigen Feierabend. Trotzdem fieberten alle der Lösung des rätselhaften Falles entgegen; sogar die Kollegen aus Flensburg waren noch anwesend. Dierks übergab nach einer Begrüßung das Wort wieder an Jan Petersen. Er berichtete mit wenigen Sätzen, was sie am ersten Tag der Ermittlungen in Erfahrung gebracht hatten, lehnte dabei lässig mit dem Hintern auf der Fensterbank.

»So«, schloss er dann und blickte in die Runde. »Und jetzt ihr, Leute.«

Mara Imken räusperte sich. Sie drückte den Rücken durch und rückte ihre Brille zurecht. »Wir haben inzwischen das Videomaterial des Hotels gesichtet, in dem Bente Harmsen und ihr Liebhaber abgestiegen sind.« Sie nickte Dierks zu, der emsig aufsprang und den Raum abdunkelte.

Er klappte einen Laptop auf und schaltete den Beamer ein, klickte sich durch die Programme und startete die Aufzeichnung. Die Qualität war mäßig und zeigte lediglich Schwarzweißbilder in einer recht groben Auflösung. Doch es genügte, um Bente Harmsen wiederzuerkennen. An ihrer Seite befand sich Klaus Georgs. Gemeinsam traten sie an die Rezeption des Hotels und checkten ein. Die Kamera befand sich hinter der Empfangsdame, so dass die Betrachter den Gästen direkt ins Gesicht blicken konnten. Es hatte etwas Bizarres für Wiebke, den Mann, den sie tot im Strandkorb auf Nordstrand gesehen hatte, nun lebendig zu erleben.

Unwillkürlich hatte sie die letzten Bilder der bei einem Autounfall in Paris verunglückten Lady Diana vor Augen. Am 31. August 1997 hatte Wiebke zuerst an einen makabren Scherz geglaubt, als die Nachricht vom Tod der ›Königin der Herzen‹ kam. Damals waren die letzten Bilder der lebenden Lady Di um die Welt gegangen, aufgenommen von einer Überwachungskamera im Eingangsbereich eines Hotels in Paris.

Wiebke stand mit beiden Beinen fest im Leben, allerdings hatte sie auch ein Faible für Romantik, das sie allzu gern auslebte, indem sie Hochglanzmagazine verschlang, die sich mit den Reichen und Schönen dieser Welt auseinandersetzten. Tiedje hatte sie immer deshalb aufgezogen, weil diese Eigenart so gar nicht zu der Wiebke passte, die er sonst kannte.

Sie schüttelte die Erinnerung an ihren Exfreund ab, als sie sah, wie Bente Harmsen und Klaus Georgs, oder wer auch immer er war, im Hotel eincheckten.

Lady Di und Dodi Al Fayette waren unter der Pont d'Alma gestorben, weil sie zu einem alkoholisierten Chauffeur ins Auto gestiegen waren, der dem anschließenden Wettrennen mit einer Horde Paparazzi nicht gewachsen war. Bente Harmsen lebte, Klaus Georgs hingegen, wer auch immer er in seinem anderen Leben gewesen war, war tot. Doch warum war er gestorben, und vor allem: Wer hatte dafür gesorgt?

Spielte die verschwundene Pistole aus Ubbo Harmsens Nachtschrank eine Rolle?

Handelte es sich letzten Endes sogar um die Waffe, mit der Georgs ermordet worden war – wenn er sich tatsächlich nicht selbst umgebracht hatte?

Ein geräuschvolles Räuspern von Mara Imken riss Wiebke aus den Gedanken. Sie blickte peinlich berührt auf, suchte in den Mienen ihrer Kollegen aber vergeblich nach Anzeichen dafür, dass ihnen ihre kurze Unkonzentriertheit aufgefallen war. Wiebke atmete erleichtert auf.

»Dies sind also die Aufnahmen vom letzten Besuch

der beiden im Hotel«, erläuterte Mara Imken. »Ich werde sie morgen einem Fallanalytiker vorführen und sehen, was er darüber denkt.« Sie trommelte auf einen Aktenordner. »Und hier befinden sich die Gästelisten des Hotels. Wir werden die Namen überprüfen müssen, um zu sehen, ob wir eine Verbindung zu anderen Gästen herstellen können, die sich zum gleichen Zeitpunkt dort aufgehalten haben. Aber das könnte unter Umständen ein wenig dauern.«

Piet Johannsen spielte mit einem Kugelschreiber. »Der Obduktionsbericht der Rechtsmediziner liegt mir auch vor, ist erst vor einer Stunde reingekommen. Nur so viel: Man hat in seinem Gesicht Faserspuren gefunden. Wahrscheinlich stammen die Fasern von einem leichten Baumwolltuch. Da sich die Spuren im Bereich von Mund und Nase befunden haben, drängte sich offenbar der Verdacht auf, dass das Opfer betäubt worden ist, bevor der tödliche Schuss abgegeben wurde.«

Im Raum herrschte gespannte Stille. Petersen trommelte aufgeregt mit den Fingern auf der Tischplatte herum. »Chloroform?«

Schulterzucken. »Möglich. Auch die Untersuchung der Lunge ergab Rückstände eines Betäubungsmittels. Die sofort angeordnete toxikologische Untersuchung steht noch aus, das kann ein paar Tage dauern.«

»Dann dürfte erwiesen sein, dass es sich nicht um Suizid handelt«, bemerkte Wiebke.

Johannsen nickte. »Ich habe die Bekleidung überprüft, die das Opfer zum Zeitpunkt der Tat getragen hat. Hose, Jacke, Unterwäsche und Socken stammen von verschiedenen Modeketten, die Filialen in so ziemlich allen größeren Städten unterhalten. Lediglich bei dem Pullover bin ich auf eine Hausmarke gestoßen, die ein Modehaus mit Sitz hier in Husum exklusiv verkauft. Vielleicht können wir darüber etwas erreichen, womöglich war der Tote ein Stammkunde.«

»Hat sich schon jemand um die vermeintliche Tatwaffe gekümmert?« Matthias Dierks blickte neugierig in die Runde. Er war zwischenzeitlich aufgestanden und hatte die Neuigkeiten stichwortartig am Flipchart in der Ecke des Raumes notiert.

Katja Graf nickte. »Die Telefonate mit dem Erkennungsdienst und der Ballistik haben ergeben, dass Klaus Georgs zweifelsfrei mit dieser Waffe getötet wurde. Der Täter hat sie dem Opfer in die Hand gelegt, um den Eindruck zu erwecken, Georgs habe sich erschossen; insofern stimmen unsere ersten Vermutungen. Das Fehlen von Schmauchspuren an der Hand der Leiche und der Einschusswinkel lassen jedoch mit allergrößter Sicherheit darauf schließen, dass es sich um einen Mord handelt.«

Nun stand es also fest. Das Opfer war zunächst betäubt und dann erschossen worden. Welch feiger Mord, dachte Wiebke. Sie wusste nicht, ob sie sich darüber freuen sollte, doch sie beschloss im Stillen, es positiv zu bewerten, dass sie nicht umsonst nach einem Täter gesucht hatten, den es womöglich gar nicht gab.

»Gibt es schon weitere Informationen zur Waffennummer?«, fragte sie.

Nun war es an Katja Grafs Partner Sven Gerke, emsig in den Unterlagen zu blättern. Ein wenig amüsiert registrierte Wiebke, dass dem jungen Kollegen jetzt, da alle Aufmerksamkeit auf ihm lag, das Blut in den Kopf schoss.

»Die Waffe wurde eine Zeit lang von bundesdeutschen Behörden als Dienstwaffe eingesetzt. Es handelt sich um eine neun Millimeter SIG Sauer P6. Die eingeschlagene Nummer habe ich heute überprüft; die Pistole wird nirgendwo offiziell vermisst.«

»Womöglich hat sich der Täter die Waffe über Vitamin B besorgt«, überlegte Matthias Dierks und massierte sich nachdenklich die Schläfen. Wiebke kannte ihn bereits gut genug, um zu wissen, dass ihm dieser Punkt nicht gefiel. »Das sollten wir morgen vertiefen.«

Katja Graf tauschte einen Blick mit ihrem Partner aus, den Wiebke als ›Siehst du, ich hab es dir ja gleich gesagt‹-Blick einordnete. Unwillkürlich dachte sie an ein altes Ehepaar, denn genauso verhielten sich Graf und Gerkes manchmal. Nichtsdestotrotz waren die beiden brillant in der Recherche. Dierks schrieb das Wort *Tatwaffe* mit einem dicken roten Fragezeichen an das Flipchart, dahinter kritzelte er das Wort *Herkunft?* auf das Blatt und unterstrich die Frage. Darunter notierte er die Worte *Betäubung* und *Chloroform*.

»Ist es möglich, dass es sich bei der Pistole um eine Waffe aus alten Bundeswehr-Beständen handelt?«, fragte Petersen.

Sven Gerke studierte seine Aufzeichnungen, dann schüttelte er den Kopf. »Nicht, dass ich wüsste«, murmelte er. »Jedenfalls steht die Bundeswehr nicht auf dieser Liste.«

»Gut, danke.« Petersen wandte sich an Piet Johannsen. »Wie war das mit der Bekleidung? Sie stammt aus einer Husumer Hökerei?« Ab und zu benutzte er gern alte friesische Ausdrücke und rief damit ein Schmunzeln bei den Kollegen hervor.

»Ja.« Der ältere Kollege nickte und blickte Petersen über den Rand seiner Brille hinweg an. Die fleischigen Hände hatte er auf der Tischplatte wie zum stillen Gebet gefaltet. Er orientierte sich kurz in seinen Aufzeichnungen. »*DJ Müller*, so ist der Name des Hauses.«

Die Husumer Kollegen nickten verstehend. Es gab im Ort niemanden, der nicht schon einmal bei *DJ Müller* eingekauft hatte. Das traditionsreiche Kaufhaus gehörte beinah so zu Husum wie die *Tine* oder das Restaurantschiff im Binnenhafen.

»Bei dem Pullover, dunkelblau in Baumwolle, Konfektionsgröße fünfzig, handelt es sich um *Oceanlive*, eine

Hausmarke, die *DJ Müller* exklusiv bei einem seiner Lieferanten unter diesem Label einkauft. Wie man mir dort versicherte, kann man die Marke ausschließlich bei *DJ Müller* erwerben.«

»Dann sollten wir da morgen mal hingehen und versuchen herauszufinden, wer einen solchen Pullover gekauft hat. Vielleicht bekommen wir so einen Hinweis«, dachte Petersen laut nach.

Als sein Blick auf Wiebke fiel, nickte sie und schrieb *DJ Müller – Pullover Hausmarke?* auf den Spiralblock, den sie vor sich liegen hatte. Daneben notierte sie sich die restlichen Daten, die sie von Johannsen erfahren hatte.

Dierks klopfte mit dem Knöchel seines rechten Zeigefingers wie ein Lehrer, der seine Schüler zur Ruhe ermahnen will, auf die Tischplatte. »Ich denke, dann war es das für heute.« Er lächelte die Kollegen an. »Danke euch erst mal. Morgen steht wieder ein harter Tag auf dem Programm, erholt euch also ein paar Stunden.«

Auf dem Gang der Kriminalpolizei war Ruhe eingekehrt; die meisten Kollegen hatten sich nach dem Meeting schnell auf den Heimweg gemacht. Auch Wiebke war schon weg.

Er hatte Zeit. Auf ihn wartete niemand zu Hause, und er wusste, dass ihm gleich wieder die Decke auf den Kopf fallen würde. Manchmal ging er an solchen Abenden in eine Kneipe, um sich zu betrinken. Einfach die Welt zu vergessen, von der er sich an manchen Tagen so im Stich gelassen fühlte, seitdem er von Heidi geschieden war. Sie hasste ihn bis aufs Blut und hatte sich einen gerissenen Anwalt genommen, der es immer wieder prächtig verstand, ihm auch das letzte Hemd – notfalls per Gerichtsbeschluss – auszuziehen. Im Nachhinein war Jan Petersen heilfroh, dass sie keine Kinder gehabt hatten, obwohl sie sich damals immer ein Kind gewünscht hatten. Es war irgendwie nie dazu gekommen. Und das war gut so.

Das Einzige, was ihm geblieben war, war das kleine Haus an der Süderstraße. Husum war ein Ort der kurzen Wege, und so konnte er verschmerzen, dass er sich keinen eigenen Wagen leisten konnte. Vieles konnte er zu Fuß bewältigen oder mit dem gebrauchten Mountainbike, das er bei eBay ersteigert hatte. Doch heute zog es ihn nicht nach Hause, außerdem hatte er noch etwas Wichtiges vergessen.

Petersen fing Piet Johannsen auf dem Flur der Polizeiinspektion ab. Piet hatte bereits die Jacke übergestreift und klimperte mit dem Wagenschlüssel. Unter den Arm hatte er sich einen dicken Aktenordner geklemmt.

»Tschüss«, sagte er gut gelaunt, als er bei Petersen vorbeikam, der auf einer Fensterbank gehockt hatte.

Nun rutschte Petersen herunter und hielt den Kollegen am Arm fest. »Piet, warte mal!«

Johannsen wandte sich zu ihm um. »Noch was vergessen?« Er deutete mit dem Daumen über die Schulter auf die verschlossene Tür des Besprechungszimmers, in dem eben die Versammlung stattgefunden hatte.

»Sozusagen, ja.« Petersen grinste schief. Er griff in die Innentasche seiner Windjacke und zog einen Klarsichtbeutel mit dem Kamm hervor, den er sich am Morgen aus Bente Harmsens Auto besorgt hatte.

»Was 'n das?« Johannsen legte den Kopf schräg.

»Ein Kamm. Er gehört Bente Harmsen, und ich habe gedacht, du könntest ihre DNA mal abgleichen …«

»Du spinnst.«

»Nein, tu ich nicht.« Energisches Kopfschütteln.

»Weiß Bente Harmsen, dass du …«

»Nein, weiß sie nicht.« Wieder schüttelte Petersen den Kopf und schwenkte den kleinen Beutel vor den Augen des Kollegen. »Aber vielleicht könntest du mal ganz unbürokratisch sehen, was sich machen lässt?«

»Das kannst du vergessen, denn selbst wenn es so wäre, hast du mit dem Ding keine Chance.«

»Darüber bin ich mir im Klaren. Es ist ja auch nur eine Bestätigung für uns, kein Beweismittel, das vor Gericht bestehen soll.« Petersen zwinkerte dem Kollegen zu. »Nur so, als kleiner Gefallen. Das kannst du doch sicher auf dem kleinen Dienstweg erledigen, oder?«

Johannsen griff nach dem Beutel und ließ ihn mit einem Seufzen in der Jackentasche verschwinden. »Ist gebongt«, murmelte er. »Aber häng es nicht an die große Glocke, dass ich …«

»Piet, wie lange kennen wir uns?« Petersen machte eine vorwurfsvolle Miene.

»Ich mein ja auch nur.« Piet Johannsen winkte lächelnd ab und wünschte Petersen einen schönen Feierabend, dann war er verschwunden.

Jan Petersen versenkte die Hände in den Taschen und trat vor das Polizeigebäude an der Poggenburgstraße, just in dem Moment, als der Regen einsetzte. Er zog den Reißverschluss seiner Jacke zu und schlug den Kragen hoch. Petersen blickte zum wolkenverhangenen Abendhimmel auf, zuckte die Schultern und schlenderte in aller Ruhe zur Süderstraße. Er hatte Zeit. Es wartete ja niemand auf ihn.

Vierzehn

Es war spät geworden, und beim Schreiben der Berichte, die in den letzten Tagen liegen geblieben waren, hatte er die Zeit völlig vergessen. Als er merkte, dass seine Augen brannten, erhob er sich und spürte sofort den stechenden Schmerz im Rücken. Die verdammte Bandscheibe, dachte Arne Carstensen und rieb sich mit verzerrtem Gesicht die schmerzende Stelle. Er wurde eben nicht jünger, und da half das Fluchen auch nicht. Er trat krumm wie ein alter Mann an das Fenster der kleinen Polizeiwache und blickte hinaus. Der Regen trommelte an die Fensterscheiben und ließ ihn erschaudern. Dicke, unheilvolle Wolken wurden von einem scharfen Ostwind ins Landesinnere gepeitscht. Es wurde ungemütlich auf Nordstrand, doch auch das gehörte für den diensterfahrenen Polizisten einfach dazu. Vermutlich würde es mal wieder ein ruhiger Abend werden. Nicht schlimm, dachte er, nach all der Aufregung in den letzten Tagen. Einen Toten auf Nordstrand, noch dazu ermordet, das hatte es zuletzt vor dreißig Jahren gegeben. Noch heute konnte er sich gut daran erinnern. Er war damals frisch in den Polizeidienst eingetreten und noch grün hinter den Ohren gewesen.

Die Einmannwache lag fast genau in der Mitte der Halbinsel, an der Osterkoogstraße, und eigentlich ging es hier recht beschaulich zu. Lange hatte er sowieso nicht mehr bis zur Pension, deshalb sehnte er sich inzwischen auch nicht mehr nach einem spektakulären Fall, der bundesweit durch die Medien ging. Er hatte ein Leben lang Dienst geschoben und Verbrecher gejagt, wenn es notwendig geworden war. Zu Hause wartete Kirsten, seine Frau, mit dem Essen auf ihn. Sie hatte ihm eine deftige Erbsensuppe versprochen, und Carstensen hatte Hunger.

Er zuckte zusammen, als das alte Drehscheibentelefon auf seinem Schreibtisch anschlug. Das metallische Rasseln klang wie ein alter Blechwecker, den er in seiner Jugend einmal benutzt hatte. Wahrscheinlich rief Kirsten an und wollte wissen, wo er blieb. Immerhin war er schon seit fast zwei Stunden überfällig. Aber er hatte die Zeit einfach benötigt, um die liegen gebliebenen Akten abzuarbeiten. Carstensen marschierte zu seinem Schreibtisch und hob den schweren Hörer ab.

Der Anrufer klang aufgeregt und kam gleich auf den Punkt. Normalerweise liebte Carstensen die Menschen, die nicht lange um den heißen Brei herumredeten, doch diesmal wäre er froh gewesen, wenn man ihm die Sache ein wenig vorsichtiger beigebracht hätte. Obwohl er einige Jahrzehnte im Polizeidienst hinter sich hatte, brachte ihn der Anruf aus dem Konzept. Vergessen waren Kirsten und die Erbsensuppe, auf die er sich so gefreut hatte.

»Ich bin in zehn Minuten da«, rief er ins Telefon, warf den Hörer auf die Gabel und schnappte sich die Jacke, die über dem knarrenden Bürostuhl hing. Dann stürmte er hinaus in den Regen und sprintete zum Streifenwagen. Kam Nordstrand denn überhaupt nicht mehr zur Ruhe?

Dass etwas nicht stimmte, bemerkte Wiebke, als sie in die Einfahrt zum Haus einbog.

Der Himmel war dunkler als sonst, und ein starker Ostwind trieb Regenwolken ins Landesinnere. An der Küste regnete es wahrscheinlich schon. Die kleinen Birken in der Einfahrt neigten sich im Wind, als wollten sie Wiebke begrüßen.

Es dauerte einen Augenblick, bis Wiebke bemerkte, was anders war: Die Beleuchtung, die an einen Bewegungsmelder gekoppelt war und die Zufahrt zum Haus an der Hauptstraße in ein gleißendes Licht tauchen sollte, war ausgefallen. So blieben ihr nur die Lichtlanzen der Autoscheinwerfer. Die Uphusens waren nicht zu Hause, ihr Wagen parkte nicht unter dem Carport. Natürlich, dachte Wiebke. Es war Dienstag, da trafen sich ihre Vermieter in Oster-Ohrstedt mit Freunden zum Indoor-Boßeln. Bescheuert, dachte Wiebke, den Sport in eine Halle zu verlegen. Nun, sollten sie. Dennoch fühlte sie sich an diesem späten Abend besonders einsam, als sie den Wagen auf den Platz stellte und den Motor abschaltete. Das Blut rauschte in ihren Ohren, und die Strapazen des Tages schienen ihren Körper zu lähmen, als sie den Sicherheitsgurt löste und die Fahrertür aufstieß.

Ein frischer Wind wehte ins Wageninnere und kühlte ihre erhitzten Wangen. Das Laub der kleinen Bäume, die die Einfahrt säumten, raschelte unheimlich. Auch der alte Kirschbaum im Garten, den man von hier aus sehen konnte, knarzte unter der Last des Windes. Während sie ein Gähnen unterdrückte, spürte Wiebke, wie ihr Herz plötzlich bis zum Hals klopfte. Irgendetwas hatte sie in Alarmbereitschaft versetzt, und sie fragte sich unwillkürlich, ob das an ihrem anerzogenen Polizeiinstinkt liegen mochte. Ihr Körper straffte sich, und sie sehnte plötzlich ihre Dienstwaffe herbei, die natürlich im Spind in der Husumer Inspektion eingeschlossen war. Wiebke registrierte beunruhigt, dass ihre Hand zitterte, als sie den Autoschlüssel ins Türschloss fummelte, um den Passat abzuschließen.

Wovor hatte sie Angst?

Sie marschierte mutig auf die Haustür zu, die in völliger Dunkelheit im Schatten des Carports ihrer Vermieter lag. Normalerweise ließen die Uphusens das Licht brennen, wenn sie unterwegs waren. Dann warf wenigstens die Lampe im Hausflur ihren Schein durch die Butzenscheiben ins Freie. Diesmal war es jedoch ungewöhnlich dunkel. Ein Geräusch hinter ihr erschreckte sie, und Wiebke ärgerte sich einen Augenblick lang, dass sie keine Taschenlampe im Auto hatte, die sie holen könnte. Ihr Körper spannte sich an, und sie verengte die Augen zu schmalen Schlitzen, um mit ihren Blicken die Dunkelheit durchdringen zu können.

Fast zu spät bemerkte Wiebke den Schemen, der sich ins Dunkel der Tür geduckt hatte. Eine schwarze Masse, die nun in Bewegung geriet und geradewegs auf Wiebke zustürmte. Unwillkürlich nahm Wiebke eine Abwehrstellung ein. Als sie sah, dass sich eine massige Gestalt vor ihr aufbaute, deren Gesicht im Schatten lag, wich sie einen Schritt zurück. Dann erst erkannte sie, wen sie vor sich hatte. Sie atmete hörbar aus und ließ die erhobenen Hände sinken.

»Mann – was soll der Quatsch?« Langsam normalisierte sich ihre Herzfrequenz.

»Moin, Wiebke.«

»Du Blödmann, was soll diese Aktion hier?«, fauchte sie und stemmte die Hände in die Hüften. Mit diesem Besuch hatte sie am wenigsten gerechnet. Wiebke ärgerte sich, dass er es überhaupt wagte, hier aufzutauchen. Nach allem, was er sich in der letzten Zeit geleistet hatte …

Tiedje blickte sie mit treuem Hundeblick an, der sie ansatzweise versöhnlich stimmte. »Ich … habe versucht, dich zu erreichen. Leider vergeblich. Deshalb bin ich selber hergekommen, um …« Er brach ab und kicherte, während er sich aus dem Schatten schälte. Wiebke blieb nicht verborgen, dass seine Zunge schwer war. Er hatte getrunken, eine Unart, die sie von ihm eigentlich nicht kannte.

Sie fragte sich, was er von ihr wollte, und war versucht, ihn zum Teufel zu jagen. Sie hatte ganz andere Probleme, da konnte und wollte sie sich nicht auch noch mit einem betrunkenen Exfreund herumärgern. Immerhin war er es, der sie mit einer anderen betrogen hatte. War etwas schiefgelaufen? Erwartete er jetzt ernsthaft ihr Mitgefühl?

»Ich war unterwegs, weil …«, stammelte Wiebke und winkte dann ab. Falsches Thema, schrie alles in ihr. »Ist auch egal. Jetzt bin ich ja hier.« Sie seufzte, als sie seinen traurigen Gesichtsausdruck sah. »Was mach ich denn jetzt mit dir, Tiedje?«

»Weiß auch nicht«, murmelte er.

»Der Tag war ziemlich beschissen, und ich bin todmüde.«

»Du schickst mich weg?« Da stand er nun, ihr Exfreund: fast zwei Meter groß, sportliche Statur, von einem kleinen Bauchansatz abgesehen. Vielleicht hätte er mal wieder zum Frisör gemusst; die dunkelbraunen, fast schwarzen Haare waren im Nacken schon etwas zu lang und kräuselten sich ein wenig. Er trug zu den bequemen, ausgelatschten Schuhen, die er so liebte, eine Jeans und ein dunkelblaues Kapuzenshirt. Seine braunen Rehaugen blickten sie bettelnd an. Bevor sie ihm antworten konnte, setzte der Regen ein. Der Wind frischte noch einmal auf, und von einer Sekunde zur anderen klatschten dicke Tropfen auf den Boden. Innerhalb weniger Sekunden waren sie beide nass.

»Komm erst mal mit hoch.« Wiebke verfluchte sich für das Angebot, kaum, dass ihr die Worte über die Lippen gekommen waren. Eigentlich hatte sie allein sein wollen. Nun sah alles danach aus, dass der Abend in einer unendlichen und wahrscheinlich auch unsinnigen Diskussion endete, zumal Tiedje betrunken war. Wiebke fummelte den Schlüssel ins Schloss der Haustür. Drinnen wischte ihre Hand über den Lichtschalter an der Wand und betätigte ihn, vergeblich.

»Stromausfall«, brummte Tiedje. »Ganz Ostendorf ist dunkel.«

»Scheiße.«

»Aber sie arbeiten wohl schon daran, kann nicht mehr lange dauern, bis die Lichter wieder angehen.«

»Komm schon.« Wiebke empfand Mitleid für ihn und zog ihn ins Haus. Es dauerte eine Weile, bis sie ihn sicher ins obere Stockwerk bugsiert hatte und die Wohnungstüre hinter ihr zufiel. Wiebke schob ihn ins dunkle Wohnzimmer. »Setz dich auf das Sofa, ich besorge uns erst mal Kerzen.« Am liebsten hätte sie sich die nassen Klamotten ausgezogen, doch sie befürchtete, dass er es falsch verstehen könnte, wenn sie in Unterwäsche durch die Wohnung lief, also behielt sie das Shirt und die Sommerhose an. Nur die leichten Schuhe streifte sie sich ab und kickte sie in die Zimmerecke. Barfuß ging sie in die Küche und tastete in einer Schublade nach Kerzen und einem Feuerzeug, als sie etwas Weiches am Fuß spürte. Sie erschrak und unterdrückte im letzten Augenblick einen Schrei.

»Mensch, Garfield, hast du mich erschreckt!«

Der Kater maunzte vorwurfsvoll. Sicherlich hatte er Hunger. Doch Garfield musste sich gedulden, Wiebke wollte erst einmal für Licht sorgen. Sie fand eine Schachtel mit weißen Tafelkerzen und eine Packung Streichhölzer und ging zurück ins Wohnzimmer, wo sie die Kerzen in einen fünfarmigen Kandelaber steckte, den er ihr vor einer Ewigkeit auf einem Antiquitätenmarkt im dänischen Tønder gekauft hatte, weil sie ihn so schön nostalgisch gefunden hatte. Er hatte ihn hässlich gefunden, ihn aber dennoch gekauft.

Überhaupt hatten sie viel in ihrer gemeinsamen Freizeit unternommen. Eine weitere Sache, die ihr augenblicklich sehr fehlte. Vielleicht sollte sie sich die Mühe machen und alte Freundschaften wieder aufleben lassen. Sobald sie Zeit hatte, würde sie die Freundinnen aus der Studienzeit anrufen, beschloss Wiebke. Doch augenblicklich hatte sie keine Zeit. Sie musste sich mit ihrem betrunkenen Exfreund herumärgern, der wahrscheinlich in seinem vom Alkohol umnebelten Gehirn Sehnsucht nach ihr verspürt hatte und nun wie ein geprügelter Hund zu ihr heimkehrte.

Als hätte sie keine anderen Sorgen.

Wiebke fummelte ein Streichholz aus der Schachtel,

riss es an und roch den Geruch von Schwefel, während sie die Flamme nacheinander an die Kerzen hielt, bis alle fünf brannten und einen anheimelnden Lichtschein im Zimmer verbreiteten.

»Du hast ihn noch, den Leuchter aus Tønder«, lächelte er. »Es war schön dort, nicht?«

Wiebke sah keinen Sinn darin, mit ihm in Erinnerungen an die gute alte Zeit zu schwelgen. Noch immer fragte sie sich, warum er hier aufgetaucht war.

Tiedje blickte sich neugierig um und nickte dann anerkennend. »Schön hast du es hier.«

»Tiedje – du kennst meine Bude!« Vorwurf lag in ihrer Stimme. »Du selber hast mir beim Umzug geholfen, weil es dir nicht schnell genug gehen konnte, mich loszuwerden, schon vergessen?«

Er schüttelte den Kopf und wich ihrem Blick aus. »Nein, habe ich nicht vergessen, Wiebke.« Seine Stimme klang belegt, und Wiebke glaubte, dass seine Augen feucht schimmerten, was aber genauso gut am flackernden Licht der Kerzen liegen konnte. »Das war ein Fehler.«

»Zu spät«, erwiderte sie verbittert. Wiebke hatte mit ihm und ihrer gemeinsamen Zeit abgeschlossen, und augenblicklich versuchte sie, sich mit der Leere in ihrem Innern zu arrangieren. Einen Neuanfang mit Tiedje konnte sie sich beim besten Willen nicht vorstellen. Allein der Gedanke, dass er inzwischen mit einer anderen Frau geschlafen hatte, hielt sie davon ab, ihn auf emotionaler Ebene an sich herankommen zu lassen.

»Die Sache mit Vera ist vorbei, das war nichts Halbes und nichts Ganzes«, schob er nach. »Ich war ein Idiot.«

»Da hast du recht.« Wiebke nickte. »Und außerdem bin ich mit meinem Job verheiratet, hast du das vergessen?«

Bevor Tiedje antworten konnte, erschien Garfield im Wohnzimmer und blickte auffordernd zu ihr hinauf.

»Was ist das?« Tiedje blickte den Kater mit großen Augen an. Er litt an einer Hunde- und Katzenhaarallergie, das hatte Wiebke total vergessen. Nun musste sie schmunzeln, doch sie schwieg.

Wiebke bückte sich und kraulte Garfield, dann ging sie in die Küche. Im Türrahmen blieb sie kurz stehen und wandte sich noch einmal zu Tiedje um. »Wer das ist? Mein Neuer.«

In der Küchenschublade fand sie ein paar Teelichter, die sie eilig anzündete und auf der Arbeitsplatte der Einbauküche verteilte. Sie bereitete Garfield das Abendessen zu. Während der Kater sich über seine Mahlzeit hermachte, lehnte sie an der Arbeitsplatte und massierte sich die Schläfen. Sie fragte sich ernsthaft, warum sie Tiedje überhaupt mit in die Wohnung gelassen hatte. Was war denn los mit ihr?

Plötzlich verspürte sie Lust auf einen Wein. Im Regal fand sie eine Flasche. Eilig nahm sie den Korkenzieher aus dem Fach. Spanischer Rotwein, Rioja. Sie hielt das Glas gegen das Licht der Flammen und bewunderte das wunderschöne Rubinrot des Weines, bevor sie davon nippte und das fruchtige Aroma genoss. Die Gedanken rotierten in ihrem Kopf. Am liebsten hätte sie den Rioja in der Badewanne getrunken und dabei ein gutes Buch gelesen, um einfach mal abzuschalten und um die nötige Bettschwere zu erreichen.

Wie aber wurde sie Tiedje wieder los?

Der Regen prasselte auf das Fensterglas, das in die Schräge der Decke eingelassen war. Als sie aufblickte, sah sie das Wasser in dichten Bahnen herunterrinnen. Sie fröstelte, stellte das Glas ab und schlang die Arme umeinander.

Auch ihr neues Leben prasselte unaufhaltsam auf sie ein und ließ ihr keine Ruhe, sich damit zu arrangieren. Wiebke fühlte sich matt und kraftlos.

»Alles klar?« Lautlos war er in der Küche aufgetaucht und lehnte sich an den Türrahmen. Tiedje lächelte sie an, und Wiebke erwiderte das Lächeln.

»Sicher, alles bestens.« Sie trank einen Schluck Wein und drehte den Stiel des Glases zwischen Daumen und Zeigefinger.

Er lehnte sich neben sie an die Arbeitsplatte, um ihr tief in die Augen zu blicken. »Es tut mir leid«, murmelte er und wirkte auf einmal gar nicht mehr so betrunken wie noch vor einer Viertelstunde.

»Komm schon, lass gut sein. Ich will heute nicht diskutieren.« Wiebke winkte ab und deutete auf ihr Glas. Nach dem langen Tag spürte sie bereits die Wirkung des Alkohols, die ihr eine durchaus angenehme Gleichgültigkeit bescherte. »Auch einen Wein?«

Er nickte, und sie stieß sich von der Arbeitsplatte ab, um ein weiteres Glas aus dem Hängeschrank zu holen. Nahm es, stellte es vor ihn hin und schenkte ihm ein. So standen sie sich schweigend gegenüber, prosteten sich zu und tranken zusammen. Fast wie in alten Zeiten, und vielleicht lag es am Alkohol, dass Wiebke den Umstand, dass er hier aufgetaucht war, gar nicht mehr so schrecklich fand.

Sie war sich nicht über ihre Gefühle im Klaren. Noch vor einer Viertelstunde hätte sie ihn am liebsten zum Teufel gejagt, und nun blickten sie sich tief in die Augen. Er trat näher, und sie hatte keine Einwände dagegen, dass er ihre unsichtbare Bannmeile betrat, die sie in Gedanken um sich herum errichtet hatte und die langsam dahinschmolz. Sie roch den Duft seines Rasierwassers; er benutzte noch die gleiche Marke wie damals. Er war ihr so unglaublich vertraut. Sie hob die Hand und strich ihm sanft durch das Gesicht, er ließ es zu. Ihr Herz bebte, und sie fragte sich, ob sie das, was sie gerade tat, morgen nicht vielleicht schon bereuen würde. Doch sie verdrängte die Tatsache, dass es wohl mit größter Sicherheit so sein würde und beschloss, nur den Augenblick zu leben. Wiebke machte sich nichts vor: Sie hatte sich nach einer breiten Schulter zum Anlehnen gesehnt.

Und so ließ sie es zu, dass seine Lippen ihre berührten. Wie automatisch öffnete sie den Mund, und sie küssten sich. Wiebke versuchte ihr Gehirn auszuschalten und einfach den Moment zu genießen. Die körperliche Nähe, die ihr Tiedje bot, war Balsam auf ihrer geschundenen Seele und ließ sie die Einsamkeit der letzten Wochen fast vergessen. Es fühlte sich fast an, als wäre es nie anders gewesen und Tiedje immer noch der Mann an ihrer Seite.

Als er den Stoff ihres Shirts berührte, zuckte er zurück, und sie öffnete die Augen.

»Deine Klamotten sind ganz nass, du wirst dir den Tod holen.« Er nestelte an ihrer Kleidung herum; sie schob ihn nicht fort.

Sie nickte, biss sich auf die Unterlippe und verzichtete auf eine Antwort. Er zog ihr das leichte Sommershirt über den Kopf und betrachtete sie. »Fast hatte ich vergessen, wie schön du bist.«

»Du bist ein Idiot«, flüsterte sie mit geschlossenen Augen. Dass sie nur mit einer Hose und im BH vor ihm stand, machte ihr nichts aus. Tausendmal hatte er sie schon nackt gesehen, und sie wusste, wie sehr er ihre festen Brüste mochte.

Er legte eine Hand um ihre Taille und zog sie zu sich heran. Sie vergaßen die Welt um sich herum, und es gelang Wiebke sogar, den Fall zu vergessen, an dem sie gerade arbeitete. Es gab nur sie auf der Welt, und als sie sich voller Leidenschaft küssten, war sie bereit, ihm heute Nacht alles zu verzeihen, was er ihr angetan hatte.

Plötzlich hatte sie das Verlangen, mit ihm zu schlafen. Ohne Wenn und Aber, ohne ein Morgen.

Seine Hände schienen überall zu sein und jagten ihr einen angenehmen Schauer nach dem anderen über den Rücken. Wiebke spürte, wie ihre Knie weich wurden, und wollte ihn gerade ins Schlafzimmer ziehen, als ihr Handy klingelte. Sie hatte es im Flur auf die Kommode gelegt, und das Vibrieren klang dumpf und bedrohlich in der Dunkelheit.

»Lass es klingeln«, bettelte er leise.

Wiebke nickte. Egal was geschehen war, es würde Zeit bis morgen haben. Jetzt war sie an der Reihe. Sie hatte lange genug zurückgesteckt und sich auf den Job konzentriert.

Während sie sich küssten, kam es Wiebke vor, als würde das Klingeln des Telefons von Mal zu Mal lauter werden. Sie versuchte das Geräusch zu ignorieren und nahm Tiedjes Hand. Vielleicht würde das Handy auch gleich durch das Vibrieren von der Kommode fallen und Ruhe einkehren.

Das Schlafzimmer lag unter einer Schräge, und auch hier drang kaum Licht durch die Dachfenster. Der Regen trommelte gegen die Scheiben, und bei diesem Wetter würde Wiebke keinen Hund vor die Türe schicken – Tiedje schon gar nicht. Er presste sie an den Türrahmen und löste den Verschluss ihres BHs. Sie ließ ihn gewähren und sog seine Nähe in sich auf, als wollte sie das Gefühl der Geborgenheit für alle Zeiten konservieren. Sanft streifte er ihr die schmalen Träger von den Schultern und ließ das Stück Stoff zu Boden gleiten. Er berührte sanft ihre Brüste, während er ihren Hals küsste.

Natürlich wusste er, dass es sie um den Verstand brachte, wenn er sanft an ihrem Hals knabberte. Wiebke seufzte leise auf. Das Klingeln des Telefons hielt an. Während Tiedje ihre Brüste liebkoste, fragte sie sich, wann endlich die verdammte Mailbox ansprang.

Damit setzte sich eine Kette von Gedanken in ihrem Kopf in Bewegung, und sie konnte Tiedjes Liebkosungen nicht mehr genießen. Er hatte seine Hände auf Wanderschaft geschickt. Sie glitten über ihren flachen Bauch abwärts und öffneten gerade den Knopf ihrer Jeans. Er machte sich an ihrem Reißverschluss zu schaffen und hatte im nächsten Moment den Bund ihres Slips zwischen Zeigefinger und Daumen. Die Hitze in ihrem Schoß verschwand so schnell, wie sie gekommen war.

Und wenn es doch wichtig ist?

Sie lauschte dem Klingelton, der sich in ihrer Einbildung mahnender und fordernder anhörte als noch vor wenigen Sekunden. Wer auch immer anrief, er hatte eine lange Leitung. Und sie erinnerte sich daran, die Mailbox vor ein paar Tagen abgeschaltet zu haben.

Wiebke drängte Tiedje sanft aber bestimmt fort. Er blickte sie fragend an und seufzte. »Nein«, murmelte er. »Bitte geh nicht.« Enttäuschung lag in seinem Blick, und sie hasste sich dafür, nicht einfach loslassen zu können.

»Ich … ich kann das nicht«, flüsterte sie entschuldigend und brachte ein Lächeln zustande. Wiebke ließ ihn stehen und rannte zu der Kommode, um nach dem Handy zu greifen. Mit einem Blick auf das leuchtende Display stellte sie fest, dass der Anrufer seine Rufnummer unterdrückt hatte. Um diese Uhrzeit sicher kein gutes Zeichen. Eilig drückte sie die Rufannahmetaste und meldete sich ein wenig atemlos.

»Oh, stör ich gerade?« Petersen klang betroffen.

»Diesmal ja«, keuchte Wiebke. »Und ich hoffe, es ist wichtig?« Sie hoffte, dass sie genauso wütend und aufgebracht klang, wie sie war. Hinter ihr tauchte Tiedje auf und küsste ihren Nacken.

»Tut mir leid, dass ich dich bei was auch immer unterbrochen habe, aber auf Nordstrand hat es eben geknallt.«

Während sie Petersen zuhörte, ließ Tiedje von ihr ab. Im Schein der Kerzen im Wohnzimmer sah Wiebke, dass er sich das Kapuzenshirt wieder überzog. Eine Jacke hatte er nicht angehabt, als er ihr aufgelauert hatte. Seine Miene wirkte wie eine starre Maske.

Wiebke glaubte, sich verhört zu haben. »Seit wann sind wir für Verkehrsunfälle zuständig?«, fauchte sie. Zum ersten Mal seit einer Ewigkeit hatte sie es geschafft, den

Beruf zu vergessen, und nun rief Petersen sie an, weil es auf Nordstrand *geknallt* hatte?! Machtlos sah sie mit an, wie Tiedje die Wohnungstür öffnete und sich ein letztes Mal zu ihr umblickte, bevor er verschwand und die Tür hinter sich zuzog. Sie lief ihm nach, rief »Warte!«, doch er war schon draußen.

»Es hat nicht mit Autos geknallt – es hat eine Explosion auf Nordstrand gegeben, Mädchen«, hörte sie Jan Petersens Stimme wie durch Watte. »Der Gastank des Bistros ist in die Luft geflogen. Muss ziemlich übel aussehen da.«

Wiebke blieb wie angewurzelt stehen, während sie die Nachricht von Petersen verarbeitete. Gleichzeitig starrte sie auf die Wohnungstür. Tiedje war abgehauen. Einfach so, ohne ein letztes Wort und ohne Gruß. Sie hatte einen Neuanfang vermasselt, weil sie an das verdammte Telefon gegangen war.

»Du bist mit dem Job bei der Kripo verheiratet …« Seine Worte kamen ihr wieder in Erinnerung. Wiebke fühlte sich überfordert und spielte mit dem Gedanken, das verdammte Telefon in die Ecke zu feuern und ihrem Exfreund hinterherzueilen.

»Sach mal, Mädchen, bist du noch dran?«

»Ja, Mensch. Sorry, ich habe hier ziemlichen Stress.« Sie zwang sich zur Ruhe. In Momenten wie diesen musste sie einfach funktionieren. »Also, entschuldige noch mal, aber was ist genau geschehen?«

»Das *Möwennest* ist in die Luft geflogen, da hat es eine Gasexplosion gegeben.«

»Bitte?!«

»Du kennst doch den Parkplatz neben dem *Möwennest*? Dort hat ein holländisches Paar in seinem Wohnmobil übernachten wollen. Vor einer halben Stunde, sie wollten sich gerade in die Betten hauen, hat es einen Knall gegeben, es war gleißend hell, und die Druckwelle der Explosion hätte um ein Haar das Wohnmobil auf die Seite gelegt. Beide haben unverletzt überlebt, stehen aber unter Schock. Ob sich zum Zeitpunkt der Explosion noch jemand im *Möwennest* aufgehalten hat, ist nicht bekannt. So wie es aussieht, ist der Gastank des Bistros in die Luft geflogen.«

»Ich bin in einer halben Stunde da«, versprach Wiebke und unterbrach die Verbindung.

Fünfzehn

Bente Harmsen fror erbärmlich. Kalter Schweiß hatte sich auf ihre Haut gelegt. Wie immer hatte sie nackt geschlafen. Sie lag mit weit aufgerissenen Augen im Bett und starrte zur Zimmerdecke hinauf. Sie war mit Herzrasen aufgewacht, nachdem sie von Albträumen geplagt worden war. Langsam beruhigte sich ihr Puls. Ihre Mundhöhle war ausgedörrt und sie sehnte sich nach einem Glas Wasser. Doch irgendetwas hinderte sie daran, einfach aufzustehen. Schwer hob und senkte sich ihre Brust, und sie zitterte am ganzen Leib. Das musste eine Panikattacke gewesen sein, dachte sie aufgewühlt. Das Herzrasen und der kalte Schweiß waren ein untrügliches Zeichen. Vielleicht sollte sie zum Arzt gehen.

Hatte sie ein Geräusch im Zimmer gehört oder war das Geräusch in ihrem Traum vorgekommen?

Wo war sie?

Es dauerte einen Moment, bis sie die Orientierung wiedergefunden hatte. Sie lag hier in ihrem Bett, das sie immer noch mit ihrem Mann Ubbo teilte. Die Ziffern auf dem Display des Weckers zeigten ihr an, dass der neue Tag bereits begonnen hatte. Der Regen trommelte unablässig gegen die Fenster, und der Wind fegte die Wassermassen um das Haus. Die Gedanken, die sie immer wieder gefangen nahmen, hinderten sie daran, wieder einzuschlafen.

Ubbo lag zusammengekrümmt wie ein Säugling da und hatte sich die Bettdecke zwischen die Knie geklemmt. Sie hasste, wenn er das tat, denn dann beanspruchte er die Decke, die sie teilten, für sich alleine. Eigentlich, so sagte sie sich, war es unmöglich, dass sie sich ein Bett teilten wie ein frisch verliebtes Paar.

Bente Harmsen fröstelte, und Ubbo neben ihr schnarchte, als wolle er einen ganzen Birkenwald am Rand der Lüneburger Heide absägen. Im Zwielicht sah sie sein unrasiertes Gesicht, gerötet und aufgequollen. Er furzte im Schlaf und schmatzte wie ein Baby. Sie betrachtete ihn. Nein, Liebe empfand sie schon lange nicht mehr für ihren Mann. Im Gegenteil, manchmal hasste sie sich dafür, nicht konsequent gewesen und längst von ihm geschieden zu sein. Sie fragte sich, was sie noch bei ihm hielt.

Die Liebe von Klaus Georgs hatte sie zum Schluss erdrückt, und sie hatte gefürchtet, dass es ihr an seiner Seite ähnlich ergangen wäre wie bei Ubbo. Nie wieder würde sie sich einem Mann derart unterwerfen. Hinzu kam, dass sie nicht den Mut aufgebracht hatte, all das, was sie mit Ubbo aufgebaut hatte, zurückzulassen. Klaus hatte ihr keine Alternative geboten, hatte niemals mit ihr über seine Träume gesprochen. Sie hätte nie gewusst, woran sie bei ihm gewesen wäre. Es war, als hätte er keine Ziele verfolgt. Es gab keine Perspektive für eine gemeinsame Zukunft, deshalb hatte sie einen Schlussstrich gezogen. Als er ihr nachgestellt hatte, war er ihr unheimlich geworden. Klaus Georgs war ein unberechenbarer Mann geworden, der sie in Gefahr gebracht hatte.

Bente Harmsen war schlau genug, um zu wissen, dass sie unter Mordverdacht stand. Sie hatte den Toten erkannt, sie hatte ihn gefunden. Niemals würde sie seinen Anblick vergessen.

Er hatte verloren.

Klaus war tot, und sie hatte alle Chancen der Welt für einen Neuanfang mit Ubbo. Doch als sie auf ihren schlafenden Mann blickte, bezweifelte sie, dass sie mit ihm überhaupt noch einmal neu beginnen wollte. Denn das setzte voraus, dass er sich änderte. Und wenn Ubbo eines zuwider war, dann war es der Wandel seines Lebens. Für ihn lief alles in geordneten Bahnen. Er trank viel, besonders viel, wenn er Probleme hatte. Und Probleme gab es genügend, jedoch wusste er, dass er sich auf seine Frau verlassen konnte.

Du ziehst mich an den Haaren aus der Scheiße, sagte er immer.

Immer? Plötzlich wusste Bente Harmsen nicht mehr, ob sie ihren Mann immer aus der Not retten wollte. Retten, damit er das schwer verdiente Geld in Alkohol umsetzen konnte. Für seine Gleichgültigkeit und das blinde Vertrauen, das er in seine Frau setzte, hasste sie ihn. Nein, es würde nie mehr so sein wie früher.

Plötzlich stellte sie sich vor, wie es wäre, wenn er tot wäre.

Bente fröstelte und zog an der Bettdecke, die er mit einem widerwilligen Brummen freigab. Ubbo furzte und drehte ihr den Rücken zu. Sie kroch unter den kleinen Teil der Decke, den sie sich erstritten hatte, und fragte sich, ob ihr Leben ohne ihn leichter sein würde. Eine Scheidung kam nicht in Frage. Zwar hatten sie keine Kinder, aber sie hatten sich eine Menge aufgebaut, das es gerecht aufzuteilen gab.

Was bedeutete schon Gerechtigkeit?

Sie arbeitete meist alleine, kümmerte sich um den Hof, um die Vermietung und Instandhaltung der Ferienwohnungen und hielt das *Möwennest* am Laufen. Mehr schlecht als recht, aber der Tag hatte auch für Bente nur vierundzwanzig Stunden, und an den Wochenenden verkroch sie sich ins Büro, um die Buchhaltung einigermaßen in den Griff zu bekommen. Und Ubbo hatte nichts Besseres zu tun, als sich zu betrinken. Nein, er betrank sich nicht, er *soff*.

Sie machte keinen Hehl daraus, dass auch sie noch menschliche Bedürfnisse hatte. Wie oft hatte sie sich in den letzten Wochen und Monaten nach Nähe und Zuneigung, nach einem netten Wort oder gar einem Kompliment gesehnt. Doch das war Ubbo schon seit Ewigkeiten nicht mehr über die Lippen gekommen. Bente konnte sich gar nicht daran erinnern, wann sie zuletzt miteinander geschlafen hatten. Sie war für ihn da, und das beruhigte ihn. Früher hatte er sie angehimmelt. Doch den verliebten Glanz in seinen Augen, den gab es schon lange nicht mehr.

Nein, eine Scheidung kam nicht in Betracht.

Sie würde Nägel mit Köpfen machen und für sich die Weichen neu stellen. So, wie sie es bei Klaus Georgs getan hatte. Es war höchste Zeit, nach vorn zu blicken und sich dem Leben zu stellen. Noch war sie nicht zu alt, um neu anzufangen.

In ihr reifte ein Plan.

Als das Telefon anschlug, zuckte sie zusammen und verdrängte die Idee, die ihr gekommen war. Bente starrte ins Nichts und wartete darauf, dass das Klingeln aufhörte. Doch es hörte nicht auf. Sie richtete sich zitternd im Bett auf und blickte auf Ubbo hinunter. Er öffnete den Mund, schmatzte und brabbelte wie ein Säugling, anscheinend träumte er. Ubbo bekam nichts von dem mit, was hier geschah. Sah nicht, dass sie nicht schlafen konnte, weil sie ihr Leben unerträglich fand, und hörte nicht, dass das Telefon klingelte.

Sie würde nicht abheben.

Heute nicht.

Es dauerte eine Ewigkeit, bis Stille einkehrte. Dennoch hämmerte das schrille Klingeln des alten Apparates im Flur in ihrem Kopf nach. Bente legte sich wieder hin und versuchte sich in der Decke einzukuscheln. Sie sehnte sich einfach nach ein wenig Wärme. Mehr nicht.

Der Wind beutelte ihren alten Passat, als wolle er ihn von der Landstraße fegen. Wiebke umklammerte das Lenkrad fester und starrte in die Lichtlanzen, die dem Wagen vorauseilten. Die Scheibenwischer schrabbten über die Windschutzscheibe und hatten Mühe, mit den Wassermassen fertig zu werden. Die Gummis hinterließen Schlieren auf dem Glas und trübten die Sicht. Neue Wischerblätter waren längst überfällig.

Schlecht gelaunt hatte sie sich drei Minuten nach dem Telefonat mit Petersen angezogen, den Regenmantel vom Haken genommen und war in die knallgelben Gummistiefel gestiegen, um das Haus zu verlassen. Der Duft der ausgepusteten Kerzen hatte in der Dachgeschosswohnung gehangen und sie an Weihnachten erinnert.

Weihnachten ... Wie würde das werden, ohne Tiedje?

Wahrscheinlich würde sie das Fest der Liebe in diesem Jahr allein verbringen.

Noch immer gab es keinen Strom; in Ostenfeld war sogar die Straßenbeleuchtung ausgefallen.

Aus den Lautsprechern drang die leise Musik des Autoradios, und der übermäßig gut gelaunte Moderator nervte Wiebke. Sie schaltete es aus und lauschte dem dumpfen Brummen des kaputten Radlagers hinten rechts. Höchste Zeit für einen Werkstattaufenthalt. Doch der Wagen war es nicht, der ihr Sorgen bereitete. Ihr ging die Sache mit Tiedje nicht aus dem Kopf. Er war wieder in ihrem Leben aufgetaucht und glaubte dort weitermachen zu können, wo er aus ihrem Leben verschwunden war. Zorn ergriff sie. Was bildete er sich eigentlich ein?

Er hatte ihre Situation ausgenutzt. Sie hatte sich einsam gefühlt und mit ihm Mitleid gehabt, als er mitten in der Nacht vor ihrem Haus gestanden hatte. Er war betrunken gewesen, und sie hatte es nicht übers Herz gebracht, ihn fortzuschicken. Den Rest konnte sie sich selber nicht erklären. Womöglich war es sogar gut, dass Petersen sie im rechten Augenblick angerufen hatte.

Wiebke verdrängte den Gedanken an ihren Exfreund und versuchte, sich auf den Fall zu konzentrieren, während sie den Ortseingang von Husum erreichte. Die meisten Fenster der bunten Häuser waren bereits dunkel, und die Villen in der Adolf-Menge-Straße wirkten verlassen. Als sie sich nach links auf die Straße Osterende einordnete, musste sie die Vorfahrt eines Taxis abwarten, das im Schneckentempo auf Husum zurollte.

Es hatte also eine Explosion auf Nordstrand gegeben, bei der das *Möwennest* in die Luft geflogen war. Ob es Verletzte oder gar Tote gegeben hatte, stand nicht fest, war aber unwahrscheinlich, da Wiebke wusste, dass Bente Harmsen das Bistro nur tagsüber öffnete. Auch über die Ursache der Explosion konnte man noch nichts sagen. Für Wiebke lag es auf der Hand, dass es einen Zusammenhang mit dem Fund des Toten im Bistro gab, nur suchte sie vergeblich nach dem Ende der beiden Fäden, um sie miteinander zu verknüpfen.

Inzwischen hatte sie die graue Stadt am Meer in nordwestlicher Richtung verlassen. Hier waren die Bürgersteige längst hochgeklappt, und Nordfriesland kam Wiebke in dieser regnerischen Nacht besonders einsam und verlassen vor. Sie passierte das Ortsausgangsschild und glaubte, die menschliche Zivilisation hinter sich zurückzulassen. Sie fuhr geradewegs in das Nichts und sie hatte Schwierigkeiten, den alten Passat auf der Straße zu halten. Immer wieder wurde der Wagen von Windböen erfasst und schaukelte bedenklich. Das Gebläse lief auf höchster Stufe, trotzdem beschlugen die Scheiben. Der schwarze Himmel schien mit der Erde zu verwachsen. Ihre Augen brannten, und am liebsten wäre Wiebke einfach umgekehrt, um ins Bett zu kriechen. Die letzten Tage waren anstrengend gewesen.

Bente Harmsen hatte ein Verhältnis mit einem Mann gehabt, den sie morgens tot aufgefunden hatte. Machte sie das zu einer Verdächtigen? In welchem Zusammenhang stand die Explosion des Gastanks auf Nordstrand? Wiebke erinnerte sich daran, dass Bente Harmsen keinen Hehl daraus gemacht hatte, permanent klamm zu sein. Hatte sie die ruhigen Stunden der Nacht genutzt, um das Bistro zu entsorgen, die Last, die sie sich eigentlich nie hätte zumuten dürfen?

Versicherungsbetrug?

Wiebke beschloss, diese Spur zu verfolgen. Ubbo Harmsen traute sie eine derartige Tat einerseits nicht zu, er war permanent betrunken und wohl nicht in der Lage, einen Gastank so in die Luft zu jagen, dass er selber keinen Schaden erlitt. Das setzte einen gewissen Sachverstand voraus. Andererseits, so setzte Wiebke ihre Überlegungen fort, waren die meisten Alkoholiker »funktionierende« Alkoholiker, das schien auch auf Ubbo Harmsen zuzutreffen. Obwohl er nicht arbeiten wollte und es in den meisten Fällen auch nicht tat, bedeutete das nicht, dass er es nicht könnte. Bente Harmsens Aussage, ihr Mann sei »ständig betrunken«, bedeutete für einen Alkoholiker nicht viel – jeder hatte seinen Pegel, bei dem er sich normal fühlte und für seine Mitmenschen auch relativ normal agierte.

Bente Harmsen war ein Arbeitstier, das sich selber zu viel zumutete. Sie war enttäuscht von ihrem Mann. Aber war sie auch in der Lage, einen Schlussstrich zu ziehen?

Um ein Haar hätte Wiebke den Abzweig nach Nordstrand verpasst. Sie setzte den Blinker, schaltete einen Gang herunter und lenkte nach rechts. Die Reifen schlidderten über den nassen Asphalt, und sekundenlang hatte sie panische Angst, dass der Wagen einfach geradeaus fahren und im Straßengraben landen würde. Im letzten Augenblick hatte Wiebke ihren Passat wieder in der Gewalt. Sie zwang sich zu einer vorsichtigeren Fahrweise.

Die Fahrt über den vier Kilometer langen Autodamm, der Nordstrand mit dem Festland verband, erschien ihr wie eine Fahrt an das Ende der Welt. Schon als sie nach Sankt-Sophien-Koog abbog, sah sie den gleißenden Lichtschein am Horizont. Die Blaulichter der Einsatzfahrzeuge zuckten gespenstisch durch die Nacht und verliehen der Szenerie etwas Surreales. Der Bereich um das Bistro war weiträumig abgesperrt. Die Kollegen hatten zwei Streifenwagen auf der Fahrbahn quer aufgebaut. Im Hintergrund sah Wiebke die Feuerwehrmänner arbeiten. Man hatte leistungsstarke Halogenscheinwerfer aufgestellt, die die Dunkelheit verdrängten.

Sie parkte den Wagen am Straßenrand und stieg aus. Der Regen peitschte ihr ins Gesicht, und die Tropfen suchten sich einen Weg über ihre Stirn, hinab zur Nase und zum Kinn. Eilig zog sie den Reißverschluss ihres knallgelben Friesennerzes zu und schlug die Kapuze hoch. Der Regen hatte den Boden aufgeweicht, und sie sackte mit den Stiefeln bis zu den Knöcheln ein. Sie fragte sich, ob Tiedje sie in diesem Aufzug auch noch so sexy gefunden hätte, und musste unwillkürlich lächeln.

Die Streifenpolizisten, die allzu neugierige Zeitgenossen fernhalten sollten, kannte sie vom Sehen, es waren Kollegen der Polizeiinspektion Husum. Somit brauchte sie bei diesem Mistwetter nicht nach dem Dienstausweis zu suchen, sie durfte anstandslos passieren und stapfte auf den Parkplatz zu. Ein Wohnmobil mit gelbem Nummernschild stand am Rand des unbefestigten Geländes. Im Innern brannte Licht. Bei näherem Hinsehen erkannte Wiebke, dass zwei der Kunststofffenster auf der rechten Seite des Fahrzeuges gesplittert waren. Die Explosion hatte eine mächtige Druckwelle ausgelöst. Der Wind verfing sich in den Gardinen des Campers und blähte sie auf.

Eine Gestalt in Regenklamotten trat mit schmatzenden Schritten auf sie zu. »Was willst du eigentlich hier – hast du kein warmes Bett?« Strähnig hingen Petersen die Haare ins nasse Gesicht. Seine Nase glühte, als hätte er zu viel Glühwein getrunken. Dennoch grinste er sie in seiner unverwechselbaren Art schief an. Wenigstens rauchte er nicht, aber das dürfte bei diesem Wetter auch unmöglich sein.

»Hast du mich angerufen oder ich dich?« Wiebke war nicht zum Scherzen zumute. Für einen Moment erinnerte sie sich an das Intermezzo mit ihrem Exfreund. »Schon gut, ich lass dich hier draußen nicht hängen«, lächelte sie. »Nicht um diese Uhrzeit und schon gar nicht bei dem Schietwetter.«

»Aber was willst du tun? Zeugen befragen können wir nicht – außer dem alten holländischen Ehepaar gibt es keine. Und den Rest regelt die Feuerwehr. Ich warte noch auf die Flensburger Techniker, dann bin ich auch wieder weg.« Er zog sie zur Seite und blickte sie ernst an. »Was war denn los zu Hause?«

»Nichts.« Wiebke winkte ab. Es war ihr unangenehm, dass Jan Petersen sie darauf ansprach. Vermutlich konnte er sich denken, wobei er sie mit dem Anruf gestört hatte. »Ich hatte ein wenig Stress, nichts Weltbewegendes.«

»Hm.« Petersen blickte sie ratlos an. Dann grinste er. »Habe ich dir eigentlich schon von meinen ausgezeichneten Zuhörerqualitäten erzählt? Also, wenn du magst, schenk ich dir gern mal ein Ohr!«

»Danke, das tut gut.« Wiebke lächelte ihn dankbar an. Sie konnte nicht anders, sie stellte sich auf die Zehenspitzen und hauchte ihm einen Kuss auf die nasse Wange. Obwohl Petersen sonst auf cool machte, errötete er prompt.

»So, und jetzt will ich den Unglücksort sehen«, sagte sie schnell, um ihm die unangenehme Situation zu verkürzen.

»Dann man los.« Seite an Seite stapften sie durch zahlreiche Pfützen zu dem kleinen Hügel, an dem sich das Strandbistro befunden hatte. Viel war nicht davon übrig geblieben; die Explosion hatte das Gebäude mit den großen Glasflächen in Trümmer gelegt. Ein Strandkorb vor dem Eingang war umgefallen und ausgebrannt. Gespenstisch wie das Skelett eines Ungeheuers ragten die unbrennbaren Überreste in die Luft. Am Boden verliefen die Schläuche der Feuerwehr; die Männer liefen aufgescheucht herum. Das Feuer hatten sie inzwischen gelöscht. Die Reste des Gebäudes qualmten gespenstisch. Funkgeräte quäkten und wurden nur vom Heulen des Windes übertönt. Benzinbetriebene Stromgeneratoren dröhnten hochtourig durch die Nacht und sorgten für das nötige Arbeitslicht. Wiebke spürte, wie sich ihre Kopfhaut zusammenzog, als sie den beißenden Qualm einatmete.

Petersen war am Rand eines Kraters von gut fünf Metern Durchmesser stehen geblieben. »Hier hat sich der Gastank befunden, der das *Möwennest* gespeist hat«, erklärte er und deutete in die Tiefe. Wiebke erinnerte sich daran, dass sie hier bei ihren vorangegangenen Besuchen eine Art Wartungsklappe im Boden gesehen hatte. Das gelbe Warnschild hatte sie noch gar nicht wahrgenommen. Die Klappe war durch die Detonation zerfetzt worden und stand offen. Unwillkürlich erinnerte sich Wiebke an eine Schulung, die sie besucht hatte. Es war um Waffen gegangen, und der Krater, der sich jetzt vor ihnen ausbreitete, erinnerte sie sehr an die Detonation einer Handgranate. Hatte jemand eine Handgranate in den Schacht geworfen?

Zwischen dem Ziehen des Sicherheitsbügels und der Zündung einer Granate lagen nur wenige Sekunden. Eine denkbar kurze Zeit für den Schützen, dem nicht viel Zeit blieb, sich in Sicherheit zu bringen.

»Normalerweise ist der Zugang zum Wartungsschacht abgeschlossen und manchmal sogar durch eine Plombe gesichert«, riss Petersen sie aus ihren Überlegungen.

Der Boden war morastig, und sie sanken ein.

»Wer tut so etwas?« Wiebke hatte einige Denkansätze, doch keine ihrer Ideen erschien ihr plausibel.

Der Regen ließ ein wenig nach, und Petersen schlug die Kapuze zurück. »Mann«, schimpfte er. »Unter dem Ding kommt man sich ja vor wie ein alter Ackergaul, dem man Scheuklappen aufgesetzt hat.«

»Na ja …« Wiebke musste bei dem Vergleich lachen und fing sich einen vielsagenden Blick ihres Kollegen ein.

Einige Feuerwehrleute gesellten sich zu ihnen. »Die Gaszufuhr wurde natürlich sofort unterbrochen«, bemerkte einer der Männer. *Christ*, las Wiebke an seinem Namensschild. Er war in ihrem Alter, fast zwei Meter groß und durchtrainiert. Jedenfalls, sofern man das unter seiner Schutzbekleidung erkennen konnte. »Wir stehen also auf keiner Bombe mehr. Dennoch befindet sich noch Restgas im Tank, das nun abgepumpt wird. Wir warten auf das entsprechende Fahrzeug.«

Wiebke betrachtete ihn nachdenklich. »Würde ein gezielter Schuss in den Tank genügen, um die Explosion hervorzurufen?«

Christ nickte. »Grundsätzlich schon, allerdings können Sie davon ausgehen, dass derjenige, der den Schuss abgibt, ebenfalls dabei draufgeht«, erwiderte der Feuerwehrmann. »Da reicht ein einziger Funke, um diesen Krater hier zu verursachen. Wenn wir davon ausgehen, dass jemand mit einer Pistole da reinfeuert, ist dieser Jemand mit Sicherheit tot.«

»Wer spricht denn von einer Pistole?« Wiebke tauschte einen Blick mit Petersen, den dieser aber nicht zu deuten vermochte. »Es gehört schon eine gesunde Portion Leichtsinn dazu, mit einer Handfeuerwaffe in einen Gastank zu schießen, oder?«

»Ich habe schon Pferde kotzen sehen«, erwiderte Christ unbeeindruckt. »Deshalb möchte ich nichts ausschließen. Und wer weiß – vielleicht war die Aktion ja das Kamikaze-Kommando eines Lebensmüden?«

»Gegenvorschlag: Was halten Sie von einer Handgranate?«

»Auch das ist nicht auszuschließen. Heutzutage kommt man über das Internet und die richtigen Beziehungen doch an alles. Da ändert auch das schärfere Waffengesetz nichts dran.« Christ zuckte die Schultern. »Aber das muss ich euch ja nicht erzählen, Kollegen.«

»Wohl wahr«, nickte Petersen. »Wurden schon Tote oder Verletzte gefunden?«

»Bislang nicht.«

»Ich muss mal nachdenken«, murmelte Wiebke an Petersen gewandt. »Bin gleich zurück.« Sie ließ ihn stehen und marschierte am Bistro vorbei zum Holmer Siel. Das Dröhnen der Generatoren wurde leiser, und sie begann die Stille zu genießen.

Links lag das Gebäude der DLRG. Von hier aus wurde tagsüber der Badestrand überwacht. Um diese Zeit schien das Gebäude zu schlafen. Auch das hier sitzende Amt für Land- und Wasserwirtschaft Husum war um diese Zeit unbesetzt. Holmer Siel 1, so lautete die Adresse auf dem Schild neben dem Hauseingang. Die Fenster waren dunkel, und kein Fahrzeug parkte davor.

Wiebke hielt sich weiter links und erklomm die Stufen zum Deich. Oben angekommen, drehte sie das Gesicht in den Wind, schloss die Augen und atmete tief durch. Nun schien sich das Gebäude in ihrem Rücken in die Dünen zu schmiegen. Die Strandkörbe standen verlassen auf dem grünen Deich, in ein paar Metern Entfernung brandete das Meer an die Küste. Der Wind peitschte Wellen an den Strand, und Wiebke blieb stehen und genoss die würzige Luft. Es herrschte Flut, und sie richtete den Blick in die Ferne, konnte die Halligen, die man von diesem Punkt aus bei Tageslicht sehen konnte, aber nicht ausmachen. Im Norden, also in ihrem Rücken, lag der Beltringharder Koog, ein eingedeichtes Gebiet der Nordstrander Bucht. Da es sich dabei um ein Brut- und Rastgebiet für Seevögel handelte, durfte der Bereich nicht betreten werden. Rechts von Wiebke lag der rund achthundert Meter lange Deich. Sie wandte sich um und konnte das Licht der starken Arbeitsscheinwerfer sehen, die in den wolkenverhangenen Nachthimmel strahlten. Es sah bizarr aus, fast so, als wäre dort ein Ufo gelandet.

Wiebke drehte dem Geschehen den Rücken zu und dachte nach, während ihr Blick hinaus auf das tobende Meer glitt. Von hier oben aus schien alles in weiter Ferne, sogar die Probleme mit Tiedje rückten in den Hintergrund. Sie versuchte, sich auf die Geschehnisse unten am Holmer Siel zu konzentrieren und ließ die Einsamkeit, die sie hier umgab, auf sich wirken.

Kein Wattwanderer, kein Spaziergänger mit Hund, nichts, hämmerte es in ihrem Kopf.

Ein technischer Defekt hätte genauso gut tagsüber auftreten können. Ob die Sache dann aber so glimpflich abgelaufen wäre, blieb zu bezweifeln. Wahrscheinlich hätte es Tote und Verletzte gegeben, denn am Tag war das *Möwennest* ein beliebtes Ausflugsziel – nicht nur bei Urlaubern. War es also nur einem glücklichen Zufall zu verdanken, dass der Gastank nachts explodiert war? Da Gasanlagen im Deutschland strengsten Sicherheitsbestimmungen unterlagen, schied ein technischer Defekt eigentlich so gut wie aus. Wiebke war sicher, dass jemand nachgeholfen hatte.

Wiebke blieb stehen und blickte sich um. Kein Mensch hielt sich hier in der Nacht auf, bis auf das ältere Ehepaar, das im Wohnmobil auf dem Parkplatz campieren wollte, was aber streng genommen verboten war. Der Wind drehte und wehte Wiebke die Kapuze vom Kopf. Sie zog sie wieder auf und ließ den Blick in Richtung Deich gleiten. Dort hinten herrschte Totenstille.

Der Täter hatte keine Menschenleben gefährden wollen und nicht damit gerechnet, dass die Holländer im Wohnmobil den Parkplatz als ihr Nachtrevier auserkoren hatten. Dass sie dort genächtigt hatten, musste er billigend in Kauf genommen haben.

Einen Unfall schloss Wiebke zunächst einmal aus, blieb also das Attentat.

Wiebke dachte daran, dass es den Harmsens finanziell nicht besonders gut ging. Hatte sich jemand an der Flüssiggasanlage zu schaffen gemacht, um anschließend eine große Summe von der Versicherung zu kassieren?

Der Regen hatte nachgelassen, und nun frischte der Wind noch einmal auf. Wiebke ließ die Naturgewalten auf sich einwirken. Dann machte sie kehrt und stieg die Stufen herab. Es hatte ihr gutgetan, sich die frische Meeresluft um die Nase wehen zu lassen. Kurze Zeit später war sie wieder bei Petersen, der mit dem Einsatzleiter der Feuerwehr zusammenstand. Christ war verschwunden, wie Wiebke mit einem Anflug von Bedauern feststellte. Sie hatte ihn sympathisch gefunden.

Es war nicht sein Ding, solche Nachrichten zu überbringen. Carstensen scheute sich immer davor, doch manchmal gab es keinen anderen Weg, als den Betroffenen in die Augen zu schauen. Immerhin war niemand gestorben, aber den Harmsens war eine Existenz zunichte gemacht worden, und er kannte das Ehepaar gut genug, um zu wissen, dass sie nicht gerade zu den reichsten Inselbewohnern gehörten.

Arne Carstensen lenkte sich ab, indem er an seinen wohlverdienten Ruhestand dachte. Vielleicht würde er sich den Traum erfüllen und ein kleines Haus auf einer der umliegenden Halligen kaufen, um dort seinen Lebensabend zu genießen. Er liebte das Meer und würde niemals von hier wegziehen. Hier war er geboren, aufgewachsen und hier würde er mit größter Wahrscheinlichkeit auch sterben. Und er wusste, dass auch seine Frau heimatverbunden war. Sie liebte Nordstrand wie er, das verband die beiden miteinander. Das und viel mehr nach zig Ehejahren.

Carstensen drosselte das Tempo, als er die Zufahrt von Harmsens Hof erreicht hatte. Die Scheibenwischer kämpften mit den Wassermassen, doch in den letzten Minuten hatte der Regen ein wenig nachgelassen. Vorbei an den Koppeln lenkte er den alten Streifenwagen vor das Wohnhaus. Natürlich brannte in keinem der Fenster noch Licht – etwas anderes hatte er auch gar nicht erwartet. Ubbo lag wahrscheinlich wieder betrunken auf der Couch, während seine hübsche Frau sich ins warme Bettchen verkrochen hatte. Die Spatzen auf Nordstrand pfiffen es von den Reetdächern, dass die Ehe der Harmsens im Eimer war, seitdem Ubbo seine Arbeit verloren hatte und trank.

Das Bewirten der Kneipe und die Instandhaltung der Ferienwohnung blieb an Bente hängen, doch Carstensen hatte schon des Öfteren festgestellt, dass auf ganz Nordstrand niemand die Eier in der Hose hatte, um Harmsen den Kopf zu waschen – ihn selber eingeschlossen. Dafür schämte er sich nun ein wenig, als er ausstieg und sich die Dienstmütze mit dem schleswig-holsteinischen Wappen tiefer ins Gesicht zog. Entschlossen stapfte Carstensen auf den Eingang zu und legte einen Finger auf den vermessingten Klingelknopf. Drinnen schlug erst die Glocke, dann ein Hund an. Der Köter kläffte, als wäre er geprügelt worden, doch Schritte näherten sich nicht. Carstensen hatte keine Lust, bei diesem Mistwetter länger als nötig darauf zu warten, ins Haus gelassen zu werden, und klingelte noch einmal. Wieder schlug der Hund an, wieder rührte sich keiner von den Harmsens. Carstensen klopfte gegen die Milchglasscheibe in der Tür und rief Harmsens Namen, bevor er Sturm klingelte.

Er war sicher, dass die Hausbesitzer da waren. Wo sollten sie auch sonst sein? Ubbos Wagen, ein uralter Toyota, parkte unter dem Carport, der rostige Traktor stand nebenan.

»Das gibt es doch nicht.« Carstensen schüttelte den kantigen Schädel und trat einen Schritt zurück, um am Haus hochblicken zu können. Nichts, kein Geräusch, kein Licht. Das Haus machte wirklich einen verlassenen Eindruck. Der Inselpolizist drehte eine Runde um das Gebäude und versuchte, durch die Fenster im Erdgeschoss einen Blick auf das Innere zu erhaschen. Vergeblich, denn fast überall waren die Gardinen vorgezogen. Es war, als wären die Harmsens einfach verreist. Unverrichteter Dinge begab sich Carstensen zurück zum Wagen. Dann würden die Harmsens eben erst morgen erfahren, dass es das Bistro *Möwennest* nicht mehr gab.

Sechzehn

Als Carstensens Polizeiwagen das Grundstück in nördlicher Richtung verlassen hatte, atmete sie tief durch. Unwillkürlich war Bente im Fahrersitz nach unten gesunken, damit er sie nicht sah, falls die Scheinwerfer seines Autos ihr Fahrzeuginneres erfassten. Schnell entfernte sich der alte Streifenwagen, der irgendwann in der Stadt ausgemustert worden war, um hier auf Nordstrand sein Gnadenbrot zu verdienen. Sie hatte ihr Versteck gut gewählt, hatte ihren kleinen Lieferwagen zwischen einem Baum und einer Hecke geparkt, so dass er von der Straße aus nicht gesehen werden konnte.

Die roten Rücklichter des Streifenwagens verschwanden in der Nacht, um irgendwann von der Dunkelheit völlig verschluckt zu werden. Ihr Puls beruhigte sich. Zögernd richtete sich Bente im Fahrersitz auf und startete den Motor, der erst nach dem dritten Versuch ansprang. Unwillkürlich bekam sie eine Wut auf Ubbo, der sich trotz ihrer mehrfachen Bitten immer noch nicht darum gekümmert hatte.

Sie hielt es einfach nicht länger aus bei ihm.

Bente fragte sich, was der Nordstrander Polizist zu später Stunde von ihr gewollt hatte, und schob es auf den Mord an Klaus Georgs. Vermutlich waren neue Erkenntnisse aufgetaucht, und Carstensen hatte noch ein paar Fragen an sie gehabt. Nichts, das nicht bis morgen Zeit gehabt hätte, dachte sie.

Klaus Georgs hatte alle Zeit der Welt.

Nun aber hielt sie es nicht mehr aus hier. Bente Harmsen drückte den ersten Gang rein und ließ die Kupplung kommen. Der alte Lieferwagen machte einen Satz nach vorn. Nach wenigen Metern Fahrt erreichte sie das Haus. Sie parkte gleich vor der Tür, stieg aus und marschierte auf den Eingang zu, ohne den alten Wagen abzuschließen. Wer ihn klauen will, muss ihn erst einmal fahren können, dachte sie in einem Anflug von Galgenhumor, bevor sie ins dunkle Haus huschte, hinter sich abschloss und den Hund streichelte, der ihr gleich entgegengekommen war. Nachdem das Tier das Interesse an seinem Frauchen verloren hatte, suchte es seinen Platz im Wohnzimmer auf, rollte sich zusammen und schlief ein.

Bente ging nicht ins Schlafzimmer hinauf, sondern zog sich in ihr Arbeitszimmer zurück. Die Pistole würde sie morgen früh wieder in den Nachtschrank legen. Ubbo würde nicht bemerken, dass sie sich die alte Bundeswehrwaffe geliehen hatte. Normalerweise hasste sie das Ding, doch manchmal gab es einfach keine Alternative. Die Pistole lag schwer in der Tasche der Regenjacke. Ihre Hand glitt hinein und sie fühlte das kalte Metall an ihren Fingern. Als sie den Griff löste, um an ihrer Hand zu riechen, nahm sie den Geruch von Waffenöl wahr und verzog angewidert das Gesicht. Obwohl er sie nie benutzte, pflegte Ubbo die Waffe penibel.

Im Arbeitszimmer angekommen, streifte sie die Windjacke ab und warf sie über die Lehne ihres Bürostuhls. Die festen Schuhe stellte sie in eine Ecke neben der Tür. An den grobstolligen Sohlen klebte Matsch. Im Schein der kleinen Lampe fiel ihr Blick auf die vielen Rechnungen, die darauf warteten, bezahlt zu werden. Rasch wandte sie den Blick ab, legte sich angezogen auf die kleine Couch unter dem Fenster, schlug die Wolldecke auf und schaltete das Licht aus. Es dauerte keine fünf Minuten, und Bente Harmsen war eingeschlafen.

Der nächste Arbeitstag begann mit der obligatorischen Besprechung in Dierks' Büro. Die Kollegen aus Flensburg waren heute nicht anwesend, und so waren die Ermittler der Husumer Polizeiinspektion auf sich gestellt. Dierks begrüßte die Kollegen und übergab das Wort an Jan Petersen. Wiebke betrachtete ihren Partner. Er war trotz der viel zu kurzen Nacht frisch rasiert und schien ausgeschlafen zu sein. Sie selber fühlte sich wie ein Zombie. Unausgeschlafen und schlecht gelaunt, was sicher auch mit dem Intermezzo mit Tiedje zusammenhing, war sie zur Polizeiinspektion gekommen.

»Ich habe eben mit dem LKA telefoniert, wegen der Explosion auf Nordstrand«, eröffnete Petersen die Runde. »Es handelt sich offenbar um ein Attentat. Jemand hat sich an der Gasanlage des Bistros zu schaffen gemacht. Damit stellt sich uns die Frage, wer Zugang zu diesem unterirdischen Gasschacht hat.«

»Die zuständigen Gasversorger und sicherlich die Harmsens«, vermutete Katja Graf. »Also muss sich der Täter einen Zweitschlüssel zum Schacht besorgt haben – oder er hat das Schloss zerstört, um sich Zutritt zu verschaffen.«

»Wenn jemand eine Gasanlage in die Luft jagen will und auch nur einigermaßen klar im Kopf ist, dann tut er das mit einer Art Zeitzünder«, warf Sven Gerkes ein.

»Das würde bedeuten, dass er technisch versiert ist.« Er blickte in die Gesichter seiner Kollegen. »Gehen wir also davon aus, dass die Explosion im Zusammenhang mit dem Fund des Toten steht?«

Petersen wiegte den Kopf. »Ich möchte nichts ausschließen. Zunächst sollten wir Bente und Ubbo Harmsen befragen. Eigentlich sollte das Arne Carstensen bereits erledigt haben, aber er hat die Harmsens in der Nacht weder telefonisch noch persönlich erreicht.«

»Sind sie denn überhaupt zu Hause?«, warf Gerkes ein.

»Wo sollen sie sonst sein?«, antwortete Wiebke mit einer Gegenfrage. »Erstens glaube ich nicht, dass die beiden gemeinsam verreisen würden, zweitens haben sie einen Hof zu versorgen und müssen sich um ihre Ferienwohnungen kümmern, vom Bistro, das sie bis gestern besaßen, einmal abgesehen.« Sie schüttelte den Kopf. »Nein, sie sind sicherlich nicht verreist.«

»Nicht verreist, aber vielleicht einfach untergetaucht?«, konterte Gerkes.

»Das lässt sich überprüfen«, schlug Katja Graf vor.

Jan Petersen hatte keine Einwände. Er machte sich Notizen. »Übernehmt ihr das bitte. Wer könnte noch damit in Zusammenhang stehen?«

»Jemand, der dafür bezahlt wird, die Bude hochgehen zu lassen«, murmelte Sven Gerke. »Eine Art Auftragskiller, der sich auf Versicherungsbetrug spezialisiert hat. Der Markt soll augenblicklich boomen.« Er grinste in die Richtung von Matthias Dierks. »Vielleicht sollte ich die Seiten wechseln, der Job ist bestimmt besser bezahlt.«

Der Erste Kriminalhauptkommissar sparte sich eine Antwort. Stattdessen sagte er: »Das wird eine Suche nach der Nadel im Heuhaufen, und vielleicht sollten wir das dem Landeskriminalamt überlassen. Ich werde die Jungs anrufen und ihnen mitteilen, dass wir einen Zusammenhang zwar vermuten, aber bisher keinen stichhaltigen Hinweis haben.«

Niemand hatte Einwände. Petersen erhob sich und trat an das Flipchart. Das Blatt, auf dem Dierks gestern Notizen gemacht hatte, hing noch dort. »Kommen wir zur Waffe, mit der Klaus Georgs ermordet wurde.« Er blickte Gerkes und Graf an. »Habt ihr gestern noch etwas herausgefunden?«

Katja räupserte sich und nickte. »Die SIG Sauer P 6, so die militärische Bezeichnung, wird im zivilen Bereich als P 225 bezeichnet. Sie verfügt in beiden Fällen über das Kaliber 19 x 9 Millimeter, was bedeutet, dass es sich um eine recht gängige Munition handelt, die sich relativ leicht beschaffen lässt. Beide Waffen, egal ob militärisch oder zivil eingesetzt, unterscheiden sich kaum in ihrer Baulichkeit. Nur beim Magazin gibt es Unterschiede: Die zivile Version verfügt über ein zweireihiges Magazin mit fünfzehn Schuss, während die P 6 nur mit einem einreihigen Magazin und acht Schüssen Munition ausgestattet ist.« Katja machte eine Atempause und blickte die Kollegen nacheinander an. »Vielleicht wollt ihr wissen, warum ich das alles erzähle? Also, die P 225 besitzt keinen außen liegenden Sicherungshebel, so dass das Schießen Personen mit kleinen Händen sicherlich leichterfällt. Die SIG Sauer wurde lange bei der Polizei in Nordrhein-Westfalen, beim Bundesgrenzschutz, bei Zollbehörden und bei der GSG 9 eingesetzt. Während der Neupreis rund tausend Euro beträgt, sind die Waffen im Internet gebraucht bereits ab sechzig Euro zu haben, vorausgesetzt, der Käufer ist Inhaber einer Erwerbsberechtigung, aber da gibt es sicherlich auch Händler, die es mit dem Gesetz nicht so genau nehmen.« Katja Graf blätterte in ihren Unterlagen. »Wie gesagt, die SIG ist seit rund fünfundzwanzig Jahren im Einsatz bei der Polizei und einigen Sondereinheiten. Vielleicht suchen wir hier nach unserem Mörder.«

»Bundeswehr scheidet also aus?« Petersen wanderte unruhig durch den Besprechungsraum.

»Absolut, ja.«

Im Raum war Stille eingekehrt, und Katja Graf sah den Mienen der Kollegen an, dass sie nicht begeistert von ihrer Idee waren. »Und die Waffe findet sich auch in keiner der Listen wieder, die das Land Niedersachsen nach dem Verkauf ausrangierter Dienstwaffen erstellt hat. Insofern scheidet diese Möglichkeit aus. Es ist also eine Dienstwaffe, die anscheinend noch als solche geführt wird. Ich weiß, was ihr jetzt denkt: Es gleicht auch wieder der Suche nach der Stecknadel im Heuhaufen«, murmelte sie. »Trotzdem sollten wir hier irgendwie ansetzen. Ich werde versuchen, bundesweit nach der Waffe zu suchen. Anhand der Nummer muss die Tatwaffe ja irgendwo auftauchen. So lässt sich die Spur eventuell zurückverfolgen.«

Petersen zuckte die Schultern. »Freiwillige vor?« Als betretenes Schweigen am Tisch einkehrte und Matthias Dierks leise in sich hineingrinste, deutete Petersen mit dem ausgestreckten Zeigefinger auf Katja Graf. »Dann hast du den Job!«

Sie nickte. »In Ordnung, das wird aber sicherlich ein paar Tage dauern.«

Mara Imken räusperte sich. »Ich habe mir überlegt, dass Klaus Georgs ja nach den Angaben von Bente Harmsen oft geschäftlich unterwegs war. Wenn wir davon ausgehen, dass er unter diesem Namen verreist ist, muss er sich als Klaus Georgs in den Hotels eingeschrieben haben. Das ist aber nur eine Theorie beziehungsweise eine vage Möglichkeit, die man ganz sicher überprüfen sollte – Hinweise darauf haben wir noch nicht. Sein Doppelleben kann ebenso gut daraus bestehen, dass er ausschließlich im Zusammenhang mit Bente den Aliasnamen Klaus Georgs benutzt hat. Um einen Anfang zu machen, brauchen wir eine Liste der Hotels, in denen sich Georgs aufgehalten hat. Vielleicht erfahren wir so etwas über seine Tätigkeit und den gesellschaftlichen

Umgang, den er auf seinen Geschäftsreisen pflegte. Danach wissen wir vielleicht etwas mehr.«

»Ich denke, dass das eine Aufgabe für die Kollegen in Flensburg ist«, schaltete sich der Erste Kriminalhauptkommissar ein. »Es ist schon genug Arbeit, dass wir die Kollegen hier vor Ort unterstützen. Die Recherche dürfen die Flensburger gern übernehmen, wie ich finde.«

Niemand am Tisch hatte Einwände, und im Stillen war Wiebke sogar froh über den Einwand ihres Vorgesetzten. So konnte sie sich auf den Fall konzentrieren und war nicht tagelang an den Schreibtisch gefesselt.

Als Petersens Handy klingelte, murmelte er eine Entschuldigung und verließ kurz den Raum. Es dauerte keine zwei Minuten, bis er an den Tisch zurückkehrte. »Das war Arne Carstensen von der Polizeistation auf Nordstrand. Er war ja heute Nacht bei den Harmsens, um ihnen die Nachricht zu überbringen, dass es das Bistro *Möwennest* nicht mehr gibt. Ihm ist nachträglich aufgefallen, dass der Wagen von Bente Harmsen nicht auf dem Hof parkte, als er dort war. Das muss gegen ein Uhr dreißig gewesen sein.«

Wiebke blickte Jan Petersen betroffen an. »Wir werden gleich hinfahren und sehen, wie sie uns das erklären kann«, schlug sie vor. »Womöglich steht sie doch im Zusammenhang mit den Geschehnissen.«

»Vielleicht stand der Wagen auch einfach in einer Garage oder war gerade in der Werkstatt«, warf Dierks ein.

»Nein, Matthias.« Petersen schüttelte den Kopf. »Ich schätze, dass den Harmsens das Geld fehlt, den Wagen in eine Werkstatt zu bringen. Und eine Garage habe ich auf dem Hof auch nicht gesehen.«

Siebzehn

Es war ein wolkenverhangener Morgen, relativ windstill, aber irgendwie trostlos. Bente Harmsen war todmüde, als sie sich in den alten Lieferwagen setzte und sich auf den Weg zum *Möwennest* machte. Bevor sie aufgebrochen war, hatte sie Ubbos Pistole an ihren Ort zurückgebracht. Natürlich hatte er nichts davon mitbekommen. Er hatte tief und fest geschlafen, als sie das Schlafzimmer betreten hatte. Wie immer hatte Ubbo auch noch geschlafen, als sie aus dem Haus gegangen war.

Nebelschleier hingen über den Wiesen und ließen Nordstrand wie eine bizarre Scheinwelt wirken. Gestern hatte auch das Autoradio seinen Dienst aufgegeben, und so lauschte sie nun dem Brummen des Motors. Durch die einen Spaltbreit geöffnete Scheibe drang die kühle Luft ins Auto und half ihr, wach zu werden. Sie hatte schrecklich geschlafen auf dem alten Sofa im Arbeitszimmer. Ihr Rücken schmerzte. Nun war sie also wieder auf dem Weg in ihren tristen und frustrierenden Alltag.

Als sie zum Holmer Siel kam, wusste sie, was Carstensen in der Nacht von ihr gewollt hatte. Und sie ahnte, warum mitten in der Nacht das Telefon geklingelt hatte. Schon von Weitem erkannte Bente Harmsen, was geschehen war. Als sie auf die kleine Sackgasse einbog, sah sie die Feuerwehrwagen vor der Ruine des *Möwennest*s stehen. Polizeiabsperrband flatterte im Wind, und ihr wurde flau im Magen. Bente Harmsens Herz begann zu rasen, als einer der uniformierten Polizisten, die an der Absperrung Wache schoben, auf den Wagen zutrat. Mit zitternden Händen kurbelte sie das Seitenfenster herunter.

»Sie können hier nicht durch«, wurde sie von dem Polizisten belehrt.

»Ich … mein Name ist Bente Harmsen«, stotterte sie

und schluckte trocken. »Mir gehört das Bistro. Mein Gott, was ist denn geschehen, um Himmels willen?«

»Es hat eine Explosion gegeben.« Der Polizist stockte, dann blickte er sie mit strenger Miene an. »Hat man Sie denn nicht benachrichtigt?«

»N... nein«, stammelte Bente. »Das Telefon hat in der Nacht geklingelt, aber ich habe nicht abgehoben, weil ich davon ausgegangen bin, dass sich jemand verwählt haben muss. Wir kriegen nachts sonst nie einen Anruf, müssen Sie wissen. Das ist so ... – Ich muss zum Bistro.«

»Dann fahren Sie bis zum Anfang des Parkplatzes und fragen Sie nach Herrn Lütjes. Er ist der Einsatzleiter der Feuerwehr und kann Ihnen sicher mehr sagen.«

Die Worte des jungen Polizisten drangen wie durch Wasser an ihre Ohren, dumpf und verzerrt. Bente zitterte am ganzen Leib, als er zurücktrat und die Absperrleine hochhielt, damit sie mit dem Wagen darunter durchfahren konnte. Überall parkten Einsatzwagen von Polizei und Feuerwehr, auch einige zivile Dienstwagen, vermutlich die der Kripo. Zwei Männer mit Fotoapparaten liefen aufgescheucht herum und fotografierten die Reste des Bistros aus allen Blickrichtungen. Wahrscheinlich Reporter von der Lokalpresse, dachte Bente.

Am Rande des Platzes stand ein recht neues Wohnmobil. Als sie daran vorüberrollte, registrierte sie das gelbe Nummernschild und tippte auf holländische Urlauber. Dass dem Camper zwei Seitenscheiben fehlten, sah Bente nicht. Sie hatte nur Augen für das, was von ihrem Bistro übrig geblieben war. Tränen sammelten sich in ihren Augen, als sie den Wagen abstellte und ausstieg. Ihre Knie fühlten sich wie Gummi an, während sie über den unbefestigten Parkplatz zu einem hoch gewachsenen Mann in Feuerwehrmontur ging, der sich mit einigen jüngeren Kollegen unterhielt. An seinem Namensschild sah Bente Harmsen, dass es sich bei ihm um den Einsatzleiter handelte. Lütjes betrachtete sie mit einer hochgezogenen Braue.

»Beruhigen Sie sich zunächst einmal«, sagte er in sanftmütigem Tonfall. »Auch wenn das alles schrecklich ist, so kann man doch froh sein, dass kein Mensch zu Schaden gekommen ist. Wäre das tagsüber passiert, dann …« Er brach mit einem stummen Kopfschütteln ab. »Den Rest regelt die Versicherung, und sobald die Ermittlungen der Kripo abgeschlossen sind, werde ich auch das Gelände wieder freigeben können.«

Ungläubig schüttelte Bente den Kopf und glaubte, einen schrecklichen Albtraum zu durchleben. Nahm das Grauen denn nie ein Ende? »Ich … ich muss da hin«, stammelte sie heiser vor Aufregung. Ihr war heiß und kalt, und sie wollte einfach nicht wahrhaben, was sie da sah.

Lütjes schüttelte den Kopf. »Das ist leider nicht möglich, es besteht akute Einsturzgefahr.«

»Was kann ich denn nun machen?« Bente klang verzweifelt. Als sie die Banken endlich für das Projekt gewinnen konnte, hatte Ubbo sie mit der zusätzlichen Arbeit, die das *Möwennest* machte, alleingelassen. Und dennoch hatte sie gern hier gearbeitet. Sie fühlte sich matt und krank. Es war, als hätte man Bente Harmsen den Boden unter den Füßen weggezogen. Und Ubbo lag im Bett und ahnte nicht, was hier geschehen war. Noch nie hatte sie sich so einsam gefühlt wie in diesem Augenblick.

»Möchten Sie, dass sich ein Arzt um Sie kümmert?«, riss sie die sanfte Stimme des Feuerwehrmannes aus den Gedanken. Lütjes hatte wahrscheinlich schon zahlreiche Einsätze geleitet, bei denen Menschen tragischere Schicksale erlitten hatten, doch es war ihm nicht verborgen geblieben, dass Bente Harmsen nervlich am Ende war.

»Nein«, sagte sie und schüttelte den Kopf. »Es geht schon.« Sie versuchte zu lächeln. »Da muss ich jetzt wohl alleine durch.« Dann wandte sie sich ab, ging zu ihrem

Wagen und startete den Motor, der diesmal beim ersten Versuch ansprang. Die Räder drehten durch, als sie in Richtung Süden verschwand. Sie musste weg von diesem Ort. Und sie musste ein Zeichen setzen.

Das Erste, was sie hörten, als sie ausstiegen, war das Hundegebell. Es wehte ein eisiger Wind, der es schaffte, die tief hängenden Wolken über Nordstrand zu verteilen. Zögernd drang die Sonne durch die Wolkendecke und tauchte die Landschaft in ein milchiges Licht. Doch das saftige Grün der Wiesen wirkte an diesem Morgen nicht so frisch wie sonst, und es schien, als würde ein Damoklesschwert über der Insel hängen.

»Das Auto ist nicht da«, stellte Petersen fest, der sich über das Dach des Dienstwagens lehnte und den Blick über den Hof der Harmsens schweifen ließ.

»Und das da?« Wiebke deutete mit dem Daumen über die Schulter. Unter einem hölzernen Carport stand ein rostiger Toyota, dessen Farbe unter dem verkrusteten Dreck kaum noch auszumachen war. Dort, wo die Scheibenwischer bei Regen über die Windschutzscheibe zirkelten, waren zwei Halbkreise im Glas entstanden, die den Blick auf das Interieur des alten Wagens erlaubten. Wiebke trat heran und blickte ins Innere. Die Sitzpolster waren fleckig und verschlissen, der Aschenbecher im Armaturenbrett stand offen und quoll bereits über. Im Fußraum vor dem Beifahrersitz lag eine Batterie von leeren und zerknüllten Bierdosen. Das Armaturenbrett, einst samtmatt grau, war von einer dicken Staubschicht überzogen und wirkte vom Qualm unzähliger Zigaretten vergilbt.

»Ein Autofan ist er jedenfalls nicht.« Wiebke schüttelte den Kopf. »Das ist kein Auto, das ist ein fahrender Mülleimer.«

Petersen hatte den altersschwachen Japaner umrundet und war vor dem Kennzeichen am Heck in die Knie gegangen. Mit dem Jackenärmel wischte er den verkrusteten Dreck vom Nummernschild. Der Wagen war in Nordfriesland zugelassen. »Und der TÜV ist auch seit Monaten abgelaufen.«

»Deswegen sind wir nicht hier.« Wiebke zeigte zum Wohnhaus des Hofes. »Komm schon, lass uns mal die Lage peilen. Es würde mich brennend interessieren, wo Bente Harmen sich befindet.«

»Vielleicht ist sie am *Möwennest*?«

»Dann können wir beruhigt sein.« Seite an Seite stapften sie auf das Wohnhaus der Harmsens zu, wo das Hundegebell verstummt war. Ein Mann redete besänftigend auf das Tier ein, dann öffnete sich die Haustür. Ein unausgeschlafener und verkatert wirkender Ubbo Harmsen starrte sie feindselig an.

»Moin«, grüßte Wiebke.

»Was wollen Sie schon wieder?« Eine steile Falte hatte sich zwischen seinen buschigen Augenbrauen gebildet. Wiebke blickte an ihm vorbei, konnte aber den Hund nicht sehen. Wahrscheinlich hatte er ihn in eins der angrenzenden Zimmer gesperrt.

»Wir würden gern Ihre Frau sprechen«, erwiderte Jan Petersen.

»Nicht da.«

»Wo finden wir sie denn?«

»Das wisst ihr doch wohl besser als ich. Schließlich seid ihr die Polizisten.« Er lachte, sichtlich amüsiert über seinen eigenen Witz. Den Beamten schlug eine Alkoholfahne entgegen. »Aber ich gebe euch einen Tipp. Sie ist beim *Möwennest*. Der Laden macht nämlich in zwei Stunden auf. Da ist immer viel zu tun vorher.«

»Das können wir uns denken, allerdings gibt es das *Möwennest* seit letzter Nacht nicht mehr.« Petersen grinste humorlos.

»Was soll das bedeuten?«

Wiebke hatte keine Lust auf ein endloses Frage-Antwort-Spiel und berichtete Harmsen, was geschehen war. An seiner Reaktion merkte sie, dass er keine Ahnung hatte, was am Elisabeth-Sophien-Koog vorgefallen war. Andererseits hatte sie nicht den Eindruck, dass es ihn sonderlich traf. Er hielt es nicht einmal für nötig, sich nach dem gesundheitlichen Zustand der Camper zu erkundigen, die sich zum Zeitpunkt der Explosion in unmittelbarer Nähe befunden hatten. Wiebke überlegte, ob Harmsen doch hinter der Explosion stecken könnte. Versicherungsbetrug wäre ein guter Grund, selbst Hand anzulegen, und die finanzielle Situation der Harmsens sprach für sich.

»Darf ich Sie fragen, wo Sie letzte Nacht gewesen sind?«

»Geht das schon wieder los?« Harmsen stöhnte gequält auf. »Hier, wo sonst?«

»Und Ihre Frau?«

»Auch hier, warum fragen Sie das alles?« Ubbo Harmsen machte keine Anstalten, den Eingang freizugeben. So blieben sie auf der breiten Stufe vor der Haustür stehen.

»Weil wir versucht haben, Sie in der Nacht von dem Unglück in Kenntnis zu setzen«, antwortete Wiebke und bemühte sich, die Ruhe zu bewahren. »Leider hat unser Kollege niemanden angetroffen, auch ans Telefon ist niemand gegangen. Und der Kollege stellte fest, dass sich der Wagen Ihrer Frau zu nächtlicher Stunde nicht auf dem Hof befunden hat. Wo also war Ihre Frau in der Nacht?« Wiebkes Tonfall war eine Spur schärfer geworden.

Harmsen befeuchtete mit der Zungenspitze seine spröden Lippen, sein Blick huschte unstet umher, und er rang die Hände. Sie waren grob und ungepflegt. Wiebke überlegte, ob diese Hände in der Lage waren, einen Menschen zu töten. Hatte Harmsen doch vom Geliebten seiner Frau gewusst und ihn aus dem Weg geräumt, um anschließend das *Möwennest* in die Luft zu jagen?

Und wenn, hatte er es getan, um alle Spuren endgültig

zu verwischen, oder hatte er das Bistro in die Luft gejagt, um sich mit der Versicherungssumme gesundzustoßen?

Sie fragte sich, wie hoch so ein Bistro wohl versichert war und ob die Summe ausreichen würde, um die Harmsens finanziell zu sanieren.

»Sie ... sie war hier bei mir.« Harmsen klang kleinlaut. »Möchten Sie reinkommen?«

»Gern.« Wiebke tauschte einen Blick mit Petersen, der anscheinend keine Einwände hatte und ihr ins Haus folgte. Harmsen führte sie in das Wohnzimmer. Noch immer hatte er nicht aufgeräumt. Es roch wie in einer Kneipe – nach schalem Alkohol und kaltem Rauch. Auch hier quoll der Aschenbecher über. Neben dem Porzellan-Ascher auf dem Tisch neben dem Sofa lag eine zusammengeknüllte Zigarettenschachtel. Ein No-Name-Produkt vom Discounter.

Sie setzten sich, nur Petersen zog es in gewohnter Weise vor, stehen zu bleiben. Er stand mit dem Rücken am Fenster. Wahrscheinlich war es ein Instinkt, vielleicht auch nur eine dumme Angewohnheit, aber er hatte Wiebke einmal erzählt, dass er in einem Verhör immer schnell den Raum verlassen können musste. Den Grund hatte er ihr dabei nicht genannt. Wiebke und Petersen beobachteten Ubbo Harmsen genau. Er saß vornübergebeugt in seinem Sessel, barg das Gesicht in den Händen, massierte sich die Gesichtshaut, bis sie krebsrot war, und rang die Hände.

»Ich weiß nicht, ob sie bei mir war.«

»Wie dürfen wir das verstehen?«, fragte Wiebke.

»Wir sind lange verheiratet, nicht immer glücklich, und finanziell betrachtet steht uns das Wasser bis zum Hals. Ich trinke zu viel, und ich weiß das. Aber es gibt mir eine gewisse Beruhigung, verstehen Sie das?« Harmsen blickte sie an.

»Nein.« Sie schüttelte den Kopf. »Aber das muss ich auch nicht. Also, was war los in der letzten Nacht?«

»Wir sind früh zu Bett gegangen, ich, weil ich betrunken war, und Bente, weil sie von der Arbeit müde war. Wir hatten uns gestritten, es ging mal wieder um unbezahlte Rechnungen. Aber wir gingen zusammen ins Bett. Nicht, wie Sie vielleicht denken, einfach nur so. Es läuft schon lange nichts mehr zwischen uns. Irgendwann bin ich eingeschlafen. Als ich heute Morgen aufgewacht bin, war ich alleine. Das ist nichts Ungewöhnliches, weil Bente früh los muss, um das Bistro startklar zu machen. Für die Ferienwohnungen haben wir eine Aushilfe. Aber wenn Sie so fragen – ich könnte nicht die Hand für Bente ins Feuer legen. Keine Ahnung, ob sie die ganze Nacht im Schlafzimmer verbracht hat, oder ob sie sich irgendwann, nachdem ich eingepennt bin, still und heimlich aus dem Zimmer geschlichen hat, um ... was auch immer.«

»Halten Sie es für möglich, dass Sie sich mit jemandem getroffen hat?« Petersen wanderte durch das Zimmer, ohne Harmsen aus den Augen zu lassen.

»Ob sie einen Geliebten hat?« Harmsen lachte auf, als hätte Jan ihm einen guten Witz erzählt. »Meine Bente soll einen Stecher haben?« Er winkte amüsiert ab. »Keine Ahnung, fragen Sie sie doch einfach.« Dann wurde Ubbo Harmsen ernst. Er hatte bemerkt, dass den Polizisten nicht zum Scherzen zumute war. »Das würde meine Bente nicht wagen, niemals, verstehen Sie?«

»Ja.« Petersen nickte. »Dürfen wir auch erfahren, warum sie das nie wagen würde?«

»Sie wäre dumm, wenn sie mir fremdginge.« Harmsen schüttelte den kantigen Schädel. »Nein, alles, nur das nicht. Wir sind nicht reich, aber was wir haben, das haben wir. Und wir haben eine Menge zusammen durchgemacht. Das schweißt doch auch zusammen, finden Sie nicht?« Er blickte Wiebke an.

Sie hätte ihm am liebsten die Wahrheit gesagt, wunderte sich, wie sehr Harmsen von sich eingenommen war, und fragte sich unwillkürlich, ob das auf alle Männer zutraf. In der Nacht wäre sie auch um ein Haar auf Tiedje hereingefallen. Auf den Mann, der sie verlassen hatte, um mit einer Jüngeren durchzubrennen.

»Ist Ihnen eingefallen, wo Sie die Pistole haben?«, wechselte Petersen das Thema. Bewusst hatten sie bislang auf eine Hausdurchsuchung verzichtet.

»Die Pistole ...«, murmelte Harmsen und kratzte sich umständlich am Hinterkopf. »Stimmt, das habe ich total vergessen. Nein, keine Ahnung, wo das verdammte Schießeisen rumliegt.«

»Sie machen sich strafbar, wenn ...«, begann Wiebke und wurde durch einen Zischlaut von Harmsen unterbrochen.

»Belehren Sie mich nicht, ich habe wirklich andere Sorgen. Wenn ich nicht in zwei Tagen die Stromnachzahlung überwiesen habe, dreht man uns den Saft ab.« Seine Stimme klang plötzlich belegt, die Augen schimmerten feucht. »Wissen Sie, was das bedeutet? Kein Strom hier, nicht im Bistro, nicht in den Ferienwohnungen? Wir können dichtmachen. Wer kommt schon zu uns, wenn wir keinen Strom haben?« Dann lachte er trocken auf. »Gut, das Bistro hat sich erledigt. Aber wir sind auch erledigt. Ich habe keine dreieinhalbtausend Euro, um zu bezahlen. Wir sind endlich erledigt, und wahrscheinlich ist das der Grund, weshalb sich Bente dünnegemacht hat.«

»Sie ist vor den Schulden geflüchtet?« Wiebke musterte Harmsen zweifelnd. So hatte sie die Frau nicht eingeschätzt.

»Nein, nicht geflüchtet. Sie fährt einfach in der Gegend rum. Ohne Ziel, verstehen Sie? Sie braucht das, um einen klaren Kopf zu bekommen. Wahrscheinlich war sie auch heute Nacht unterwegs. Doch es nutzt nichts: Wir sind erledigt, und vielleicht hat sie das auch inzwischen eingesehen – ich weiß es nicht.«

»Und jetzt ist sie am Bistro?«

»Ich habe keine Ahnung, wo sie sich rumtreibt«, murmelte Harmsen. »Ich habe keine Ahnung. Versuchen Sie es am Elisabeth-Sophien-Koog. Vielleicht steht sie heulend vor den Trümmern des Bistros, ich weiß es wirklich nicht. Und nun gehen Sie bitte. Ich möchte alleine sein.«

Weder Wiebke noch Petersen hatten Einwände, und so verließen sie das Haus. Harmsen wollte sie zur Tür bringen, doch Wiebke lehnte dankend ab. Sie fanden auch allein hinaus. Als sie an die frische Luft traten, atmete Wiebke ein paarmal tief durch.

»Sie hat Narrenfreiheit«, bemerkte sie, als sie sich in den Wagen setzten.

»Was meinst du?« Petersen startete den Motor und lenkte den Dienstwagen vom Hofgelände.

»Bente Harmsen ist nicht das Unschuldslamm, das sie uns vorspielt. Natürlich befindet sie sich in einer Opferrolle, aber sie versteht auch, ihren Nutzen daraus zu ziehen.«

»Du sprichst in Rätseln.«

»Kapierst du denn nicht, Jan?« Wiebke schüttelte den Kopf. »Natürlich führt sie an der Seite eines betrunkenen und mittellosen Bauern eigentlich ein Scheißleben, weitab vom Rummel der Stadt. Sie ist aber sehr eitel und fühlt sich zu jung, um mit diesem Leben zufrieden zu sein. Also sucht sie nach Abwechslung. Sie sehnt sich nach Aufregung und beginnt eine Affäre mit unserem Toten, mit Klaus Georgs – oder wer immer er auch im wahren Leben war. Beruflich sieht sie ihre Herausforderung im Bistro. Sie haben bestimmt ewig mit den Banken verhandelt, um den Kredit für das *Möwennest* zu bekommen. Ich bin auf die Schufa-Auskunft der beiden gespannt. Das Bistro stemmt sie, auch wenn sie sich ständig über ihren stinkend faulen Ehemann beschwert, und ist eigentlich gar nicht unglücklich mit ihrer Situation. Schließlich sieht sie Ubbo den halben Tag nicht, und in der anderen Hälfte ist er betrunken und schläft seinen Rausch aus. Sie hat also ihre Freiheit. Das Blatt wendet sich, als Klaus Georgs sich Hoffnungen auf ein gemeinsames Leben macht. Wie langweilig wäre es denn, wenn die beiden sich jeden Tag von morgens bis abends sehen könnten? Der Kick des Verbotenen und des Unmoralischen würde sich in nichts auflösen. Und die Freiheit hätte sie auch verloren, denn Klaus Georgs trank wahrscheinlich nicht, so wie es Harmsen tut. Er hat sie geliebt und verehrt, den Eindruck hatte ich aus den bisherigen Gesprächen. Aber ihr wurde das zu viel – und warum?« Wiebke blickte zu Petersen hinüber, der sich auf die Straße konzentrierte, die Backen aufblies wie ein Frosch und schließlich die Schultern zuckte.

»Um nichts in der Welt hätte Bente Harmsen ihre so lieb gewonnene Freiheit aufgegeben. Obwohl sie sich beklagt, wie schlecht ihr Mann sie behandelt, ist sie mit dem, was sie hat, zufrieden, also auch mit dem Umstand, dass sie viel Zeit für sich hat.«

»Sie sind selbstständig«, erinnerte Petersen sie. »Und da hat man nicht viel Zeit für sich selbst. Meine Exfrau war auch mal selbstständig. Wir hatten ein kleines Souvenirgeschäft am Binnenhafen. Das lief nicht so gut, obwohl uns die Touristen jeden Tag die Bude eingerannt haben. Viele kamen nur zum Gucken, einige haben sogar gestohlen. Sieben Tage war der verdammte Laden offen, der Umsatz reichte kaum, um über die Runden zu kommen, und Freizeit, geschweige denn Urlaub, war undenkbar für uns.«

Wiebke war erstaunt, wie viel Petersen ihr aus seinem Privatleben anvertraute. Bisher wusste sie nur, dass er geschieden war und seine Exfrau ihn bis auf das letzte Hemd auszuziehen versuchte. Nun kannte sie einen Grund, weshalb die Ehe der beiden schiefgelaufen war.

Sie zögerte ein wenig, bevor sie fortfuhr: »Dennoch hat sie die kleinen Ausflüchte ins Abenteuer geliebt. Das alles wäre aber kein Abenteuer mehr gewesen, wenn sie

Ubbo verlassen und zu Klaus Georgs gegangen wäre. Dort hätte sich schon bald der triste Alltag eingeschlichen, und für Bente wäre es uninteressant geworden.«

»Aber er hat sich nicht damit abgefunden, dass sie ihn abserviert hat.« Langsam ahnte Jan Petersen, worauf Wiebke hinauswollte. Draußen flog die Landschaft an ihnen vorüber, und sie passierten Wiesen, auf denen Schafherden weideten.

»Sie fühlte sich in die Enge getrieben und zog die Konsequenz.«

Petersens Wangenknochen mahlten. Er bremste den Wagen und wendete. Mit durchdrehenden Reifen fuhr er zurück zum Hof der Harmsens.

»Was hast du vor?«

»Ich will wissen, wo Harmsen die Waffe hat.«

»Im Idealfall eine Neunmillimeter?« Wiebke ahnte, worauf er hinauswollte.

»Das wäre zu schön, um wahr zu sein«, nickte er. »Aber es würde mich nicht wundern. Auch wenn das Kaliber öfter in Pistolen vorkommt, so gibt es auch Gewehre mit neun Millimetern. Auf dem Land gibt es sicherlich mehr Gewehre als Pistolen.«

»Dann wäre die Waffe, die wir bei Klaus Georgs gefunden haben, gar nicht die Tatwaffe?«

»Klingt verrückt, ich weiß. Aber es ist eine kleine Möglichkeit, und wir sollten nichts außer Acht lassen. Und der Abschlussbericht der Ballistiker steht immer noch aus. Aber das alles lässt sich herausfinden.« Petersen beschleunigte den Wagen, und die saftig grüne Landschaft von Nordstrand flog an ihnen vorüber.

»Wie kommst du darauf?«

»Ein Gefühl. Ich bin sicher, dass Bauern eher ein Gewehr im Schrank stehen haben als ein braver Stadtmensch.« Petersen grinste gewinnend.

Sie passierten ein strahlend weißes Haus, das auf einer kleinen Anhöhe stand. Davor hatte man eine Felsformation errichtet. Die Teestube war noch geschlossen, doch Wiebke wusste, dass es sich bei dem imposanten Haus um die Galerie *Lat di Tied* handelte, die an Sommertagen die Touristen in Schwärmen anzog. Hier gab es Bilder, Glas und steinerne Skulpturen zu bewundern. Tiedje hatte ihr hier an einem Sonntagnachmittag eine Kette mit silbernem Anhänger gekauft. Die Erinnerung an diesen Tag fühlte sich wie ein anderes Leben an.

Lat di Tied. Hatten die drei Worte auf plattdeutsch einen tieferen Sinn, tiefer als den, Urlauber zum Verweilen einzuladen? Richtete sich die Aufforderung, sich Zeit zu lassen, auch an Wiebke und Tiedje?

Sollten sie einander Zeit geben, um letzten Endes doch noch glücklich miteinander zu werden?

»Lat di Tied«, murmelte Wiebke und blickte aus dem Seitenfenster, wo die Idylle der Insel an ihnen vorüberzufliegen schien.

»Nee, ich bin in Eile«, erwiderte Petersen und trat das Gaspedal bis zum Bodenblech durch. Bald erreichten sie Neukoog, der in die Evensbüller Chaussee im Süden von Nordstrand überging. Wiebke fragte sich, warum ihr die Entfernung zwischen Hof und Strandkneipe nicht schon bei ihrem ersten Besuch aufgefallen war. Gab es einen Grund, weshalb das *Möwennest* am anderen Ende der Insel war und somit weit vom Hof der Harmsens entfernt? Hatte Bente die räumliche Distanz gewollt?

Petersen fuhr wie der Teufel, und nun war es nicht mehr weit bis zum Gehöft der Harmsens. Wiebke spürte seine Anspannung und wagte es nicht, ihn anzusprechen.

Der Kies der Auffahrt wurde von den Reifen des Dienstwagens aufgewirbelt und klackerte hohl gegen das Innere der Kotflügel. Als Petersen durch eine Pfütze fuhr, spritzte der Matsch bis zum Wagendach, doch er drosselte das Tempo noch immer nicht.

Diesmal öffnete niemand auf ihr Klingeln. Das einzige Geräusch aus dem Haus war das herzerweichende Jaulen des Hundes. Petersen würgte den Motor ab und hechtete aus dem Auto, kaum dass der Wagen mit einem letzten Hüpfer zum Stehen gekommen war. Wiebke folgte dem Kollegen und stellte verwundert fest, dass Jan im Laufen die Dienstwaffe aus dem Holster gezogen hatte. Er wandte sich kurz zu ihr um und bedeutete ihr mit einer Geste, es ihm nachzutun. Nun standen sie mit gezückten Pistolen vor der Tür und kamen nicht ins Haus. Wiebke dachte daran, was hier für eine Panik ausbrechen würde, wenn die Urlauber, die eine der Ferienwohnungen in dem Nebengebäude gemietet hatten, mitbekamen, was hier passierte. Vielleicht herrschte auch Flaute auf dem Hof und es gab augenblicklich keine Urlauber. Das würde zu den finanziellen Problemen der Harmsens passen.

»Da stimmt etwas nicht«, zischte Petersen und trommelte wie besessen gegen die massive Haustür des Friesenhauses. Nun schlug der Hund an. Er wechselte von einem Jaulen in abwehrendes, drohendes Bellen. Wiebke rann ein Schauer den Rücken herunter.

»Gefahr im Verzug«, murmelte Jan und warf sich mit seinen knapp hundert Kilo Lebendgewicht mehrfach gegen die Tür. Das Holz ächzte. Auf der Innenseite sprang der Hund daran hoch. Seine Pfoten schabten über das Türblatt. Dann hatte es Petersen geschafft: Das Holz splitterte an seiner dünnsten Stelle, nämlich dort, wo der Beschlag für Klinke und Schloss eingelassen war. Mit einem Krachen sprang die Tür auf und Petersen hatte Mühe, nicht das Gleichgewicht zu verlieren. Er taumelte in das Halbdunkel des Flurs, ruderte mit den Armen und fing sich an der Garderobe. Blitzschnell richtete er sich wieder auf, während er von Wiebke gesichert wurde.

Als er, von dem aufgebrachten Hund abgesehen, nichts Auffälliges entdecken konnte, gab er Wiebke ein Handzeichen. Sie setzte einen Fuß in die Diele. Die Wohnzimmertür war nur angelehnt. Wieder ließ sich Jan Petersen von seiner Kollegin absichern, trat die Tür auf, die an die dahinterliegende Wand schlug und zurückpendelte. Mit einem weit ausholenden Schritt war er im Raum. Gleichzeitig zerquetschte er einen Fluch auf den Lippen.

Sie hatten solche Situationen schon mehrmals in Seminaren geübt, aber dies war keine Übung, sondern Realität. Jederzeit mussten sie damit rechnen, einem potentiellen und bewaffneten Mörder gegenüberzustehen. Wiebke erwischte sich bei der Frage, ob das, was sie auf der Polizeischule gelernt hatte, auch in einer derartigen Situation angebracht war. Die Tatsache, dass sie sich exakt an die gelernten Dienstvorschriften hielt, beruhigte sie nur geringfügig.

»Ich habe es geahnt«, murmelte er und ließ die Waffe sinken. »Ich wusste es einfach.«

Wiebke betrat das Zimmer und sah auf den ersten Blick, was geschehen war. Von Ubbo Harmsen hatten sie nichts mehr zu befürchten. Er hatte doch kein Gewehr besessen, wie Petersen es vermutet hatte: Die Pistole, mit der er vor langer Zeit bei der Bundeswehr Dienst geschoben hatte, war anscheinend wieder aufgetaucht. Sie lag in seiner rechten Hand. Ein Finger krümmte sich um den Abzug. Ubbo Harmsen saß in zusammengesunkener Haltung auf seinem verschlissenen Sessel und blickte ihnen aus leblosen Augen entgegen. An seiner Schläfe klaffte ein tiefrotes Loch, aus dem Blut sickerte.

Achtzehn

»Seid mir nicht böse, ich kann euch gut leiden, aber für meinen Geschmack sehen wir uns in den letzten Tagen etwas zu oft.« Piet Johannsen zwinkerte hinter den dünnen Gläsern seiner Nickelbrille und fuhr sich durch das schlohweiße Haar.

Wiebke fragte sich, was geschehen musste, damit diesem alten Hasen das Lachen verging. Ihr war beim Anblick des toten Ubbo Harmsen das Herz in die Hose gerutscht, und sie hatte sich von dem Schrecken noch immer nicht erholt. An Petersens Seite stand sie draußen auf dem Hof und tat etwas, was sie schon seit ihrer Abifeier nicht mehr getan hatte: Sie rauchte. Petersen hatte sie schief angeschaut, als sie ihn um eine Zigarette gebeten hatte. Aber er hatte sich einen Kommentar erspart und ihr die ganze Schachtel gereicht, um ihr anschließend in der hohlen Hand Feuer zu geben. Nun standen sie rauchend vor dem Haus der Harmsens.

Der Notarzt war als Erster eingetroffen. Er hatte einen nicht natürlichen Tod im Totenschein angekreuzt und war recht schnell wieder verschwunden. Den Todeszeitpunkt hatte er nicht bestimmen müssen, denn Harmsen konnte höchstens seit vierzig Minuten tot sein. So viel Zeit war zwischen dem Verlassen und der Rückkehr zum Hof der Harmsens von Wiebke und Petersen vergangen. Sie hatten ihn aller Wahrscheinlichkeit nach zuletzt lebend gesehen.

»Quatsch nicht, mach deinen Job«, brummte Petersen an Johannsen gewandt und nahm einen tiefen Zug.

»Ich habe eine Nachricht für einen gewissen Jan Petersen«, raunte Piet Johannsen ihm grinsend zu.

»Lass dir nicht die Popel einzeln aus der Nase ziehen«, brauste Petersen auf.

»Die DNA in Klaus Georgs' Wohnung ist identisch mit

der in dem Kamm, den du mir gegeben hast. Auch wenn das Ding vor Gericht nicht verwertbar ist.«

»Ich weiß es doch«, stöhnte Jan.

»Aber wie kommst du an seinen Kamm?«

»Wieso an *seinen* Kamm?« Jan Petersen verstand nicht, worauf der Kollege der Spurensicherung hinauswollte.

»Die Haare stammen einwandfrei von Klaus Georgs, oder wie immer er geheißen hat. Danke übrigens, dass ich das so schnell und unbürokratisch rausgefunden habe.«

»Jo, Mann, dank dir! Moment … es war *ihr* Kamm, der von Bente Harmsen, mein ich.« Jan Petersen machte einen letzten Zug an seiner Zigarette, bevor er sie in einer der zahlreichen Pfützen versenkte.

»Quatsch.« Johannsen tippte sich an die Schläfe. »Halt mich doch nicht für blöd, mien Jung. Der Kamm ist von unserem Toten. Wo hast du ihn her?«

»Berufsgeheimnis.« Petersen hatte seine Fassung im letzten Moment zurückgefunden und setzte ein Pokerface auf.

»Mir auch egal. Jetzt schuldest du mir auf jeden Fall einen Gefallen.« Johannsen schlüpfte in seinen weißen Overall und verschwand im Haus.

»Wart mal«, rief Petersen ihm hinterher. Es dauerte nicht lange, und Johannsens rundes Gesicht tauchte noch einmal im Hauseingang auf. »Untersucht den Toten mal auf Schmauchspuren.«

»Hat er sich denn nicht selbst umgebracht? Geht ihr von einem Serienmörder aus?«

»Was weiß denn ich?«, fragte Jan Petersen. »Ich will nichts außer Acht lassen, mehr nicht.«

»Schon verstanden«, grinste Piet Johannsen und winkte ab. »Ich guck mal.«

Als sie allein draußen standen, blickte Wiebke Jan wie einen Jungen an, den sie bei einem Streich erwischt hatte. »Damit hättest du wohl nicht gerechnet, oder?«

»Was?«

»Das mit dem Kamm. Dass er nicht Bente Harmsen gehört, sondern Klaus Georgs.«

»Offen gestanden nein.« Er schüttelte den Kopf. »Ich war felsenfest davon überzeugt, dass der Kamm ihr gehörte.«

»Jan, bitte.« Wiebke blickte ihn vorwurfsvoll an. »Fast alle Frauen benutzen eine Bürste, keinen Kamm.«

»Ich hätte es wissen müssen«, murmelte Jan Petersen und schüttelte den Kopf.

»Was hättest du wissen müssen?«

»Dass er labil ist. Wir hätten anders reagieren müssen.«

»Ubbo Harmsen stand auf der Liste unserer Verdächtigen ganz oben«, erinnerte Wiebke ihn. »Aber was wäre, wenn er sich nicht selbst umgebracht hat, was, wenn es sich bei seinem Mörder um denselben Täter handelt wie bei Klaus Georgs?«

Petersens Kopf ruckte zu Wiebke herum. »Moment«, sagte er. »Du meinst …«

»Wäre doch nicht abwegig, oder?«

»Dann wäre Bente Harmsen jetzt eine freie Frau.« Petersen nickte. »Würde Sinn machen. Die Versicherungssumme, die neu gewonnene Freiheit – sie könnte ein abgesichertes Leben ganz ungebunden beginnen. Nicht dumm. Selbst wenn sie das Erbe ausschlagen würde, wäre sie schuldenfrei und könnte bei null anfangen.«

Immerhin hätte Bente Harmsen Motive für beide Morde gehabt. Sollte es sich bei der Todesursache von Ubbo Harmsen nicht um Suizid handeln, käme sie als Täterin in Betracht: Bente Harmsen, seine depressive und frustrierte Ehefrau, die nachts untergetaucht war. Dazu würde passen, dass Ubbo Harmsens Waffe vorher plötzlich spurlos verschwunden gewesen war. Sie hatte die Waffe genommen, um ihn zu töten und um es wie einen Selbstmord aussehen zu lassen. So wie bei Klaus Georgs. Petersens und Wiebkes Problem war, dass es dafür noch keine Beweise gab. Enttäuscht traten sie den Weg nach Husum an.

Hinrichsen hatte schlecht geschlafen. Entsprechend müde und schlecht gelaunt war er, als er zum Telefon griff und eine Nummer eintippte, die nirgendwo gespeichert war. Natürlich rief er seinen Gesprächspartner mit unterdrückter Rufnummer an. Unruhig wie ein hungriger Tiger wanderte er durch sein Büro. An der großen Fensterfront, die einen herrlichen Blick in den großen Garten erlaubte, blieb er stehen. Doch für die Schönheit der Natur hatte er an diesem Vormittag keinen Blick. Es galt, einen Skandal zu verhindern. Sollte er versagen, würde er selber die Verantwortung bei denen ganz oben tragen müssen. Und er war ehrgeizig genug, um sich die Butter nicht vom Brot nehmen zu lassen.

Lange hatte er nicht mehr bis zu seiner Pensionierung, und dann würde er seinen Lebensabend hier in Schobüll verbringen. Sicher nicht in diesem Haus, denn dafür verband er zu viele Erinnerungen damit. Aber es gab genügend andere Objekte, auf die er bereits ein Auge geworfen hatte. Seine Tätigkeit als Immobilienmakler kam ihm bei der Suche nach einer geeigneten Bleibe sehr gelegen. Die Firma interessierte ihn dann nicht mehr. Sollten sie doch jemand anderen suchen, der sich mit zahlungsunfähigen Mietern und unzuverlässigen Handwerkern herumärgerte. Er hatte es lange genug getan. So kurz vor der Pension war es an der Zeit, einen Gang herunterzuschalten.

Was seit der Ermordung von Klaus Georgs geschehen war, konnte seine Pläne für einen ruhigen Lebensabend allerdings gefährden. Er befürchtete, die Geschehnisse nicht länger beeinflussen zu können, ein Umstand, mit dem er schlecht leben konnte.

Diesmal dauerte es länger, bis die Verbindung zustande kam.

»Was gibt es?«

»Probleme gibt es«, gab Paul Hinrichsen mürrisch zurück und ging zu seinem Schreibtisch. Mit wenigen Worten umriss er die Geschehnisse der letzten Stunden. »Ich werde der Bezirkskriminalinspektion Flensburg den Fall entziehen. Das ist Sache des BKA.«

»Was soll das Bundeskriminalamt machen?«

»Diskret vorgehen. Die Kommissare aus Husum und Flensburg ermitteln wie die Elefanten im Porzellanladen. Wenn in spätestens zwei Tagen nicht jede nordfriesische Zeitung mit der Story aufmacht, weiß ich es auch nicht.«

»Und das BKA soll es wieder richten?« Der Mann am anderen Ende der Leitung lachte amüsiert. »Sie haben eine falsche Vorstellung von der Behörde. Aber ich werde sehen, was sich machen lässt. Offen gestanden war es falsch, Robert Michels nicht schon damals unehrenhaft zu entlassen. Ein Mann mit seiner Vergangenheit hat in einer Bundesbehörde nichts verloren. Es war abzusehen, dass das eines Tages auffliegt.« Wieder lachte der Mann. »Aber ich werde mein Bestes geben, auch wenn ich nichts versprechen kann.«

»Michels hat gute Arbeit geleistet und er war diskret und absolut zuverlässig.«

»Wenn man von seiner kleinen Schwäche absieht, wollten Sie sagen.«

»Ja, verdammt. Es hätte nicht geschehen dürfen, da gebe ich Ihnen recht. Aber ich kann die Dinge nun mal nicht ungeschehen machen. Michels hat zu viel gewusst, Punkt. Hätte ich ihn aus unserem Verein geworfen, wäre er zu einer Gefahr geworden, und das konnte ich zu keinem Zeitpunkt unserer Arbeit hier in Husum riskieren. Und nun müssen wir sehen, wie wir den Kopf aus der Schlinge ziehen können.«

»*Sie* müssen sehen, wie *Sie* ungeschoren davonkommen«, wurde Hinrichsen sanft aber bestimmt verbessert. Bevor er sich darüber beschweren konnte, klickte es im

Hörer. Sein Gesprächspartner hatte einfach aufgelegt.

Als sie die Polizeiinspektion an der Poggenburgstraße erreichten, wussten sie bereits, dass Bente Harmsen von den Kollegen verhaftet worden war. Man hatte sie in Untersuchungshaft gebracht, weil nicht auszuschließen war, dass sie zwei Morde begangen hatte. Einen an Klaus Georgs, den Mann, der ihr zur Bedrängnis geworden war. Und den an Ubbo Harmsen, dem Ehemann, mit dem sie eine Menge Schulden teilte. Dies hatte die Schufa-Auskunft ergeben, die Wiebke eingeholt hatte.

»Wie geht's denn jetzt weiter?« Wiebke musterte Jan Petersen fragend.

Anstatt einer Antwort blickte er bezeichnend auf die Uhr.

»Ich hab auch Hunger«, murmelte Wiebke und zog ihn die breiten Stufen wieder herunter zur Straße. »Lass uns 'ne Kleinigkeit essen, dann klappt auch das Denken wieder – jede Wette.«

Diesmal führte sie der Weg in ein Fast-Food-Restaurant an der Großstraße, das zwischen dem Markt und der kleinen Gasse Twiete lag. An der Selbstbedienungstheke entschieden sie sich für zwei Menüs, die man ihnen auf einem roten Plastiktablett servierte. Da das Wetter sich hielt, suchten sie sich einen freien Platz im Außenbereich der Burger-Schmiede. Kauend genossen sie den Blick auf die Großstraße und auf das historische Rathaus. Rechts lag der Marktplatz. Der Asmussen-Woldsen-Brunnen, der von den Husumern nur *Tine* genannt wurde, schimmerte im Sonnenlicht. Hinter der *Tine* ragte der Turm der Marienkirche in den fast wolkenfreien Himmel.

»Wie gehen wir denn jetzt weiter vor?«, fragte Petersen, während er herzhaft in seinen Burger biss und mit einem Schluck Cola nachspülte.

»Die Befragung von Beate Wegener steht noch aus«, erwiderte Wiebke und stippte ihre Pommes Frites in die

Mayo. »Sie arbeitet als Putzfrau für Bente Harmsen und hat einen Schlüssel für das Bistro – vielleicht auch für die Flüssiggasanlage.«

»Die Putzfrau soll das *Möwennest* in die Luft gesprengt haben?«

»Unsinn. Aber vielleicht ist das ein Weg.«

»Warum hast du sie noch nicht gefragt?«

»Weil auch mein Tag nur vierundzwanzig Stunden hat«, erwiderte Wiebke sauer. Wenn sie hungrig war, neigte sie dazu, aggressiv zu reagieren. Schnell schob sie eine Handvoll Pommes in den Mund. »Aber ich werde das gleich nachholen, dann können wir Beate Wegener auch abhaken, denn offen gestanden glaube ich nicht, dass sie mit den Vorfällen in Verbindung steht.«

»Tut mir leid«, murmelte Petersen kleinlaut und tupfte sich den Mund mit einer Serviette ab. »Lass uns mal nachdenken: Wir finden einen toten Ubbo Harmsen, nachdem er uns berichtet, dass er in den nächsten Tagen keinen Strom mehr hat. Die aufgelaufene Nachzahlung kann er unmöglich bezahlen, also steht er geschäftlich mit dem Rücken an der Wand. Seine Frau kümmert sich zwar um alles, ist aber im Grunde genommen auch hilflos. Er hat große Stücke auf sie gehalten, wenn du mich fragst.«

»Hat er?«

»Na ja, zumindest hat er uns gegenüber den Anschein erweckt, als wäre er ihr für das, was sie für ihn tut, dankbar, auch wenn er ihr das wohl nie so gesagt hätte. Manche Männer können einfach keine Schwäche eingestehen. Und genauso schätze ich Ubbo Harmsen ein. Er ist ein harter Kerl, der zwar nichts zum Essen im Kühlschrank hat, der aber nach außen immer stolz ist. Dass er zu viel trinkt und die Leute in seinem Umfeld nicht blind sind und längst wissen, wie es um Harmsens steht, scheint er dabei zu vergessen.«

»Hochmut kommt vor dem Fall«, murmelte Wiebke.

»Oder vor dem Tod. Aber zurück zum Fall: War er so labil, dass er sich selbst erschossen hat, oder hat jemand nachgeholfen? Wenn ja, besteht auch die Möglichkeit, dass wir es mit einem Serienmörder zu tun haben.«

»Deshalb sitzt Bente Harmsen nun auch in U-Haft«, resümierte Wiebke trocken.

»Ich traue ihr offen gestanden eigentlich weder den einen noch den anderen Mord zu. Und allein die Tatsache, dass sie beide Männer kannte, mit einem sogar verheiratet war, genügt mir nicht.« Jan kümmerte sich um seine Pommes Frites. »Bente ist in den nächsten Stunden wieder frei. Im Grunde genommen haben wir nichts, aber auch gar nichts gegen sie in der Hand. Sollte sie tatsächlich hinter den Morden stecken, dann ist sie geschickt vorgegangen.«

Wiebke hatte keine Einwände. Sie blickte der bunt gekleideten Urlauberfamilie nach, deren zwei Kinder ein Eis von den Eltern forderten, das es in der Eisdiele nebenan gab, und fragte sich, ob sie selbst jemals Kinder haben würde. Dazu benötigte sie zunächst einmal einen Mann, der sich mit ihrem Job arrangieren konnte. Seufzend beobachtete sie Petersen, der damit beschäftigt war, die verbleibende Mayo mit seinen Pommes vom Tablett zu wischen. Obwohl er etwas zu essen hatte, wirkte er noch immer bedrückt. Der Gedanke an Bente Harmsen als Mörderin gefiel ihm nicht, das merkte Wiebke ihm an.

»Für mich sieht es nach Selbstmord aus – diesmal wenigstens«, brummte er. »Der olle Harmsen hätte genügend Gründe gehabt, einen Schlussstrich zu ziehen. Was mich wurmt, ist die Tatsache, dass wir so blind waren.« Er blickte Wiebke an und lächelte matt. »Dir mache ich gar keinen Vorwurf, du bist frisch in dem Job. Aber ich bin ein alter Hund, da hätte es mir auffallen müssen, dass Harmsen so etwas vorhat.«

»Das ist doch Unsinn.« Wiebke schüttelte den Kopf

und trank einen Schluck Coke, bevor sie sich wieder über ihre Pommes hermachte.

»Nein, es liegt auf der Hand, Mädchen: Er hatte die Waffe gar nicht verlegt. Vermutlich hatte er zu diesem Zeitpunkt, als er das behauptet hat, schon die Flausen im Kopf und den Selbstmord geplant. Sein Pech, dass ich kurz davor die Waffe sehen wollte.«

Neunzehn

Zurück in der Polizeiinspektion ging Petersen in Gerkes Büro. Sven war nicht am Platz, aber Katja Graf blickte überrascht auf, als sich der Leiter der *Soko Strandkorb* vor ihrem Schreibtisch aufbaute. Sie hatte offenbar gerade Mittagspause, denn vor ihr stand eine aufgeklappte Frischhaltebox mit geschnippelten Möhren, Gurkenscheiben und Tomatenstückchen, daneben eine PET-Flasche mit kohlesäurearmem Mineralwasser. Katja hatte die Beine hochgelegt und in einem Frauenmagazin geblättert. Eilig nahm sie die Beine von der Tischkante und legte die Zeitschrift fort.

»Mahlzeit«, sagte sie kauend.

»Ich will deine Pause gar nicht lange stören.« Petersen brachte ein unsicheres Lächeln zustande und zog sich einen freien Stuhl heran, um sich verkehrt herum darauf niederzulassen. Er stützte den Kopf in die Hände und deutete mit dem Kinn auf das Gemüse in der Frischhaltebox. »Machst du Diät?«

»Hm.« Sie nickte zögernd. »Irgendwas muss ich ja essen.«

Petersen wusste, dass Katja im Moment keinen Freund hatte. Sie war hübsch und kleidete sich modisch. Da er sich aus knochigen Frauen im Schlankheitswahn nichts machte, empfand er ihre Figur als sehr weiblich. Trotzdem machte Katja keinen Hehl daraus, dass sie unter ihrem Übergewicht litt.

»Was ist denn jetzt mit Bente Harmsen?«

»Mahndorf hat vor einer Stunde Haftbefehl beim Richter beantragt.«

»Was?« Petersens Augen wurden groß. Er wunderte sich, wie schnell der Staatsanwalt handelte. Normalerweise hielt sich Fritz Mahndorf bedeckt und ließ die Ermittler ihre Arbeit machen. Dass er diesmal selbst die Initiative ergriffen und Petersen nicht davon in Kenntnis gesetzt hatte, erstaunte ihn. »Wie kann das denn sein?«

»Wir haben ihre Fingerabdrücke an der Pistole ihres Mannes gefunden, und die Sache mit den Schmauchspuren gestaltet sich diesmal auch schwieriger. Denkbar wäre zum Beispiel, dass sie ihm die Hand geführt hat.«

Petersen zweifelte an dieser Version. »Er war ein starker Mann.«

»Er war meist betrunken und sicherlich nicht mehr so stark, wie er mal gewesen ist.«

»Also tatsächlich Mord.« Petersen schüttelte ungläubig den Kopf.

»Es steht noch nicht hundertprozentig fest, aber sobald wir das Ergebnis der Obduktion vorliegen haben, sieht es schlecht für sie aus.« Katja schob sich eine Gurkenscheibe in den Mund. »Und dann dürfte der Fall erledigt sein. Wir haben die Mörderin von Ubbo Harmsen, und es dürfte eine Frage der Zeit sein, bis wir ihr auch den Mord an Klaus Georgs nachweisen können, wie auch immer er wirklich geheißen hat.«

Jan Petersen nickte nachdenklich. Er wusste nicht, ob er sich über den Umstand freuen sollte. Immerhin stand nun fest, dass er nicht versagt hatte. Sie waren zwar zu spät gekommen, um einen Mord zu verhindern, aber das lag leider oft in der Natur ihres Berufes. Wo sie auftauchten, hatte es schon einen Toten gegeben.

»Ich möchte sie sprechen.« Er erhob sich und stürmte aus dem Büro.

Beate Wegener lebte in einer kleinen Wohnung in der Magnus-Voß-Straße. Auf dem Weg zur Neustadt hatte sich Wiebke Gedanken gemacht, was sie Bente Harmsens Putzfrau fragen wollte. Nun klingelte sie an der Haustür und wartete, bis oben geöffnet wurde. Wiebke fand sich in einem der anonymen Steintreppenhäuser wieder, wie sie für Miethäuser der Sechziger und Siebziger Jahre des letzten Jahrhunderts modern gewesen waren. Im ersten Stock stand sie vor einer Wohnungstür mit einem vergilbten Spion. Die Linse verdunkelte sich, und Wiebke sah, wie sie jenseits der Tür begutachtet wurde.

Wiebke hatte keine Lust auf ein Katz-und Maus-Spiel. »Bitte öffnen Sie, mein Name ist Wiebke Ulbricht von der Kriminalpolizei hier in Husum.« Sie zog den Dienstausweis aus der Tasche und hielt ihn vor den Spion. Die Tür wurde einen Spaltbreit geöffnet, genau so weit, wie die vorgelegte Sicherheitskette reichte. Ein rundes Gesicht erschien. Die blonden Haare waren streng zurückgesteckt.

»Was wollen Sie?«

»Ich komme wegen der Geschichte auf Nordstrand. Von Bente Harmsen weiß ich, dass Sie für sie gearbeitet haben, und deshalb habe ich ein paar Fragen an Sie.«

»Moment.« Die Tür flog ins Schloss, und Wiebke hörte, wie an der Kette herumhantiert wurde. Es schepperte, dann öffnete sich die Wohnungstür, und eine untersetzte Frau Anfang fünfzig erschien. Sie war trotz des fortgeschrittenen Alters und ihres Übergewichts hübsch. Beate Wegener trug eine dunkle Bluse und eine leichte Baumwollhose. Mit einem dezenten Make-up hatte sie ihre natürliche Schönheit betont. Wiebke erkannte gepflegte Finger mit lackierten Nägeln.

»Moin«, grüßte sie und bat Wiebke herein. Die Wohnung war recht einfach eingerichtet, aber Beate

Wegener hielt sie penibel sauber. Die Tür zur Küche stand offen, und Wiebke warf einen Blick hinein. Unter der Arbeitsplatte verrichtete die Spülmaschine mit einem leichten Klimpern ihren Dienst. Obwohl das Mobiliar gut zwanzig Jahre alt war, glänzte die Küche.

Die rundliche Frau bemerkte Wiebkes Blick offenbar gar nicht. »Ist das schrecklich, was da passiert ist. Was mach ich denn jetzt nur? Das *Möwennest* ist in die Luft geflogen, und überhaupt ...« Beate Wegener führte sie in ihr Wohnzimmer. Der Fernseher lief; Beate Wegener griff nach der Fernbedienung und schaltete das große Gerät aus.

Sie nahmen Platz und schwiegen sich einige Minuten an, dann räusperte sich Wiebke. Sie wusste nicht, auf welchem Wissensstand Beate Wegener war. Ahnte sie bereits, dass ihre Chefin in U-Haft saß? »Ich bin hier, um Sie zu fragen, ob Sie den Toten im Strandkorb kannten.«

»Nein.« Energisches Kopfschütteln, nachdem die Antwort wie aus der Pistole geschossen gekommen war. »Es ist ganz schrecklich, was hier passiert.« Beate Wegener schien völlig aufgelöst. »Wir leben doch in so einer friedlichen Gegend, und dann so was. Ich kann das alles nicht glauben.«

»Es ist schrecklich, da gebe ich Ihnen recht.«

»Wer jagt schon eine einfache Strandkneipe in die Luft? Das ist ja schlimmer als in einem Agentenfilm.«

»Allerdings.« Wiebke nickte. »Die Ursache für die Explosion am Holmer Siel steht noch nicht fest. Frau Wegener, ist Ihnen am Abend, bevor Bente Harmsen den Toten im Strandkorb fand, etwas Außergewöhnliches aufgefallen?«

Die Frau dachte kurz nach, dann schüttelte sie den Kopf. »Nein, gar nichts. Bente hatte beste Laune, sie scherzte sogar mit uns, was sie in letzter Zeit eigentlich selten getan hat.«

»Wie ist – wie *war* sie als Chefin?«

»Immer fair, aber sie verlangte auch volle Leistung von uns. Und das war für die Ellen und mich eine Selbstverständlichkeit. Wir wussten ja, was zu Hause bei den Harmsens los ist.« Sie blickte Wiebke kurz an. »Los war«, verbesserte sie sich dann. »Viel zu lachen hatte Bente wohl nicht bei ihrem Ubbo.«

»Sie haben am betreffenden Abend das *Möwennest* abgeschlossen?«

»Ich war sozusagen die Letzte, ja. Nachdem ich alles geputzt und auf Vordermann gebracht hatte, habe ich wie immer abgeschlossen und bin nach Hause gefahren.«

»Es gab am *Möwennest* eine kleine Tür, seitlich. Sie führt vom Holmer Siel zum Außenbereich, dorthin, wo man den Toten fand. Wie meine Kollegen feststellen mussten, war die Tür nicht verschlossen.«

»Das mag sein. Bente lässt sie immer offen, als eine Art Notausgang.«

»Sie erwähnten eben, dass Bente Harmsen am Abend vorher mit Ihnen Scherze gemacht hat. Wie ist Ihr Verhältnis zu Ellen Budde?«

»Die Ellen ist eine ganz Liebe.« Beate Wegener setzte ein sanftes, fast mütterliches Lächeln auf. »Sie ist zuverlässig, lässt uns nicht hängen.«

»Ich meine privat«, unterbrach Wiebke sie. »Wie ist sie so?«

Schulterzucken. »Allzu viel weiß ich gar nicht über sie. Unsere Gespräche sind nicht so tief, müssen Sie wissen. Wir machen unseren Job und sind Teil eines Teams. Soviel ich weiß, lebt die Ellen alleine in ihrer Wohnung. Und es gab etwas, über das sie nicht sprechen möchte.«

»Was könnte das sein?« Wiebkes Neugier war erwacht.

Wieder ein Schulterzucken. »Keine Ahnung. Sie ist sehr verletzlich, deshalb spreche ich sie auch nicht darauf an. Es muss etwas in ihrer Kindheit oder Jugend vorgefallen sein, wahrscheinlich hatte sie Schwierigkeiten mit den Eltern.«

»Hm. Hat sie einen Freund?« Wiebke versuchte sich an die Fotos in Ellen Buddes Wohnung zu erinnern. Ihr fiel auf, dass sie kein Foto von einem Mann entdeckt hatte. Nur das einer anderen Frau. Konnte Ellen Budde letzten Endes gar nichts mit Männern anfangen? War es ihre Homosexualität, über die sie nicht sprechen wollte? Wiebke zog diese Möglichkeit in Betracht und beschloss, Ellen Budde beim nächsten Besuch darauf anzusprechen.

»Einen Freund?« Wieder schüttelte Beate Wegener den Kopf. »Nein, nicht dass ich wüsste.«

»Und Sie?«

Nun lachte sie. »Ich habe auch keinen Freund. Ich bin verheiratet, mit meinem Jens. Schon seit fast dreißig Jahren.« Beate Wegener streckte die rechte Hand vom Körper weg und betrachtete ihren goldenen Ehering, der glänzte, als hätte sie ihn eben erst neu bekommen. »Da weiß man, was man aneinander hat, sag ich Ihnen.«

Wiebke nickte. Das Thema war ihr unangenehm, da sie plötzlich wieder an die letzte Nacht mit Tiedje denken musste. Sie verdrängte die Erinnerung und erhob sich. »Danke, Sie haben mir sehr geholfen.« Wiebke zog eine zerknitterte Visitenkarte aus der Jackentasche und überreichte sie Beate Wegener. »Bitte rufen Sie mich an, wenn Ihnen doch noch etwas einfällt.« Als sie an der Wohnungstür standen, wandte sie sich noch einmal um. »Wer hat eigentlich einen Schlüssel für die Flüssiggasanlage?«

»Soweit ich weiß, nur die Chefin. Und einer hängt im Schlüsselkasten, für Notfälle.«

»Danke.« Wiebke verabschiedete sich und ging nach unten. Sehr befriedigend war das Gespräch mit der Putzhilfe nicht verlaufen. Aber was hatte sie sich erhofft? Hatte sie ernsthaft mit bahnbrechenden Neuigkeiten gerechnet?

Enttäuscht machte sich Wiebke auf den Weg zur Poggenburgstraße.

Im Büro wurde sie von einem aufgeregten Jan Petersen

empfangen. Er bedeutete ihr mit einer Geste, Platz zu nehmen. Wiebke sank auf den Bürostuhl und betrachtete ihren Kollegen. Auf dem Weg zum Arbeitsplatz hatte sie sich am Automaten einen Kaffee gezogen. Sie spürte erste Müdigkeitserscheinungen, doch sie wollte und konnte sich noch keine Schwäche gönnen.

»Das hier ist interessant.« Petersen hielt eine mehrseitige Liste in die Luft.

»Und was ist das?«

»Die Liste der Hotels, in denen Klaus Georgs auf seinen Geschäftsreisen abgestiegen ist.«

»Und was ist daran so interessant?« Wiebke pustete in den Becher und trank die schwarze Automatenbrühe in kleinen Schlucken. Prompt verbrannte sie sich die Lippen, unterdrückte einen Fluch und hielt den Plastikbecher zwischen Daumen und Zeigefinger.

Petersen umrundete seinen Schreibtisch und präsentierte ihr eine zweite Liste. »Diese Liste hier. Sie führt die Fälle von unaufgeklärten Vergewaltigungen auf, die sich im gesamten Großraum Nordfriesland abgespielt haben.« Petersen tippte auf die erste Liste. »Stell dir vor, es gibt einige Übereinstimmungen.« Er grinste breit. »Zwischen 1995 und dem letzten Jahr hatten wir Probleme mit einem Serientäter, der bis zum heutigen Tage nicht gefasst werden konnte. Anfangs gab es Probleme mit der Identifikation, die DNA-Analyse kam erst ab 1998 richtig in Gang, und einige Fälle sind bis heute nicht erfasst. 2002 hatten wir bereits 243 000 Datensätze, 32 000 davon waren Spuren aus ungeklärten Straftaten.«

»Ich glaub das nicht.« So langsam dämmerte es Wiebke. Sie hing gebannt an Petersens Lippen.

»Wenn wir uns allein die ersten Fälle vornehmen, wissen wir also bis heute nicht, ob die Delikte dem Serientäter zugeordnet werden können oder völlig anderer Natur sind. Nur die Tatsache, dass er sich seine Opfer anscheinend zufällig auswählt, könnte ein Hinweis darauf sein, dass es sich bei ihm um den gleichen Täter handelt.«

»Die meisten Sexualverbrecher handeln spontan«, warf Wiebke ein.

»Allerdings.« Petersen nickte und hockte sich mit dem Hintern auf die Schreibtischkante. »Nur hatte unser Täter ein Faible für blonde Frauen.«

»Blond, wie Bente Harmsen.«

»Richtig. Nun ist es nicht schwer, hier im Norden eine blonde Frau anzutreffen, aber es ist schon auffällig, dass er sich niemals an einer Dunkelhaarigen verging.«

»Was wurde aus den Opfern?«

»Sie überlebten – meist schwer verletzt und mit psychischen Schäden.«

»Klaus Georgs ein Vergewaltiger?« Wiebke schüttelte zweifelnd den Kopf und nippte von ihrem Kaffee. »Das kann Zufall sein.«

»Bis hierhin muss ich dir recht geben«, nickte Petersen. »Allerdings hatte ich vor einer Viertelstunde einen Anruf aus Flensburg. Piet Johannsen hat festgestellt, dass die Fingerabdrücke von Klaus Georgs mit denen des Serienvergewaltigers übereinstimmen. Du kannst es also drehen und wenden, wie du willst: Unser Mister X hatte nicht nur eine Affäre mit einer verheirateten Frau – er ist auch ein seit Langem gesuchter Serienvergewaltiger.«

Zwanzig

Wiebke hatte sich die Liste mit den Vergewaltigungsopfern kopiert und die alten Akten quergelesen. Da sich die Taten sehr stark ähnelten, waren die Kollegen schon damals von einem Serientäter ausgegangen, der durch das ganze Land reiste. Dabei ging er immer gleich vor: Er suchte sich seine Opfer auf der Straße, zerrte sie in sein Auto, um sie an einem stillen Ort zu missbrauchen. Meist ließ er sie dann nach der Tat dort liegen, wo die Vergewaltigung stattgefunden hatte. Einsame Parkplätze, Wälder, leer stehende Häuser oder Bunker; manchmal auch Schuppen oder eine verlassene Scheune. Es hatte oft tagelang gedauert, bis die Opfer gefunden worden waren.

Wiebke wollte mit den Opfern sprechen, die im Umkreis von Husum lebten. Eine Frau lebte in Friedrichstadt, wo sich auch die Tat ereignet hatte. Wiebke beschloss, Ilka Benning noch heute einen Besuch abzustatten.

»Kommst du mit?«, fragte sie, an Petersen gewandt. Er war gerade damit beschäftigt, das Einsatztagebuch zu aktualisieren, und blickte überrascht auf.

»Wohin soll ich mitkommen?«

»Nach Friedrichstadt. Ich möchte mit einem seiner Opfer sprechen.«

»Was soll das für einen Sinn machen?« Petersen schüttelte den Kopf. »Du legst den Finger in alte Wunden, und die Opfer sind sicherlich froh, wenn sie das Erlebte vergessen können. Es ist lange her, und …«

»Ilka Benning wurde erst im letzten Jahr Opfer eines Gewaltverbrechens«, unterbrach Wiebke ihn. »Sie hat das alles bestimmt noch nicht vergessen.«

»Aber was bezweckst du damit? Klaus Georgs ist tot, Bente Harmsen sitzt in Haft. Mahndorf hat die Hand drauf. Er ist der Staatsanwalt und entscheidet. Der Fall ist für uns abgeschlossen, Wiebke.«

Sie schüttelte den Kopf und erhob sich. »Das sehe ich anders.« Nachdem sie die Unterlagen zusammengesucht hatte, nahm sie die leichte Jacke vom Haken. An der Tür wandte sie sich noch einmal zu Petersen um. »Was ist jetzt – kommst du mit oder nicht?«

»Nein, Wiebke.« Er schüttelte den Kopf. »Ich habe gleich einen Termin bei Mahndorf, den ich nicht verschieben kann. Tut mir leid.«

Das Holländerstädtchen Friedrichstadt lag wie im Tiefschlaf da. Im Wasser der Grachten glitzerte das Licht der tief stehenden Sonne und warf ein buntes Lichterspiel auf die malerischen Giebel der umliegenden Häuser. Ein Boot mit Glaskuppel zog fast lautlos seine Bahn auf dem Wasser und fuhr eine Schar von Urlaubern zu den schönsten Ecken der kleinen Stadt zwischen Treene und Eider. Das Städtchen war eingebettet in eine idyllische Flusslandschaft und lockte viele Touristen zu einem Ausflug hierher. Doch die Idylle täuschte, denn Wiebke wusste ganz genau, was sich hier ereignet hatte. Sie war froh, dass die fröhliche Touristengruppe, die an ihr vorüberzog, nichts davon ahnte.

Über die B 5 und die B 202 war sie recht schnell hierhergekommen, hatte einen Parkschein am Markt gezogen und machte sich zu Fuß auf den Weg in die Prinzenstraße. Gegenüber vom *Friesen-Bistro* lag das Haus, in dem Ilka Benning lebte. Dabei handelte es sich um eines der windschiefen, für Friedrichstadt so typischen Häuser mit Treppengiebeln. Wie Wiebke in Erfahrung gebracht hatte, studierte die junge Frau Kunstgeschichte. Dass sie in ihrer Freizeit malte, lag da fast auf der Hand. In Friedrichstadt lebten viele Künstler – kein Wunder, denn über Motive verfügte die kleine Stadt in Hülle und Fülle. Als Wiebke den Klingelknopf neben der bunt gestrichenen Haustür betätigte, überlegte sie, ob es vielleicht besser gewesen wäre, wenn sie ihr Kommen telefonisch angemeldet hätte. Doch sie fand keine Zeit, den Gedanken zu vertiefen, denn die Tür wurde schnell geöffnet.

»Ja, bitte?«

Eine junge Frau, Wiebke schätzte sie auf Anfang zwanzig. Sie entsprach mit den blauen Augen und den schulterlangen blonden Haaren genau dem Beuteschema ihres Peinigers. Obwohl sie gleich geöffnet hatte, wirkte sie verschlossen und eingeschüchtert, als litte sie unter einer Unsicherheit, die ihr Handeln hemmte.

Wiebke lächelte freundlich und zeigte der jungen Frau ihren Dienstausweis. »Sind Sie Ilka Benning?«

»Kripo Husum?«, antwortete Ilka Benning mit einer Gegenfrage.

»Ja, mein Name ist Wiebke Ulbricht. Entschuldigen Sie bitte vielmals die Störung, aber ist es möglich, dass ich kurz reinkomme?«

»Hm.« Die junge Frau gab den Eingang frei und führte Wiebke durch ein dunkles Treppenhaus in den ersten Stock. Es roch muffig, und die ausgetretenen Stufen knarrten unter ihren Schritten. Während die junge Frau vor ihr herging, musterte Wiebke sie. Ilka Benning trug eine figurbetonte Jeans und ein T-Shirt. Die Haare hatte sie zu einem Pferdeschwanz zusammengebunden. Sie war eine hübsche Frau, daran bestand kein Zweifel. Ob sie aber jemals wieder einen Mann lieben konnte, wagte Wiebke zu bezweifeln.

Die Dielen des alten Hauses knarrten unter ihren Füßen, und Wiebke liebte die Atmosphäre alter Häuser. In der Ecke des kleinen Wohnzimmers gab es sogar einen Kaminofen. Die massiven Holzbalken unter der Decke unterstrichen den heimeligen Touch der kleinen Wohnung. Das Wohnzimmerfenster war durch Stege in mehrere kleine Scheiben unterteilt. Von hier aus hatte man Blick hinunter auf die Prinzenstraße. Unter dem Fenster stand ein alter Apothekerschrank mit unzähligen großen und kleinen Schubladen. Das Möbel war liebevoll aufgearbeitet worden und der Blickfang des Zimmers. Wiebke vermutete, dass Ilka Benning den Schrank selber restauriert hatte. »Schön haben Sie es.«

Ilka Benning lächelte. »Es ist das Haus meiner Eltern. Sie leben in der großen Wohnung im Erdgeschoss. Ich liebe den Charme der alten Fünfgiebelhäuser und bin hier aufgewachsen.«

Wiebkes Blick fiel auf die Ölgemälde an den Wänden. Sie glaubte Motive der näheren Umgebung von Friedrichstadt wiederzuerkennen.

»Gefallen Ihnen die Bilder?« Ilka Benning zog sich einen Sitzsack heran und ließ sich darauf nieder.

»Sie sind wunderschön.«

»Sie können sie kaufen, wenn Sie mögen. Ich habe sie selbst gemalt.«

Wiebke lächelte, als sie auf das kleine Sofa sank. »Vielleicht komme ich darauf zurück.«

»Darf ich Ihnen einen Tee anbieten?«

»Gern.«

Ilka Benning erhob sich und verließ den Raum. Wiebke setzte ihre Beobachtung fort. Sie hatte ein Faible für Altbauten und bedauerte es ein wenig, selber in einem recht modernen Haus zu leben. Doch bekanntlich konnte man nicht alles haben. Wiebke hörte die junge Frau in der Küche mit Geschirr hantieren. Nach wenigen Minuten kehrte Ilka Benning mit einem kleinen Tablett zurück, auf dem sie eine Kanne, zwei Tassen, Sahne, ein Stövchen und eine Dose mit Kluntjes balancierte. Mit feierliche Miene stellte die Studentin alles auf den niedrigen Wohnzimmertisch und schenkte den Tee ein. Sie achtete darauf, dass sie die Tassen nach alter friesischer Art nur halb füllte. Danach stellte sie die Kanne auf dem Stövchen ab. Es glich einer Zeremonie, wie bedächtig

Ilka Benning den Tee servierte. Wiebke fand es bemerkenswert, wie traditionsbewusst die junge Frau war.

»Also«, sagte Ilka Benning. »Was führt Sie zu mir?« Ihre Miene verfinsterte sich. »Doch nicht schon wieder die alte Geschichte?«

»Ich fürchte doch, Frau Benning.«

»Ich bin die Ilka.«

»Wiebke«, lächelte sie und war froh, dass die Distanz zwischen ihnen schmolz. Die junge Frau war ihr sympathisch, und Ilka Benning schien es ebenso zu ergehen. Das machte die Sache für Wiebke ein wenig leichter, als sie sagte: »Zunächst habe ich eine gute Nachricht für dich: Dein Peiniger ist tot.«

Ilkas Kopf ruckte hoch. Die Hand, mit der sie die Tasse hielt, zitterte plötzlich. »Das verdammte Schwein ist endlich tot?«

»Ja. Ermordet. Und nun suchen wir seinen Mörder.« Sie legte eine Pause ein, bevor sie fortfuhr. »Würdest du mir von ihm erzählen?«

»Endlich. Hat er seine gerechte Strafe also doch noch erhalten? Wie ... wie wurde er ermordet?«

»Man hat ihn erschossen.«

»Dann hat er nicht lange gelitten.«

»Nein. Wahrscheinlich war er auf der Stelle tot. Allerdings wurde er zuvor betäubt. Mit Chloroform oder einem ähnlichen Mittel.« Wiebke stellte die Teetasse auf den Tisch und faltete die Hände, fast so, als würde sie beten.

»Schade. Ich hätte ihm einen langsamen Tod gewünscht. Kannst du das verstehen?«

Wiebke schüttelte den Kopf. »Aber ich kann deinen Gedankengang nachvollziehen, Ilka. Also, wie gesagt, wir suchen nun nach seinem Mörder. Kannst du mir erzählen, was damals passiert ist?«

»Ich hab das schon hundertmal getan, und jedes Mal fühle ich mich dabei so, als würde ich alles noch einmal erleben.« Ilkas Augen schimmerten feucht. »Kannst du dir vorstellen, wie das ist?«

»Ich fürchte, nein. Allerdings hat man uns auf der Polizeischule vorbereitet. Sie haben die Fälle der Vergangenheit analysiert. Man hat uns erzählt, wie sich die Opfer fühlen, was sie denken.«

»Warum willst du es dann von mir hören?« Trotz schwang in ihrer Stimme mit.

»Ich will keine Theorie, ich will wissen, wie er war. Wie hat er dich gefunden, was hat er gesagt, wie hat er sich verhalten?«

»Wozu das alles?« Ilkas Stimme klang brüchig.

»Ich will ihn kennenlernen. Auch wenn er nicht mehr lebt, will ich versuchen, mich in seine Lage zu versetzen. Nur so wird es meinen Kollegen und mir gelingen, seinen Mörder zu stellen.«

Ilka lachte humorlos auf. »Und was soll das alles? Er ist tot, und das ist auch gut so. Er ist ein Monster, und keine Frau war vor ihm sicher. Es ist gut, dass er nicht mehr lebt, glaub mir.«

»Das mag sein. Aber es ist mein Job, den Mörder zu finden.« Wiebke kam in den Sinn, dass Petersen vielleicht recht hatte und Bente Harmsen wahrscheinlich nicht in der Lage war, jemanden zu töten, auch wenn augenblicklich alles gegen sie sprach.

»Wer auch immer das Schwein auf dem Gewissen hat – er hat uns allen einen großen Dienst erwiesen«, bemerkte Ilka Benning. Sie kratzte sich an der Schläfe – eine Verlegenheitshandlung. Ihr Blick huschte unstet zwischen Wiebke und der Wand hinter der Besucherin umher. Als sie nach den Kluntjes griff, um den weißen Kandis in die Tasse plumpsen zu lassen, zitterte ihre Hand.

»Du bist ihm nach einem Volksfest zum Opfer gefallen?«, fragte Wiebke, die nun ebenfalls – und auch mehr aus Verlegenheit – nach ihrer Tasse griff und trank.

»Allerdings.« Ilka hielt die Tasse mit Daumen und Zeigefinger. Ihr Blick glitt ins Leere. »Wir feiern im Juli die *Friedrichstädter Rosenträume*. Rosenzüchter kommen in die Stadt, um ihre Pracht zu präsentieren.« Ein fast sehnsüchtiges Lächeln huschte um ihre Mundwinkel. »Die ganze Stadt ist ein Rosenmeer, und die Leute kommen von überall hierher. Natürlich gibt es auch andere Stände, an denen Liköre gereicht, kulinarische Spezialitäten verkauft und an denen Souvenirs verkauft werden, die irgendwas mit Rosen zu tun haben. Ich liebe das Fest, weil die Rose meine Lieblingsblume ist – war. Bis zu dem Tag.«

»Was ist geschehen?«

»Ich war eine der Landfrauen, die in historischer Tracht zwischen den Ständen der Aussteller herumflanieren. Das ist üblich und kommt bei den Besuchern gut an. Wir werden mit kleinen Präsenten ausgestattet, die wir an die Gäste verteilen. Du musst wissen, ich mag den Umgang mit Menschen und bin offen für alles. Nach dem Fest, es war spät geworden und die Stände hatten bereits geschlossen, machte ich mich mit dem Fahrrad auf den Heimweg. Plötzlich näherte sich von hinten ein Auto in einem Irrsinnstempo. Ich höre noch immer das Rattern der Reifen auf dem Kopfsteinpflaster.« Ilka schüttelte sich. Sie stellte die Tasse hart auf den Unterteller ab. »Der Typ war mit Fernlicht unterwegs und blendete mich. Ich dachte erst, der wäre betrunken. Ich war panisch vor Angst, und als ich mich nach ihm umdrehte, gab er noch einmal Gas. Ich hatte keine Chance, denn an der Stelle, wo es passiert ist, sind die Bordsteine sehr hoch, und ich konnte nicht über den Bürgersteig flüchten. Dann ging alles ganz schnell: Er rammte mich mit dem Wagen, ich fiel … Ich spürte noch die Stange des Lenkers, die sich in meinen Magen bohrte. Er hielt an, sprang aus dem Wagen und zog mich auf den Beifahrersitz. Da dachte ich noch, dass alles ein Unfall war und dass er mich ins

Krankenhaus bringen wollte. Aber er fuhr auf einen Acker jenseits der Stadt und trug mich in eine baufällige Scheune.«

»Und dann hat er dich dort … missbraucht?« Wiebke berührte die Geschichte der jungen Frau sehr, und sie spürte, wie unsicher sie plötzlich war. Vielleicht war sie noch nicht lange genug im Polizeidienst. Oder vielleicht war das auch einfach nur menschlich.

Ilka atmete tief durch, so, als könne sie sich damit beruhigen. »Ich hatte keine Chance, weil er ziemlich stark war. Er hat mir einen Arm nach hinten gedreht, während er mich gefesselt hat, und mir einen ekligen Knebel in den Mund gestopft. Ich hätte fast gekotzt. Als ich mich nicht mehr wehren konnte, riss er mir die Sachen herunter …« Sie brach ab und stierte sekundenlang ins Leere. Als sie wieder aufblickte, schimmerten ihre Augen feucht.

»Wie hat man dich in der Scheune gefunden?«

Ilka Benning schüttelte den Kopf. »Man hat mich gar nicht gefunden. Nachdem ich mich ein bisschen erholt hatte und sicher sein konnte, dass er verschwunden war, habe ich mich irgendwie zu einer Landstraße geschleppt. Wie ich da hingekommen bin, weiß ich nicht mehr. Irgendwann kam ein Auto, und ich hatte tierische Angst, dass es sein Wagen war. Dass er zurückgekommen war, um … Egal, ich hatte Glück: Eine alte Dame saß am Steuer. Sie hielt an und half mir ins Auto. Nachdem ich ihr berichtet hatte, was passiert war, hat sie mit dem Handy die Polizei angerufen und mich ins Krankenhaus nach Husum gefahren.«

»Das war Glück im Unglück«, murmelte Wiebke. Sie seufzte. »Wer weiß, was geschehen wäre, wenn er wirklich noch mal zur Scheune gekommen wäre.«

»Trotzdem: Seit dieser Nacht trage ich einen tiefen Hass in mir, der mir selber Angst macht. An manchen Tagen heule ich einfach drauflos und hoffe, diesem

Schwein eines Tages wieder in die Augen sehen zu können.« Ilka Bennings zierlicher Körper spannte sich an, sie zitterte am ganzen Leib.

»Das ist schrecklich«, murmelte Wiebke. In diesem Augenblick bereute sie es, alte Wunden wieder aufgerissen zu haben. Klaus Georgs war tot. Warum hatte sie es nicht einfach dabei belassen können? Hastig trank sie ihren Tee aus. Dann griff sie in ihre Tasche und zeigte Ilka Benning ein Foto von Klaus Georgs. »Ich muss sichergehen, dass es sich bei deinem Peiniger um den Mann handelt, den wir tot aufgefunden haben.«

Ilka zögerte, dann betrachtete sie das Bild. Ihre Gesichtsmuskeln zuckten, die Lippen hatte sie zu einem schmalen Strich zusammengepresst. »Ja«, wisperte sie. »Ja, das ist das verdammte Schwein. Und ich bin froh, dass er tot ist.«

Einundzwanzig

Mit gemischten Gefühlen trat Wiebke den Heimweg an. Im Grunde genommen war sie auch froh, dass Klaus Georgs keine Frauen mehr quälen konnte, doch ihr Job war es, einen Mord aufzuklären. Und wenn wirklich alles zusammenhing, waren es sogar zwei Morde, die auf das Konto eines Täters gingen. Für sie stand noch lange nicht fest, dass Bente Harmsen Klaus Georgs und Ubbo Harmsen auf dem Gewissen hatte.

Das Handy klingelte, als sie gerade auf die Bundesstraße 202 gefahren war. In ihrem alten Auto gab es keine Freisprecheinrichtung, und anhalten konnte sie an dieser Stelle auch nicht. Als sie den Abzweig bei Seeth genommen hatte, fand sie eine geeignete Stelle am Straßenrand. Sie hielt an und nahm das Telefon aus der Mittelkonsole. Als sie den verpassten Anruf sah, erkannte sie Petersens Nummer. Sie drückte die grüne Taste und wartete auf das Freizeichen.

»Danke, dass du zurückrufst«, meldete sich Jan Petersen. Er klang genervt, und automatisch fragte sich Wiebke, ob das mit ihrem Alleingang in Zusammenhang stand. »Du kannst Feierabend machen, Wiebke. Wir sind den Fall los.«

»Wir sind – was?« Wiebke glaubte sich verhört zu haben. Dennoch kannte sie Petersens friesischen Humor gut genug, um zu wissen, dass er in diesem Augenblick nicht scherzte.

»Dierks ist gerade in unser Büro gestürmt und hat das sofortige Einstellen aller Ermittlungen angeordnet.«

»Spinnt der?« Wiebke trommelte nervös auf dem Lenkradkranz herum.

Am anderen Ende der Leitung hörte sie Petersen seufzen. »Ich weiß es nicht. Einerseits haben wir unsere Täterin, andererseits bin ich mir nicht darüber im Klaren, was die Aktion hier soll. Dierks hat verlangt, ihm alle Berichte und Unterlagen sowie das Einsatztagebuch auszuhändigen. So habe ich ihn noch nie erlebt.«

»Da stimmt doch was nicht.«

»Anordnung von ganz oben – hat Dierks genau so gesagt, Mädchen. Also sollten wir uns an die Regeln halten. Die Sache wird heiß, und ich habe keine Lust, mir daran die Finger zu verbrennen, Wiebke.«

Sie spürte, dass er ähnlich wie sie darüber dachte. Irgendjemand zog aus dem Hintergrund die Fäden, und das war ein Umstand, der ihr überhaupt nicht behagte. Sie war Polizistin geworden, um Verbrechen aufzuklären. Nicht, um sich im entscheidenden Moment alles aus der Hand nehmen zu lassen. Sie konnte nicht verstehen, dass sich Matthias Dierks unterbuttern ließ und sein Team zurückpfiff.

»Wir durften die Drecksarbeit machen und müssen

jetzt feststellen, dass wir uns die ganze Mühe auch hätten sparen können«, schimpfte sie.

»Wir haben Bente Harmsen als Mörderin überführt.«

»Sie ist ein Bauernopfer«, entgegnete Wiebke. »Auch wenn wir ihre Fingerabdrücke an Harmsens Waffe gefunden haben – er selber hat gesagt, dass die Pistole in seinem Nachtschrank lag. Sie war zugänglich für Bente Harmsen, und es könnte tausend Gründe geben, weshalb sie die Waffe in der Hand hatte. Was ist überhaupt mit dem Obduktionsbericht von Ubbo Harmsen?«

»Steht aus. Und wir werden ihn jetzt sowieso nicht mehr zu sehen bekommen.« Petersen schnaubte wütend. Wiebke hörte, dass sich im Büro etwas tat. Jemand war eingetreten und flüsterte Petersen etwas zu.

»Du«, sagte er dann. »Ich muss Schluss machen. Bente Harmsen hat nach uns gefragt. Ich werde sie in der Zelle besuchen und sehen, was sie mir zu sagen hat.«

»Halt mich auf dem Laufenden!«

»Selbstredend. Und – Wiebke?«

»Was?«

»Keine Alleingänge!« Petersen legte auf, und Wiebke hielt das Telefon noch eine Zeit lang in der Hand.

Es passte ihr überhaupt nicht, dass Dierks den Stopp der Ermittlungen angeordnet hatte. Aber sie hatte einen letzten Trumpf im Ärmel: Die Unterlagen, die im Zusammenhang mit den Vergewaltigungen standen, hatte sie sich kopiert. Die Mappe lag nun auf dem Rücksitz ihres Autos. Ein Fünkchen Hoffnung keimte in ihr auf, als sie den Motor startete und sich in den fließenden Verkehr einordnete.

Der Weg führte über eine gut ausgebaute Landstraße über Schwabstedt, Lehmsiek, Winnert und Osterwinnert nach Ostenfeld. Hinter Winnert zuckelte sie gemächlich hinter einem Traktor her, den sie nicht überholen konnte, da die Straße schlecht einsehbar war. Doch sie nutzte das gemütliche Dahinrollen zum Nachdenken.

Zweiundzwanzig

Er fand es immer wieder bedrückend. Auch wenn es seine Aufgabe als Polizist war, Menschen hinter Gitter zu bringen, so hasste er den Block mit den Zellen. Petersen wollte es schnell hinter sich bringen. Er hatte Bente Harmsen in eines der Verhörzimmer bringen lassen. Sie sah schlecht aus, was aber auch am matten Schein der Deckenlampe in dem fensterlosen Raum liegen konnte. Auf dem Weg nach unten hatte sich Petersen mit einem Automatenkaffee versorgt, um die aufkommende Müdigkeit zu verdrängen. Mit dem Becher zwischen Daumen und Zeigefinger setzte er sich an den Tisch und betrachtete Bente Harmsen. Tiefe dunkle Ringe lagen unter ihren Augen. Das Gesicht wirkte starr wie eine Maske, und sie hatte die Hände wie zum Gebet gefaltet. Mit regungsloser Miene stierte sie auf die Tischplatte. Nun ruckte ihr Kopf mit einer mechanischen Bewegung hoch.

»Ich möchte eine Aussage machen«, bemerkte sie leise. Ihre Stimme klang brüchig wie die einer alten Frau. Sie hatte viel verloren in den letzten Tagen, und im Grunde stand diese Frau vor dem Nichts.

»Möchten Sie darüber nicht zunächst mit Ihrem Anwalt sprechen?« Er lächelte.

»Nein.« Bente Harmsen schüttelte den Kopf. »Darf ich hier rauchen?«

Anstatt einer Antwort zog Petersen seine zerknautschte Zigarettenpackung aus der Tasche und hielt sie ihr hin. Bente Harmsens Finger zitterten, als sie sich eine Zigarette aus der Schachtel nahm. Er gab ihr Feuer, dann steckte er sich auch eine an. Sie pafften minutenlang den Rauch an die Zimmerdecke. Petersen interessierte es in Situationen wie dieser nicht, dass in den Dienstgebäuden der Polizei ein Rauchverbot galt. Er schüttete den

Rest Kaffee in sich hinein und stellte den Plastikbecher zwischen sie auf den Tisch. Nach einem tiefen Zug an der Zigarette klopfte er mit dem rechten Zeigefinger die Asche in den Becher.

»Ich habe ihn nicht umgebracht.« Sie blickte ihn flehentlich an.

»Wen? Klaus Georgs?«

»Klaus ... nein, den natürlich auch nicht. Ich habe mich von ihm getrennt, aber das wissen Sie bereits. Ich hatte keinen Grund, ihn zu töten.« Sie legte eine Pause ein, zog an der Zigarette und formte mit den ungeschminkten, spröden Lippen kleine Rauchkringel. »Ich rede von Ubbo. Er war ein faules Schwein, aber auch das wissen Sie. Unsere Ehe war nicht glücklich, aber ich hätte ihn niemals umbringen können, verstehen Sie das?« Tränen hatten sich in ihren Augen gesammelt. »Niemals«, wiederholte sie kaum hörbar. »Es war mir ein Grauen zu wissen, dass er die verdammte Pistole im Nachtschrank hatte. Ich hasse Waffen, kann sie kaum anfassen.«

»Aber am Lauf der Pistole sind Ihre Fingerabdrücke gefunden worden«, entgegnete Petersen schmauchend.

»Deshalb wollte ich ja mit Ihnen sprechen.« Als sie an der Zigarette zog, sah Petersen, dass sie am ganzen Leib zitterte. »Ich wollte mir das hier alles ersparen. Die Situation war aussichtslos, unsere finanzielle Situation genauso wie unsere Ehe. Mich hat in den letzten Tagen der Mut verlassen und ich habe mich schon zigmal gefragt, ob es richtig war, dass ich mich von Klaus Georgs getrennt habe. Vielleicht wären wir ein gutes Paar geworden, ein glückliches Paar.« Ein zaghaftes Lächeln huschte um ihre Mundwinkel. »Vielleicht wäre ich im entscheidenden Augenblick an seiner Seite gewesen und hätte den Mord verhindern können – ich weiß es nicht. Aber das alles sind zu viele Wenns und Abers, sicherlich langweile ich Sie als Polizist damit. Für Sie sind die Fakten ausschlaggebend.«

Petersen nickte stumm und ließ sie ausreden.

»Ich will Ihre Zeit nicht länger als nötig in Anspruch nehmen, andererseits möchte ich nicht als Mörderin verurteilt werden, deshalb mache ich es kurz: Ich hatte vor, mir nach all dem, was in den letzten Wochen passiert ist, das Leben zu nehmen.« Sie rauchte und blickte ins Leere. Als sie den Kopf hob und Petersen unsicher anlächelte, fügte sie hinzu: »Nun ist es raus. Ich hatte vor, einen Schlussstrich zu ziehen. Mein Leben erschien mir so sinnlos. Deshalb habe ich meine Abscheu vor der Pistole überwunden und sie mir aus dem Nachtschrank genommen. Deshalb war sie nicht an ihrem Platz, als Ubbo sie Ihnen zeigen wollte. Die Pistole steckte in meiner Jackentasche, und ich bin nachts los, um mich umzubringen. Ein Schuss, ein Schmerz, dann ist alles vorbei. Ich hatte mich zu diesem Entschluss durchgerungen. Doch es kam anders, den Rest der Geschichte kennen Sie.«

»Wer sagt mir, dass Sie die Wahrheit sagen?«, wagte Petersen einen Einwurf. Er warf den Zigarettenstummel in den Becher. Die Glut zischte kurz auf, als sie mit dem Rest der braunen Automatenbrühe in Verbindung kam.

»Wo sollte ich nachts gewesen sein?« Sie lachte auf und schüttelte den Kopf. Eine Strähne hatte sich aus ihrem Pferdeschwanz gelöst und hing ihr in die Stirn. Sie klemmte sie hinters Ohr. »Nein, ich hatte nichts Böses vor. Im Gegenteil: Ich wollte niemandem mehr im Wege stehen.«

»Das wollte Ihr Mann wohl auch nicht.«

»Aber ich habe es einfach nicht geschafft. Ich hatte die Mündung schon im Mund, den Finger am Abzug. Es gibt eine Stelle am Elisabeth-Sophien-Koog, von dort aus kann man das Meer sehen. Eine schöne Stelle, um zu sterben. Tagsüber halten die Touristen dort an, um die Landschaft zu fotografieren. Der Parkplatz ist auf dem Deich, in unmittelbarer Nähe zum *Möwennest*.

Dort saß ich also ganz allein im Auto, in dem Auto, das Ubbo hätte reparieren sollen, weil es schon seit Wochen zickt. Er hat mich einfach immer hängen lassen. Aber ich schweife ab. Ich saß im Auto, blickte auf das Meer hinaus und glaubte sogar, im Mondlicht die Hallingen erkennen zu können. Die Pistole lag in meiner Hand, ich habe sie angestarrt wie ein Ungeheuer. Dann nahm ich meinen Mut zusammen und hielt mir den Lauf in den Mund. Aber ich habe so sehr gezittert, habe es einfach nicht geschafft, abzudrücken.«

»Und deshalb sitzen Sie nun hier.«

»Ja.« Sie nahm einen letzten Zug von ihrer Zigarette und warf den Rest ebenfalls in den Becher. »Was kann ich tun?«

Petersen erhob sich. »Ich werde dafür sorgen, dass Sie morgen mit Ihrem Anwalt telefonieren können.« Dann war er draußen.

Sie hatte sich bei *Rialto* im Einkaufszentrum von Mildstedt eine große Pizza Gorgonzola bestellt, um den Mindestbestellwert für eine kostenlose Lieferung nach Ostenfeld zu erreichen. Was sie nicht schaffte, würde sie auch morgen noch kalt essen können. Eine Flasche Rotwein war noch im Kühlschrank, und so nahm sich Wiebke vor, das Haus heute nicht mehr zu verlassen.

Es fiel ihr schwer, abzuschalten. Sie zappte sich, während sie aß, mit der Fernbedienung durch die Fernsehprogramme. Doch es lief nichts, was sie ablenken konnte. Immer wieder kreisten Wiebkes Gedanken um den Fall und um das Gespräch mit Ilka Benning. Vergewaltigung gehörte für Wiebke in die gleiche Verbrechenskategorie wie Mord. Neben der körperlichen Gewalt erfuhren die Opfer von Sexualstraftaten schlimmste Demütigungen und trugen psychische Schäden davon, die sie oft ein Leben lang begleiteten. Täter von Sexualstraftaten zerstörten etwas, das sich nie wieder reparieren ließ.

Wiebke war satt. Die halbe Pizza hatte sie geschafft, und nun legte sie das Besteck fort und spülte mit einem Schluck Rioja nach. Sie brachte die Pizzaschachtel in die Küche. Hier fiel ihr Blick auf den Aktenordner, der auf dem Küchentisch lag. Sie zögerte. Nein, dachte sie dann, ich habe Feierabend, und Dierks hat uns den Fall abgenommen.

Sie ging ins Badezimmer, um sich eine Wanne Wasser einlaufen zu lassen. Wiebke wählte einen nach Jasmin duftenden Badezusatz und zündete Teelichter an, die einen gemütlichen Schein auf die Fliesen an der Wand zauberten. Während das Bad einlief, ging sie ins Schlafzimmer, um sich zu entkleiden. Sie nahm ihren kuscheligen Hausanzug und ein großes Badelaken aus dem Schrank und legte beides im Bad auf der Waschmaschine ab. Etwas fehlte noch: ein Glas Wein. Sie ging ins Wohnzimmer, nahm ihr Glas, leerte es und füllte es in der Küche neu auf.

Hier fiel ihr Blick wieder auf den Aktenordner mit den Fallunterlagen. Wiebke konnte nicht anders. Sie klemmte sich die Mappe unter den Arm, nahm das Weinglas und ging ins Bad. Auf dem Weg dorthin nahm sie das Mobilteil des Telefons aus der Station und legte es ebenfalls in Reichweite. Dann stieg sie ins Wasser. Ihre Haut prickelte, dann sank sie ganz in die Wanne. Der Schaum umschmeichelte sie, und langsam kam Wiebke ein wenig zur Ruhe. Vielleicht hätte sie erst nach dem Bad essen sollen, dachte sie, während sie zu ihrem Glas griff und das samtige Aroma des spanischen Rotweines genoss. Dann stellte sie das Glas auf dem Wannenrand ab und schloss minutenlang die Augen. Sie spürte, wie die Anspannung der letzten Stunden von ihr abfiel. Auch wenn ihre Gedanken nach wie vor um den Fall kreisten, so gelang es ihr in diesem Moment, die Dinge ein wenig distanzierter zu betrachten.

Wiebke öffnete die Augen und setzte sich in der Wanne

hin. Sie wischte sich die Finger am Handtuch trocken und angelte nach dem Ordner mit den Aufzeichnungen. Klaus Georgs hatte achtunddreißig Frauen vergewaltigt. Meist hatte er sie mit dem Auto angefahren und in den Wagen gezerrt, um sie an einen abgelegenen Ort zu schaffen, an dem er nicht gestört wurde, meist eine leer stehende Fabrik, eine Scheune oder ein baufälliges Haus. Hier konnten seine Opfer sich wehren, soviel sie wollten – niemand war in der Nähe, der ihnen hätte helfen können. Selbst wenn es einer der Frauen gelungen wäre, den Knebel zu lösen, niemand hätte ihre Schreie gehört. Er verging sich an ihnen und setzte sie auf einer einsamen Landstraße wieder aus. In einigen Fällen, wie auch bei Ilka Benning, ließ er sie einfach achtlos zurück. Da er sich seine Opfer nicht nur in einem festen Wirkungskreis gesucht hatte, war es schwer gewesen, ihn zu identifizieren. Wiebke vergaß, dass sie in der Wanne saß, und versank in der Vergangenheit. Welche Qualen die Frauen und Mädchen durchlitten hatten, war in einem sachlichen Behördendeutsch niedergeschrieben, doch das, was die Frauen durchlebt hatten, ließ sich wohl kaum in Worte fassen.

Das Telefon auf der Waschmaschine klingelte. Sie legte den Ordner auf das Brett, das quer über der Wanne lag, und angelte danach. Das Display zeigte einen Anruf mit unterdrückter Rufnummer.

»Hallo?«, meldete sie sich daher ohne Namen.

»Spreche ich mit Wiebke Ulbricht?« Ein Mann, das Alter war schwer einzuschätzen. Er klang, als sei er Widerspruch nicht gewohnt und würde ihn auch nicht tolerieren.

»Ja, mit wem spreche ich?« Wiebkes Kopfhaut zog sich zusammen.

»Das tut nichts zur Sache. Ich weiß, dass Sie im Mord an Robert Michels ermitteln.« Das rollende R war markant. Wahrscheinlich handelte es sich bei dem Anrufer um einen Bayern – oder um einen Franken, die sich nicht zu Bayern zählen wollten. Das rollende R hatten jedoch beide gemeinsam.

»Ich kenne keinen Robert Michels«, erwiderte Wiebke energisch. Ihr war nicht zum Scherzen zumute.

Der Anrufer lachte leise. »Natürlich kennen Sie ihn. Er ist der Tote im Strandkorb.«

Wiebke schluckte trocken.

»Sie kennen ihn wahrscheinlich als Klaus Georgs. Das war sein Name im bürgerlichen Leben. Ich kann Ihnen die Informationen geben, die Sie zur Lösung des Falles benötigen.«

»Ich arbeite nicht mehr an dem Fall«, erwiderte Wiebke vorsichtig.

»Die Spatzen pfeifen es schon von den Dächern, dass sich das BKA in die Sache eingeschaltet hat. Den Leuten in Wiesbaden ist die Sache einfach zu heiß. Einmal die falschen Informationen an den falschen Sachbearbeiter, und schon hätte unser schönes Land einen handfesten Skandal. Ich halte Sie für eine gute Polizistin und ich halte Sie für aufrichtig und intelligent genug, um mit eben diesen Informationen verantwortungsvoll umzugehen.«

»Wer sind Sie und weshalb sollten Sie mir Informationen geben?«

Der Anrufer lachte wieder, diesmal klang verhaltener Spott in seiner Stimme mit. »Ich war im weitesten Sinne ein Kollege von Robert Michels. Und mir ist daran gelegen, dass die Sache endlich abgeschlossen werden kann. Warum, erzähle ich Ihnen bei einem Treffen.«

»Wann und wo?« Wiebke setzte alles auf eine Karte. Vielleicht tappte sie in eine Falle. Dierks hatte die Ermittlungen einstellen lassen, und womöglich hatte der geheimnisvolle Anrufer recht und der Fall lag jetzt beim Bundeskriminalamt. Ihr kriminalistischer Spürsinn erwachte wieder.

»Noch heute, denn schon morgen werde ich das Land verlassen. Die Luft ist mir hier zu dünn geworden, und ich möchte nicht aus Deutschland verschwinden, bevor ich die Sache zu Ende gebracht habe.«

Wiebke schielte auf die Uhr an der Wand. Es war bereits nach einundzwanzig Uhr, und eigentlich hatte sie ja vorgehabt, heute Abend zu Hause zu bleiben. Andererseits würde sie den Fall undercover beenden, wenn es sein musste. Das war sie den misshandelten Frauen einfach schuldig. Sie sollten wissen, dass Klaus Georgs alias Robert Michels tot war und wer ihn ermordet hatte.

»Nennen Sie Ort und Zeit, und ich werde kommen.«

Dreiundzwanzig

Da sie nicht mehr zur Polizeidirektion fahren wollte, um den Dienstwagen vom Hof zu holen, war sie mit dem Privatwagen ins gut fünfunddreißig Kilometer entfernte Schleswig gefahren. Die Riesenpizza aus dem *Rialto* in Mildstedt lag ihr noch immer schwer im Magen. Nachdem Wiebke den Passat im Parkhaus an der Fußgängerzone abgestellt hatte, überquerte sie eine Fußgängerampel an der Plessenstraße, dann den Stadtweg am Lornsengang, und schließlich stand sie vor dem *Bistro Alvin*. Drinnen verbreiteten Kerzen auf den Tischen einen anheimelnden Lichtschein. Keiner der Passanten beachtete die junge Kommissarin, die unschlüssig an der Ecke mit dem Zeitschriftenladen am Kornmarkt stand und zögerte. Dann gab Wiebke sich einen Ruck und öffnete die gläserne Eingangstür unter dem Logo einer Brauerei.

Ein Glöckchen ertönte, und der gestriegelte Typ hinter

der Bar, der anscheinend den Weltrekord im Gläserpolieren aufstellte, nickte ihr stumm zu. Vielleicht täuschte Wiebke sich, aber sie glaubte, seine lüsternen Blicke auf ihrem Körper spüren zu können. Sie ignorierte den Barkeeper und suchte nach ihrer Verabredung, als sich an einem der hinteren Tische eine Hand hob.

»Hier bin ich«, rief er lächelnd. Da war es wieder, das rollende R.

Wiebkes Miene erhellte sich, und gleichzeitig wuchs ihre innere Unruhe. Die Befürchtung, ins offene Messer zu laufen, raste durch ihren Kopf, während sie das urig eingerichtete Bistro mit den massiven Holzbalken unter der Decke durchquerte. Vielleicht hätte sie Jan doch besser über ihre Pläne informieren sollen, durchzuckte es sie, während sie an den Tisch des Fremden trat.

Keine Alleingänge, hatte Petersen ihr noch mit auf den Weg gegeben. Warum hatte sie sich trotzdem so töricht verhalten und jede polizeiliche Regel außer Acht gelassen? Niemand wusste, dass sie zu später Stunde noch nach Schleswig gefahren war. Doch sie schätzte Petersen als intelligent genug ein, ihr Handy orten zu lassen, wenn sie morgen vermisst werden sollte. Dann war es eine Frage der Zeit, bis man ihre Spur aufnehmen konnte. Der Gedanke, dass es dann für sie schon zu spät war, verstärkte das mulmige Gefühl.

»Nehmen Sie doch Platz«, forderte er sie auf.

Wiebke blickte sich ein letztes Mal im Bistro um und ließ sich auf den freien Stuhl sinken. Niemand der anderen Gäste beobachtete die beiden. An den anderen Tischen unterhielt man sich, man lachte und trank in gemütlicher Runde.

So unauffällig wie möglich betrachtete Wiebke ihn. Er war Anfang vierzig und von sportlicher Statur, jedenfalls, soweit sie das im Sitzen erkennen konnte. Er duftete angenehm nach einem Rasierwasser, das Wiebke irgendwo schon einmal gerochen hatte. Die dunklen Haare waren ein wenig zu lang und der Dreitagebart wirkte eher markant als ungepflegt. Seine blauen Augen und die ersten Lachfältchen verliehen ihm einen jungenhaften Charme.

»Sie kennen mich?« Wiebke war überrascht und zupfte an der weißen Tischdecke herum. Noch wusste sie nicht, was sie von der Situation halten sollte. Sicherheitshalber hatte sie die Dienstwaffe mitgenommen, auch wenn sie nicht davon ausging, dass ihr hier, in einer gut besuchten Kneipe, Gefahr drohte. Die Vorschrift besagte, dass Waffen nach Dienstschluss in den Schrank der Inspektion gehörten. Doch wie so oft wichen auch hier Theorie und Praxis voneinander ab.

»Natürlich. Ich bin Ihr unsichtbarer Schatten, seitdem Sie im Tötungsdelikt an Robert Michels ermitteln.« Er lächelte und wirkte nicht mehr so überheblich, wie er ihr am Telefon vorgekommen war. Eigentlich war er sogar sympathisch, dachte Wiebke, nahm sich jedoch vor, auch weiterhin wachsam zu sein. Trotzdem: Im flackernden Licht der Kerze wirkte sein Gesicht markant und geheimnisvoll.

»Wie darf ich das verstehen?«

Ein Kellner trat an den Tisch und fragte sie nach ihren Wünschen. Der Unbekannte orderte eine Cola light, während sich Wiebke für einen Latte Macchiato entschied. Als der Kellner außer Hörweite war, erklärte der Fremde: »Man hat mich auf Sie angesetzt. Ein Kollege observiert Jan Petersen, aber der scheint sich seinem Schicksal zu fügen und den Fall bereits zu den Akten gelegt zu haben.« Er grinste. »Ein guter Polizist, wenn Sie mich fragen.«

»Ich frage Sie aber nicht«, erwiderte Wiebke trotzig. »Und nun will ich wissen, was Sie mit dem Fall des ermordeten Klaus Georgs – Robert Michels – zu tun haben.«

»Ich arbeite sozusagen für den gleichen Verein, wie er es getan hat.«

»Was ist das für ein Verein?«

»Entschuldigung, ich bin äußerst unhöflich und habe mich noch nicht vorgestellt. Mein Name ist Kai Berger.« Er schmunzelte. »Und keine Angst: Das ist mein wahrer Name. Aber zurück zum Grund unseres Treffens: Ich arbeite für den Bundesnachrichtendienst in Husum.«

»Sie arbeiten beim BND?« Wiebke gab sich keine Mühe, ihre Überraschung zu verbergen. »Aber der Bundesnachrichtendienst hat seinen Standort in Husum schon im Jahr 2008 geschlossen.«

Berger schüttelte den Kopf. »Das war die offizielle Version, die Nachricht, die damals durch die Medien ging. Vergessen Sie das alles. Der BND ist nach wie vor in Husum präsent. Wir sind zwar nicht mehr mit hundertfünfzig Leuten im sogenannten Neptun-Seehaus vor Ort, aber wir haben uns einen Schwerpunkt gesetzt. Wären wir ein privates Unternehmen, würde ich sagen, dass wir uns auf unsere Kernkompetenz konzentriert haben.«

»Und Georgs – ich meine, Michels – war auch bei Ihrem Verein?«

Kopfnicken. »Er war ein guter Mann. Leider mit einer dunklen Vergangenheit. Aber er war unersetzlich auf seinem Gebiet.«

»Was war sein Gebiet?«

»Sorry, darüber darf ich wirklich nicht reden. Aber sicherlich kennen Sie die Geschichten von den langhaarigen kiffenden Computerhackern, die sich in jedes denkbare System auf der ganzen Welt einklinken können. Sie sind so gut, dass die besten von ihnen von Microsoft angeworben wurden. Sie haben die Seiten gewechselt und sorgen jetzt dafür, dass die Betriebssysteme unserer PCs besser und vor allem sicherer werden. Sie tragen Anzüge und waren beim Frisör, aber Genies sind sie immer noch. Was denken Sie, wer das neueste Windows-Betriebssystem programmiert hat? Nicht der Konzern, der Bill Gates zum Multimillionär machte, sondern die Menschen, die es vor Jahren noch geschafft haben, die ersten Windows-Systeme zu knacken, und die Viren programmiert haben, die weltweit Computer außer Gefecht gesetzt haben. Das sind Profis. Ähnlich ist der Fall bei uns gelagert: Unser Behördenleiter konnte sich einfach nicht leisten, auf einen Spezialisten wie Robert Michels zu verzichten. In Deutschland hat sich im Laufe der Jahre ein ausgefeiltes Kontrollsystem entwickelt.« Kai Berger kehrte die Handflächen nach oben. »Aber mehr kann ich wirklich nicht dazu sagen.«

»Sie sind Spione. Und Michels, ein Serienvergewaltiger, stand auf Ihrer Lohnliste.« Langsam wurde Wiebke klar, welche Tragweite der Fall hatte. Der Bundesnachrichtendienst, eine Behörde, die dem Kanzleramt angehörte und eine sogenannte Bundesoberbehörde war, beschäftigte einen von der Polizei gesuchten Serienverbrecher, der sich an Frauen verging. Das allein war schon der Skandal schlechthin.

»So leicht ist das nicht.« Berger schüttelte den Kopf. »Der Bundesbeauftragte für den Datenschutz und die Informationsfreiheit sieht uns bei der Arbeit schon sehr genau auf die Finger. Auch wir unterliegen dem Bundesdatenschutzgesetz.«

»Sie sind ein Geheimdienst.«

»Wir unterliegen auch den strengen juristischen Kontrollen, keine Angst, der Verein, wie ich ihn eben genannt habe, ist absolut in Ordnung. Sagt Ihnen der Begriff SIGINT etwas?«

»Nein, sollte er das?«

»Der Begriff steht für *Signal Intelligence* und umschreibt grob das, was wir tun: Mit unserer Technik stehen wir parat, um den internationalen Informationsaustausch zu überwachen. Somit wenden wir drohende Gefahren von Deutschland ab.«

»Sie kämpfen gegen den internationalen Terrorismus und beschäftigen polizeilich gesuchte Gewaltverbrecher?« Wiebke lachte auf. »Wie passt das zusammen?« Sie sah vor ihrem geistigen Augen die reißerischen Schlagzeilen in der Presse: *Steuerzahler zahlen das Gehalt für einen brutalen Vergewaltiger! Skandal: Höchste Bundesbehörde beschäftigt Sexualverbrecher!* Das war der Stoff, mit dem Magazine wie *Stern*, *Focus* und *Die Welt* an die Öffentlichkeit gingen.

»Das heißt, dass Michels ein Geheimagent war?«, fragte sie dann zögernd. Wiebkes Wangen hatten eine tiefrote Färbung angenommen. Plötzlich wusste sie, warum man ihnen den Fall abgenommen hatte. Wiebke konnte sich gut vorstellen, dass BND und das Bundeskriminalamt dafür sorgten, dass nichts an die Öffentlichkeit durchsickerte. Sie hatte einen unglaublichen Verdacht. »Er war also unter dem Namen Klaus Georgs gemeldet. Seine Papiere, sein Auto, sogar seine Wohnung war unter diesem Tarnnamen gemietet.«

»Das Haus am Jebensweg gehört der Behörde.«

»Und Paul Hinrichsen? Ihm gehört doch das Haus, wir waren bei Hinrichsen in Schobüll, um ihm ein paar Fragen zu stellen.«

»Er ist einer von uns. Mein Vorgesetzter, um genau zu sein. Er würde mich töten, wenn er wüsste, dass wir hier zusammensitzen und uns über den BND unterhalten.«

»Er würde Sie … töten?« Plötzlich zweifelte Wiebke am System. Bislang hatte sie immer an die Gerechtigkeit geglaubt. Sie diente dem Staat und es war ihr Beruf, Verbrechen aufzudecken. Dass das alles nur eine Fassade war, um die Bürger in Sicherheit zu wiegen, mochte sie einfach nicht glauben. Wozu hatte sie drei Jahre die Polizeischule in Kiel besucht, wenn doch alles, was man ihr dort vermittelt hatte, nur Lug und Trug war?

»Nicht umbringen, er würde mich strafversetzen, keine Ahnung, welche Sanktionen mir drohen würden, wenn er von unserem Treffen Wind bekäme.« Berger zuckte die Schultern. Der Kellner brachte die Getränke, ersetzte die inzwischen erloschene Kerze auf dem Tisch und verschwand dann wieder in Richtung Bar.

»Vielleicht würde ich auch einfach nur unehrenhaft entlassen werden«, nahm Berger den Faden wieder auf.

»Was ist mit Ihrer Behörde in Husum?«

»Viele von uns sitzen jetzt in der neuen Dienststelle in Berlin, wenige noch im bayerischen Pullach. Die, die noch in Husum ihren Dienst verrichten, sind sozusagen der harte Kern.«

»Zu dem auch Michels gehörte.«

»Hinrichsen erkannte sein Talent schon früh. Michels hatte eine gestörte Psyche, daran besteht kein Zweifel. Dennoch war es Hinrichsens erklärtes Ziel, Michels in den Dienst zu stellen, um von seiner Fachkompetenz zu profitieren. So einfach ist das. Er wurde in eine Art Zeugenschutzprogramm aufgenommen, wenn man so will. Michels erhielt durch uns eine neue Identität und hieß fortan Klaus Georgs. Er lebte so anonym wie möglich im Haus am Jebensweg.«

»Warum erzählen Sie mir das alles? Sie bringen sich selber in Gefahr«, stellte Wiebke fest.

»Weil ich auch nur ein Mensch bin.« Er zupfte ein imaginäres Staubkörnchen von der Tischdecke und trank von seiner Cola light, während er sie über den Rand des Glases hinweg ansah. »Ich kam vor zehn Jahren in den Norden, hatte es am Anfang ziemlich schwer. Aber ich lebte für den Beruf, und nachdem man mich in Pullach ausgebildet hatte, wurde ich an den Standort Husum versetzt. Husum, das klang für mich schrecklich. Weit weg von daheim, und ich hatte das Gefühl, in einer anderen Welt zu leben. Ich als Bayer.« Nun lachte er. »Aber der Menschenschlag hier oben gefällt mir, ich mag die Ehrlichkeit und den trockenen, nordfriesischen Humor. Alles wurde noch besser, als ich eine Frau kennenlernte. Sie lebte anfangs noch auf Pellworm, wo ihre Eltern eine kleine Pension betrieben. Wir verliebten uns und wurden ein Paar. Angelika verließ Pellworm, und wir suchten uns eine kleine Wohnung in Husum, am Rande der Neustadt. Wir waren glücklich und wollten heiraten. Dann kam dieser Abend im November. Sie war mit ihren Freundinnen unterwegs und kam erst spät nach Hause. Das hatte sie zumindest vor. Die Nacht war nebelig, und ich muss Ihnen nicht sagen, dass im Winter nichts mehr los ist, sobald es in Husum dunkel wird. Angelika war allein unterwegs. Und er schnappte sie sich, hat sie mit dem Auto angefahren, sie verschleppt und hat sie ... er hat sie sich einfach genommen, hat ihre Seele gebrochen.«

Als Wiebke ihn anblickte, glaubte sie zu sehen, dass seine blauen Augen feucht schimmerten. »Robert Michels hat Ihre Freundin vergewaltigt?«

»Ja. Und am liebsten hätte ich ihn umgebracht. Unsere Beziehung war zwei Monate später zu Ende. Sie kam einfach nicht damit klar, dass ein Mann wie ich in ihrer unmittelbaren Nähe lebte. Sie empfand erst Angst, später nichts als blinden Hass auf alle Männer. Was soll ich sagen? Mein Kollege hat sie vergewaltigt und erniedrigt. Und nun stehe ich alleine da. Angelika lebt allein und wie in einer Scheinwelt seit dieser Nacht.«

»Hatten Sie nie das Bedürfnis, sich zu rächen?«, fragte Wiebke und überlegte, ob sie dem Mörder von Michels gegenübersaß.

»Oh doch, und ob.« Kai Berger nickte und stierte in sein Glas, das er zwischen den Fingerspitzen drehte. »Ich hatte tatsächlich Mordgedanken. Aber irgendwann wuchs Gras über die Sache. Hinrichsen hat dafür gesorgt, dass wir uns im Dienst nicht mehr begegneten. Aber es kam anders, und es war ein Fehler für ihn, mich auf genau diesen Fall anzusetzen, um einen Skandal zu verhindern. Unvorstellbar, wenn das, was wir hier bereden, an die Öffentlichkeit käme! Deshalb habe ich Sie beschattet, deshalb hat man Ihrer Dienststelle den Fall abgenommen, und, ja, deshalb sitzen wir hier nun zusammen.«

Es fiel Wiebke wie Schuppen von den Augen. Ihr Herz begann zu rasen – alles passte zusammen: Vor ihr saß der Mann, der Robert Michels alias Klaus Georgs auf dem Gewissen hatte. Er hatte ein Motiv – Rache. Paul Hinrichsen, der offenbar beim BND ein hohes Tier war, hatte ihn auf Robert Michels angesetzt, und damit hatte er in der Tat einen Fehler gemacht, denn die Gelegenheit war günstig. Berger hatte Michels aufgelauert und ihn schließlich mit seiner eigenen Dienstwaffe niedergestreckt. Das erklärte auch, weshalb die Waffe, die man in Klaus Georgs Hand gefunden hatte, nirgendwo vermisst wurde, obwohl es sich um eine Dienstwaffe aus Behördenbestand handelte. Der BND hatte es verstanden, den Verlust der Waffe nicht an die große Glocke zu hängen – zumal es ja kein Verlust im üblichen Sinne war, da der Besitzer verstorben war.

»Sie sind sein Mörder«, murmelte Wiebke. »Ich kann unser Gespräch als Geständnis verwenden.«

»Oh nein, das können Sie nicht«, schmunzelte Berger. »Ich kenne die Gesetze, und so leicht mache ich es Ihnen nicht. Aber ich kann Ihnen versichern, dass ich Robert Michels nicht getötet habe, auch wenn ich ein Motiv hätte: Rache. Abgesehen davon habe ich ein hieb- und stichfestes Alibi für die Tatzeit.«

»Was ist mit der Explosion auf Nordstrand?«

»Ein Unfall, glauben Sie mir.«

»Das können Sie mir nicht erzählen.« Wiebke rührte in ihrem Latte Macchiato und nippte daran. »Sie wollten die letzten Spuren verwischen, die meine Kollegen in Flensburg noch nicht verwertet hatten.«

»Unsinn. Es war ein Unglück, glauben Sie mir oder lassen Sie es.« Er winkte ab. »Ich habe Ihnen alles gesagt, was Sie zum Lösen des Falles benötigen. Nun sind Sie an der Reihe. Finden Sie Michels' Mörder und schließen Sie den Fall ab.«

»Warum erzählen Sie mir das alles? Das tun Sie nicht nur aus purem Gerechtigkeitssinn.«

»Ich hätte es Ihnen schon lange erzählt. Sie erinnern sich an den Stromausfall in Ostenfeld? An diesem Abend wollte ich Kontakt im Schutze der Dunkelheit mit Ihnen aufnehmen. Aber Ihr Freund kam mir bedauerlicherweise zuvor.«

»Mein Exfreund«, verbesserte Wiebke ihn schnell, dann stutzte sie. »Moment, Sie stecken auch hinter dem Stromausfall?«

»Ich wollte nicht gesehen werden und kein Risiko eingehen. Es ist leichter, als Sie denken, das Dorf dunkel zu machen.« Nun setzte er ein jungenhaftes Grinsen auf. Wiebke konnte ihm nicht böse sein, und etwas tief in ihr sagte ihr, dass er den Toten im Strandkorb nicht auf dem Gewissen hatte.

»Was ist mit Ubbo Harmsen?«

»Der Mann von der Besitzerin des *Möwennestes*?« Berger winkte ab. »Vergessen Sie es. Ein armes Würstchen. Der klassische Loser-Typ. Kriegte nichts auf die Reihe, trank und vernachlässigte seine Frau. Das Ergebnis kennen wir. Nein, er wurde nicht ermordet. Ganz klar Suizid.«

»Woher wissen Sie das?«

Berger schmunzelte. »Ich kenne den Obduktionsbericht. Wollen Sie wissen, was Harmsen zuletzt zu sich genommen hat, oder glauben Sie mir auch so?«

Wiebke staunte. Aber es war logisch, dass eine Behörde wie der BND mehr Druck auf die Gerichtsmediziner ausüben konnte als die Polizeiinspektion Husum. Sie war froh, dass Bente ihren Mann nicht erschossen hatte und nahm sich vor, nach dem Treffen mit Berger Jan Petersen anzurufen. Bente Harmsen war tatsächlich zum Bauernopfer geworden und saß unschuldig hinter Gittern.

»Eins noch, wenn es Sie beruhigt: Die Sache mit der Explosion ist übrigens dumm gelaufen – ein Gasschlauch war porös und hätte nach der letzten Druckprüfung erneuert werden sollen. Das haben die Harmsens wohl aus Kostengründen unterlassen. Das Ergebnis kennen wir nun. Vielleicht hätte man ihnen die Gasanlage nach der Untersuchung besser stilllegen sollen.« Er zuckte die Schultern. »Der Prüfer wird sich jetzt dafür verantworten müssen.«

»Wie geht es jetzt weiter?«, fragte Wiebke und wunderte sich, über welche Hintergrundinformationen dieser Mann verfügte.

»Das liegt ganz bei Ihnen. Sie wissen nun, was geschehen ist und wie die Dinge zusammengehören. Vergessen Sie den Fall oder ermitteln Sie weiter. Ich habe Ihnen alles gesagt, was ich sagen kann, und hoffe auf Ihre Verschwiegenheit.« Er griff in die Innentasche seines Jacketts und zog das Portemonnaie hervor. Nachdem er einen Zehn-Euro-Schein unter das leere Cola-Glas geschoben hatte, erhob er sich mit einem Kopfnicken und verließ das Bistro.

Wiebke sprang ebenfalls auf und erntete dafür die verständnislosen Blicke der anderen Gäste. Den Kellner, der auf sie zusprang und sie am Arm festhalten wollte, schüttelte sie ab. »Ich habe keine Zeit«, rief sie. »Auf dem Tisch liegt Geld, der Rest ist für Sie.« Wiebke riss die Tür auf und stand auf dem Kornmarkt. Nur noch wenige Menschen waren unterwegs. Sie warf den Kopf herum und suchte die Umgebung ab. Von Kai Berger keine Spur. Auch in einem der zahlreichen dunklen Hauseingänge hatte er sich nicht versteckt. Es schien, als hätte ihn der Erdboden verschluckt. Missmutig machte sie sich auf den Rückweg zum Auto.

Vierundzwanzig

Über Nacht war das Wetter umgeschlagen. Hatte sie beim Zubettgehen noch einen klaren Sternenhimmel über Ostenfeld gesehen, so waren kurze Zeit später dicke Wolken über das Land gezogen. Als Wiebke an diesem Morgen am Fenster des großen Wohnzimmers stand und in den Garten blickte, sah die Landschaft trostlos aus. Die alten Birken hinter dem Haus bogen sich im Wind, und schwarze Wolken schoben sich nach Osten und brachten einen Schauer über das Land. Fröstelnd wandte sich Wiebke ab und ging in die Küche, um einen Kaffee aufzusetzen. Aus dem Radio erklang leise Musik, und sie genoss den Duft des Kaffeepulvers. Der Regen trommelte gegen das Dachfenster. Am liebsten hätte sie sich ins Bett zurückgezogen und die Decke bis zur Nasenspitze gezogen, um dort dem Regen zu lauschen, der jetzt in dicken Bahnen am Glas herunterrann.

Wiebke überlegte, ob sie Dierks in der Polizeiinspektion anrufen und sich für den heutigen Tag Urlaub nehmen sollte. Für ihren Vorgesetzten war der Fall erledigt und er duldete sicherlich keinen Widerspruch, nachdem sich der Staatsanwalt in die Sache eingeschaltet hatte. Während sie gedankenverloren am Küchenfenster stand, strich Garfield um ihre Beine und maunzte sie vorwurfsvoll an.

»Verfressenes Vieh«, seufzte Wiebke und stellte den Kaffeepott auf die Arbeitsplatte, um dem Kater sein Fressen in seine Schüssel zu geben. Erst als der Kater futterte, bereitete sie sich selber eine Schüssel mit Cornflakes und frischer Milch zu. Während sie frühstückte, fiel ihr Blick auf die kopierten Unterlagen. Lustlos blätterte sie in den Papieren und stieß schließlich auf eine Liste aller gemeldeten Opfer. Wahrscheinlich lag die Dunkelziffer höher, denn Wiebke wusste, dass sich viele misshandelte Frauen aus Scham nicht bei der Polizei meldeten.

Die Schrift der alten Aufzeichnungen verschwamm vor Wiebkes Augen. Warum war sie nicht früher darauf gekommen, dass es sich bei dem Mord an Robert Michels um einen Racheakt handeln könnte? War es so abwegig, dass eine Frau, die Michels zum Opfer gefallen war, selber zur Täterin wurde? Wiebke versuchte sich in die vergewaltigten Frauen hineinzuversetzen. Wie würde sie reagieren? Wäre sie in der Lage, einen Mord zu begehen? Wiebke dachte lange darüber nach, löffelte lustlos ihre Cornflakes und kam zu dem Schluss, nicht zu wissen, wozu sie in einer solchen Situation in der Lage wäre. Sie musste sich unbedingt jemandem mitteilen, eine zweite Meinung hören. Sie legte den Löffel an den Rand des Tellers und sah dabei zu, wie er langsam in der Milch versank. Dann sprang sie auf und griff zum Telefon.

Das dumpfe Vibrieren des Handys weckte ihn. Wie eine wütende Hummel surrte das Telefon vom Vibrationsalarm angetrieben über den Tisch. Es dauerte einen Moment, bis er wusste, dass er mal wieder auf dem Sofa eingeschlafen war. Er spürte den pelzigen Geschmack auf der Zunge und schluckte trocken. Blinzelnd richtete er sich auf. Der Fernseher lief ohne Ton. Im Frühstücksfernsehen testete ein glatzköpfiger Typ Imbissbuden, die Petersen wohl niemals zu Gesicht bekommen würde. Murrend griff er zur Fernbedienung, die auf dem Tisch mit den klebrigen Abdrücken der Bierflaschen lag, die er gestern ausgetrunken hatte, und schaltete um. Nach einer kleinen Ewigkeit langte er nach dem Handy. Das nervige Teil lag am anderen Ende des Tisches und drohte, von der Kante auf den Boden zu stürzen. Sekundenlang überlegte er abzuwarten, bis es heruntergefallen war. Mit etwas Glück zerlegte es sich bei dem Sturz in seine Einzelteile, und der Terror am Morgen hatte ein Ende.

Doch schließlich überwog sein Pflichtbewusstsein. Er rappelte sich auf und griff nach dem Telefon.

»Petersen!?« Er unterdrückte ein Gähnen. Nach drei Flaschen Bier war er gestern auf dem Sofa eingeschlafen. Das rächte sich nun: Er konnte sich kaum rühren und spürte seinen Rücken nicht mehr. Früher hatte seine Frau ihn geweckt, wenn er vor dem Fernseher eingeschlafen war. Jetzt lief das verdammte Frühstücksfernsehen, und niemanden hatte es interessiert, dass er die Nacht in verrenkter Haltung auf dem unbequemen Sofa verbracht hatte. Petersen trat ans Fenster und zog die karierten Vorhänge auf. Es regnete, und die Reifen der vorbeifahrenden Autos erzeugten ein monotones Surren. Der Regen rann in dichten Bahnen an den Scheiben herunter. Fröstelnd wandte er sich ab und war froh, heute nicht aus dem Haus zu müssen.

»Ich bin es, Wiebke.« Sie klang aufgeregt.

»Halt, halt, langsam, Mädchen.« Nun gähnte er doch ungeniert in den Hörer. »Ich habe bei Dierks Urlaub angemeldet. Ich bin zu Hause und ich bin nicht wirklich fit. Also schon mich bitte.«

»Darauf kann ich leider keine Rücksicht nehmen«, entgegnete Wiebke und berichtete ihm, was sich gestern Abend ereignet hatte. Im Gegensatz zu anderen Männern war Jan Petersen multitaskingfähig und klemmte sich das Handy zwischen Ohr und Schultern. In krummer Haltung begab er sich in die kleine Küche, in der es aussah, als wäre eine Bombe explodiert. Der Mülleimer quoll über und in der einfachen Nirosta-Spüle aus den späten Siebzigern stapelte sich der Abwasch. Zeit für einen Haushaltstag, dachte er, während er Wiebkes Ausführungen lauschte und sich einen starken Kaffee braute. Dazu nahm er die Tasse mit dem handgemalten Motiv des Eiderstedter Leuchtturms aus dem Schrank und schob sie auf das Gitter der Maschine.

»Das ist ja ein dicker Hund«, staunte er, als Wiebke

ihm von Kai Berger und seiner Mission berichtet hatte. Er setzte einhändig die Kaffeepad-Maschine in Gang, das einzige moderne Gerät in seiner bescheiden eingerichteten Küche. Die Kollegen hatten ihm das Ding im letzten Jahr zum Geburtstag geschenkt. »Da wundert mich nichts mehr. Dierks und Mahndorf haben schnell alles abgegeben, um sich an der Sache nicht noch die Finger zu verbrennen. Die Sache mit dem Obduktionsbericht von Ubbo Harmsens Leiche ist tatsächlich ein Hammer. Es geht also doch schneller, wenn man nur an den richtigen Stellen sitzt.« Er schnaubte wütend, bevor er fortfuhr. »Wir müssen sehen, dass wir Bente Harmsen aus der Haft bekommen, aber offen gestanden habe ich keine wirkliche Idee, denn auch wenn Ubbo sich selbst umgebracht hat: Somit bleibt nur Bente Harmsen als Mörderin von Klaus Georgs beziehungsweise Robert Michels übrig.«

»Wie kommst du jetzt darauf?«

»Anfangs habe ich die Theorie nicht so toll gefunden – schlag mich tot, vielleicht habe ich einfach gehofft, dass sie es nicht war.« Petersen zuckte die Schultern. »Nun, sie hat sich von ihm getrennt, er konnte oder wollte die Trennung nicht akzeptieren und stellte ihr nach. Wir hätten es also mit einem Stalker zu tun gehabt, hätte Bente Harmsen den Fall angezeigt. Hat sie aber nicht. Die Folge: Bente Harmsen fühlte sich von ihm in die Enge getrieben und sah nur eine Möglichkeit – seinen Tod. Also hat sie wieder Kontakt zu ihm aufgenommen und ihn zu einer Aussprache im Bistro gebeten. Er hat sich, wahrscheinlich blind vor Liebe, auf den Weg gemacht und ist sozusagen ins offene Messer gelaufen.« Schnurrend nahm die Maschine den Dienst auf. In der kleinen Küche breitete sich wundervoller Kaffeeduft aus. Petersen nahm die Tasse aus der Vorrichtung und pustete in den Kaffee. Langsam kehrten die Lebensgeister zu ihm zurück.

»Es passt irgendwie nicht, dass ein brutaler Sexualstraftäter sich bis über beide Ohren verliebt und daran fast zugrunde geht, wenn die Frau ihm einen Korb gibt. Würde er da nicht völlig ausrasten und sich nehmen, was er haben möchte?«

»Das ist nicht unbedingt nötig. Viele Sexualstraftäter führen ein Doppelleben. Sie sind liebevolle Söhne, Ehemänner und Väter. Ihr gesellschaftliches und familiäres Umfeld ahnt nicht, zu welchen Taten diese Männer imstande sind. Insofern würde es auch zu Robert Michels passen, einerseits den enttäuschten und verletzlichen Liebhaber zu geben, andererseits ein brutaler Serienvergewaltiger zu sein.« Petersen schlürfte von seinem Kaffee. »Aber offen gestanden ist es nicht unser Part, das herauszufinden. Das ist ein Fall für Polizeipsychologen und Fall-Analytiker. Du kannst es drehen und wenden wie du willst, Wiebke: Wir sind aus der Nummer raus. Find dich damit ab.«

»Das sehe ich anders.« Sie klang trotzig und energisch.

»Mädchen, ich will nicht, dass du Schwierigkeiten kriegst, also bitte halt dich an die Regeln!«

»Hilfst du mir?«

Petersen glaubte sich verhört zu haben. »Hilfst du mir – wobei?«

»Ich möchte immer noch den Mörder von Robert Michels finden.«

Petersen marschierte mit Kaffeepott in der Hand und Telefon am Ohr durch die unaufgeräumte Wohnung. »Du musst in einer knappen Stunde im Büro sein«, erinnerte er sie.

Den Einwand ließ Wiebke nicht gelten. »Ich werde mich krankmelden.«

Petersen hatte das Wohnzimmer erreicht. Er stellte die Tasse auf dem Tisch ab und angelte nach der Fernbedienung, um die Flimmerkiste abzuschalten. Dann sank er auf das Sofa. Schon wieder das Sofa, dachte er, während er die Wolldecke mit den Füßen wegschob. »Du kannst dich nicht krankmelden. Dierks ist nicht doof, und wenn wir beide nicht da sind, nachdem wir den Fall abgenommen bekommen haben, wird er eins und eins zusammenzählen, und wir haben 'ne ganze Menge Ärger am Hals.«

»Ich werde arbeiten gehen«, murmelte Wiebke nach einer kleinen Pause. Sie klang zerknirscht. »Schreibtischarbeit eben. Aber sobald ich Feierabend habe, geht es weiter, okay?«

Sie hatte in einem Tonfall gesprochen, dem Petersen einfach nicht widerstehen konnte. »Du machst mich fertig, aber gut, ich bin dabei.«

»Danke, Jan. Ich melde mich also später. Du bist echt in Ordnung!« Damit legte sie auf.

Petersen blickte auf das Telefon in seiner Hand und schüttelte den Kopf. »Find ich auch«, murmelte er, dann widmete er sich seinem Kaffee. Der Tag konnte, nein, der Tag musste kommen.

Als sie den Wagen durch die Großstraße lenkte, hallte der Glockenschlag der Marienkirche über den Markt. Am Brunnen der *Tine* hockten ein paar Teenager und unterhielten sich. Touristen schlenderten über den Platz und fotografierten die bunten Giebel der umliegenden Häuser. Die letzten Marktbeschicker packten ihre Sachen zusammen. Nach achtzehn Uhr war nichts mehr los, von den gemütlichen Kneipen und Restaurants der »grauen Stadt am Meer« einmal abgesehen.

Hinter ihr lag ein Routinetag in der Polizeiinspektion: Ein Fahrraddieb in Simonberg, der sich als Fahrradleiher entpuppt hatte: Ein älterer Herr hatte sich auf sein Rad gesetzt, um damit zum Arzt zu fahren. Dort angekommen, stellte er erschrocken fest, dass er wohl das des Nachbarn genommen hatte. Peinlich berührt übergab er das Hollandrad dem rechtmäßigen Besitzer, noch bevor Wiebke in Simonsberg angekommen war. Beim zweiten Fall handelte es sich um einen Einbruchdiebstahl in einem Ferienhaus in Osterhever. Das liebevoll eingerichtete Haus stand schon seit Wochen leer, und das hatten sich die Diebe zunutze gemacht: Sie hatten die HiFi-Anlage, den Fernseher und einige elektronische Kleingeräte mitgehen lassen. Die Besitzer hatten Anzeige gegen Unbekannt erstattet und die Ermittlungen liefen.

In Gedanken war Wiebke immer noch mit dem Mordfall beschäftigt, nur durfte sie den Kollegen in der Polizeiinspektion davon nichts sagen. Petersen war der Einzige, den sie einweihen konnte, weil sie ihn gut genug kannte, um zu wissen, dass er über das Vorgehen der höheren Behörden genauso dachte wie sie.

Nach Geschäftsschluss war es nicht schwer, einen freien Parkplatz am Straßenrand zu finden. Wiebke blickte hinüber zum *Ratskeller*, der soeben seine Pforten geöffnet hatte. Ein Kellner kritzelte mit Kreide das Angebot des Tages auf eine Schiefertafel neben der Treppe, die in das gewölbeartige Restaurant unter dem historischen Rathaus führte. Sie dachte an die Zeit mit Tiedje. Sie hatten oft bei Kerzenschein im *Ratskeller* gesessen und herrliche Steaks genossen.

Wiebke wischte die Erinnerung fort und versuchte sich auf das bevorstehende Gespräch zu konzentrieren. Schnell erreichte sie durch die Krämerstraße den Platz am Binnenhafen. Von Petersen hatte sie einen heißen Tipp bekommen: Bente und Robert Michels sollten sich hier im Hotel *Goldener Anker* getroffen haben. Hier hatte sie mit ihm Schluss gemacht, das hatte sie in einem Verhör zu Protokoll gegeben.

Wiebke suchte sich einen freien Tisch mit Blick auf den Binnenhafen. Rechts lag die *Nordertor* und wartete auf Gäste. Wiebke fragte die Kellnerin, die an ihren Tisch trat, ob sie am betreffenden Tag ebenfalls Dienst gehabt hatte. Hatte sie nicht, doch sie holte ihre junge

Kollegin Linda. Wiebke bedankte sich und bestellte ein Mineralwasser. Während sie den Blick auf den Hafen genoss, dachte sie darüber nach, was sich hier zugetragen hatte. Nein, sie konnte sich nicht vorstellen, dass Bente ihren Exfreund getötet hatte – begründen konnte sie ihr Gefühl allerdings nicht.

Das Mineralwasser kam; Linda brachte es ihr. Die Kellnerin war jung und zierlich, mit hübschen, schulterlangen dunklen Haaren. »Sie hatten eine Frage?«

»Ja.« Wiebke zeigte Linda ihren Dienstausweis. »Kripo Husum, es geht um ein Tötungsdelikt.«

Lindas hübsches Gesicht wurde schlagartig blass.

»Keine Angst«, sagte Wiebke schnell. »Ich möchte nur von Ihnen wissen, ob Sie diesen Mann hier kennen.« Sie legte ein Foto von Robert Michels auf den Tisch.

Linda warf einen Blick darauf, dachte angestrengt nach, dann nickte sie. »Ja, aber er war nicht lange hier. Das heißt, er war vor seiner Frau hier. Bestellte einen Wein und wartete auf sie. Als sie dann kam, führten sie eine kurze, aber offenbar heftige Diskussion. Ich habe nicht gehört, worüber sie gesprochen haben, aber es ging schnell. Sie verschwand schon nach wenigen Minuten wieder, er zahlte und gab reichlich Trinkgeld, dann war auch er verschwunden.« Linda beruhigte sich langsam.

»Was hatten Sie für einen Eindruck von dem Gespräch?« Wiebke spürte, dass sie auf dem richtigen Weg war. Das, was Bente ihnen berichtet hatte, schien sich hier zu bestätigen.

»Wenn Sie meine Meinung hören wollen: Ich denke, sie hat Schluss gemacht.«

»Und wie hat er reagiert?«

»Aufgeregt, fassungslos. Ich kann mir nicht vorstellen, dass er das so auf sich beruhen lassen hat. In solchen Situationen sind Menschen zu Dingen fähig, die ihnen sonst niemand zutrauen würde.« Die Kellnerin hatte sich in Rage geredet. »Und, um offen zu sein: Ich hatte ein wenig Angst um die Frau. Verletzte Männer sind manchmal unberechenbar.«

»Danke, Sie haben mir sehr geholfen.« Wiebke legte einige Münzen für das Mineralwasser auf den Tisch und erhob sich. So schnell wie möglich kehrte sie durch die Altstadt zu ihrem Wagen zurück.

Fünfundzwanzig

Petersen lebte in einem der kleinen Traufenhäuser an der Süderstraße, die den Charakter der Gegend prägten. Früher waren die Häuser meist von Handwerkern bewohnt worden. Wie Wiebke wusste, stand dort auch das alte Haus der Husumer Schützengilde. Hier spielte Theodor Storms wohl bekannteste Novelle, *Pole Poppenspäler*.

Jan Petersen sah die Sache weniger romantisch. Das alte Mountainbike parkte im Flur. Hier war die Miete günstig, und weil das Haus windschiefe Wände hatte, nannte er es liebevoll sein »Hexenhaus«. Er trug Jeans und ein T-Shirt, als er ihr die Tür öffnete und sie ins Wohnzimmer führte.

»Schön hast du es«, bemerkte Wiebke.

»Hättest es mal heute Morgen sehen sollen, dann hättest du anders gesprochen«, grinste Petersen. Sie setzten sich, und Petersen setzte eine Kanne Friesentee auf.

»Also«, sagte er, als sie tranken. »Was hat der Tag ergeben?«

»Im Fall gar nichts, fürchte ich.« Sie berichtete mit wenigen Sätzen, was in der Polizeiinspektion geschehen war. »Allerdings geht mir das Gespräch mit Ilka Benning nicht mehr aus dem Kopf.«

»Du verdächtigst sie?«

»Das wäre vielleicht der falsche Ausdruck. Bisher kenne ich Vergewaltigungsfälle nur aus der Polizeischule. Die Fälle wurden von Polizeipsychologen des LKA Kiel analysiert und für uns zu lernbarem Stoff aufbereitet. Alles graue Theorie, jedenfalls für uns Anfänger. Zum ersten Mal hatte ich bei Ilka Benning einen Eindruck von dem, was in einem Opfer vorgeht. Es ist mir offen gestanden ziemlich nahegegangen, trotzdem habe ich eine Menge aus unserem Gespräch gelernt. Und die Zeit nach der Tat ist das, was mir ein wenig Angst macht: In dieser Nacht ist bei ihr eine Sicherung durchgebrannt, wenn du mich fragst. Ilka Benning war erschrocken über sich selbst, denn aus ihren Rachegelüsten macht sie keinen Hehl. Sie hat offen zugegeben, dass sie selber zur Mörderin werden könnte.«

Petersen begriff, worauf Wiebke hinauswollte. Er stellte die Tasse ab. Seine Miene erhellte sich. »Und nun denkst du, wir sollten den Täter im Kreise von Robert Michels' Opfern suchen?«

»Es wäre eine Möglichkeit. Allerdings wird uns das BKA auf die Finger hauen, wenn es Wind davon bekommen, dass wir hinter seinem Rücken weiter an dem Fall arbeiten.«

»Das ist genau das, was ich heute Morgen meinte«, seufzte Petersen.

»Im Idealfall müssten wir uns die Akte jedes seiner Opfer zu Gemüte führen. Vielleicht gibt es eine Frau darunter, die einen ganz besonderen Grund hätte, sich für das Geschehene zu rächen. Eine Frau mit einem besonders großen Aggressionspotential beispielsweise.«

»Das wirst du kaum herausfinden, ohne zu viel Staub aufzuwirbeln«, fürchtete Petersen.

Damit hatte er genau das ausgesprochen, was Wiebke auch beschäftigte. Sie spürte, dass sie mit dem Rücken an der Wand stand und in dem Fall keinen Schritt weiterkam. Sie leerte ihre Teetasse und erhob sich.

Petersen brachte sie zur Tür. »Mach dir keinen Kopp, Mädchen, uns fällt schon noch was ein.«

»Das will ich hoffen, sonst zweifle ich ernsthaft, ob ich mich für den richtigen Beruf entschieden habe.«

Auf dem Heimweg hatte sie noch einen Abstecher ins Husumer Industriegebiet gemacht, um sich in einem amerikanischen Fast-Food-Restaurant mit Burgern einzudecken. Sie war von dem kurzen Treffen mit Petersen ein wenig enttäuscht. Aber was hatte sie erwartet? Hätte er den freien Tag nutzen sollen, um die im Fall dringend nötige Wendung herbeizuführen?

Wiebke machte sich Vorwürfe. Warum konnte sie sich nicht einfach den Gegebenheiten fügen und den Fall ein für alle Mal vergessen? Es war wohl ihr innerer Drang nach Gerechtigkeit, der sie zum Weitermachen zwang. Doch außer weiterer Warnungen hatte sie von Jan Petersen nichts mit auf den Weg bekommen. Richtig böse sein konnte sie ihm trotzdem nicht dafür. Er war länger als sie Polizist und hatte es sich wahrscheinlich bereits abgewöhnt, bei Anweisungen nach dem Warum und Weshalb zu fragen. Für Wiebke war es allerdings das erste Tötungsdelikt, in dem sie ermittelte. Wahrscheinlich konnte sie es deshalb nicht vertragen, dass man ihr den Fall weggenommen hatte, nur um einen bundesweiten Skandal zu vermeiden.

Eigentlich sollte ich abschalten und mein Privatleben auf die Reihe kriegen, dachte sie und wusste im gleichen Augenblick, dass sie das einfach nicht konnte.

Als sie mit der Papiertüte unter dem Arm ins Freie trat, rollte ein VW-Bus mitsamt Wohnwagen auf den McDrive-Bereich zu. Das Hinweisschild *Nur für PKW* missachtete der Fahrer großzügig. Als er sich mit seinem Gespann in der schmalen Kurve gründlich festgefahren hatte und auch nach dem vierten Versuch nicht schaffte, den Wagen samt Wohnanhänger zu wenden, war der sowieso schon enge Parkplatz des Fast-Food-Restaurants endgültig verkehrsberuhigt und die Mitarbeiter im Drive In hatten auf unbestimmte Zeit Zwangspause. Mit einem schadenfrohen Grinsen stieg Wiebke in den Wagen und rangierte geschickt auf die Ausfahrt zu. Sie nahm die Abkürzung durch das Wohngebiet in der Mommsenstraße und überlegte, ob sie Ellen Budde noch einen Besuch abstatten sollte. Ihr Abendessen konnte sie genauso gut mit der jungen Frau teilen, dachte sie. Schlimm genug, dass sie sich in den letzten Tagen fast ausschließlich von Fast Food ernährte.

Ihrer spontanen Idee folgend, stoppte Wiebke den Passat am Straßenrand und blickte hinauf zu Ellen Buddes Wohnung. Hinter den Gardinen brannte jedoch kein Licht. Kurz entschlossen schaltete Wiebke den Motor ab und stieg aus. Mit der Papiertüte aus dem Fast-Food-Restaurant unter dem Arm trat sie an den Hauseingang und klingelte. Es dauerte einen Moment, und Wiebke wollte sich gerade abwenden, als der Türsummer ertönte und den Eingang freigab.

Oben wurde sie von einer überrascht dreinblickenden Ellen Budde begrüßt. »Was ist denn los?«

Wiebke hielt ihr die Tüte vor die Augen. »Ich bin eigentlich eher privat hier«, lächelte sie. »Und ich hoffe, ich störe nicht?«

»Haben Polizisten ein Privatleben?«, antwortete Ellen Budde mit einer Gegenfrage und führte ihre Besucherin ins Wohnzimmer. Wie bei ihrem ersten Besuch lief auch heute der Fernseher.

»Das fragt mich mein Exfreund auch immer«, murmelte Wiebke und beschloss, Tiedje später anzurufen. Es bestand Klärungsbedarf, und sie wollte endlich reinen Tisch mit ihm machen. Wie das aussehen sollte, wusste sie allerdings auch noch nicht.

Während die beiden Frauen Pommes und Burger aßen, kamen sie ins Gespräch.

»Warum haben Sie Bente verhaftet?« In Ellen Buddes Stimme schwang ein unterschwelliger Vorwurf mit.

»Zunächst einmal habe nicht ich sie verhaftet, und es gibt gute Gründe für ihre Verhaftung, da ist sich der Staatsanwalt sehr sicher.«

»Bente ist nicht in der Lage, jemanden zu töten. Ich kenne sie gut genug, um ...«

»Um was?«, fragte Wiebke, nachdem Ellen Budde stockte und sich den Mund an einer der mitgebrachten Papierservietten abtupfte.

»Sie ist zu lieb, um zu töten.« Nun klang die junge Frau ein wenig kleinlaut. »Wir waren wie Schwestern, und ich kenne sie sehr gut.«

»Wussten Sie, dass Klaus Georgs ein brutaler Seriensexualstraftäter war?«

Ellen Budde wurde leichenblass. Ihre Hand zitterte, und sie legte den Hamburger auf das Papier zurück. Mit einer fahrigen Bewegung wischte sie sich eine Haarsträhne aus der Stirn.

»Nein«, murmelte sie, ohne Wiebke anzuschauen. »Das ist mir neu.« Dann ruckte ihr Kopf hoch. »Hat er Bente etwas angetan?«

»Nein, er hat sie gut behandelt«, erwiderte Wiebke. »Fakt ist, dass Georgs ein Doppelleben führte und schon mehrfach Frauen vergewaltigt hat.«

»Mein Gott.« Ellen Budde schien der Appetit vergangen zu sein. Sie schüttelte den Kopf und barg das Gesicht in den Händen.

Wiebke erhob sich und wanderte durch den Raum. Sie schwieg, um Ellen Zeit zu geben, die Neuigkeiten zu verarbeiten. So blieb sie an der Wand mit den Erinnerungsfotos stehen und betrachtete die Bilder, die ein trautes Familienleben zeigten. Unwillkürlich erinnerte sie sich an das Gespräch mit Beate Wegener. Sollte Wiebke Ellen Budde darauf ansprechen, ob sie lesbisch war? Ob das dieser Punkt in ihrem Leben war, den sie ihren Kolleginnen gegenüber zu einem absoluten Tabuthema gemacht hatte?

Wiebkes Blick glitt wieder über die Fotos. Von einem Mann an ihrer Seite keine Spur. Sie betrachtete die Aufnahmen etwas genauer. Fast immer war Ellen an der Seite eines größeren Mädchens zu sehen, das ihr wie aus dem Gesicht geschnitten schien. Wohl doch keine Freundin, vielleicht die große Schwester, überlegte Wiebke und dachte an ihre eigene Familie. So etwas wie ein gemütliches Zuhause hatte sie nie kennengelernt. Vater war immer im Dienst und ließ Mutter allein zurück. Nachdem sie in den Norden der Republik gezogen waren, hatte sich Mutter alle erdenkliche Mühe gegeben, ihr ein perfektes Zuhause zu bieten, doch was immer gefehlt hatte, war ein Vater. Vielleicht sollte sie den Kontakt zu ihm suchen, überlegte Wiebke. Norbert Ulbricht würde sich vielleicht freuen, wenn er erfuhr, dass seine Tochter in seine Fußstapfen getreten und auch zur Kriminalpolizei gegangen war.

»Bitte halten Sie mich nicht für unhöflich, aber ich möchte Sie bitten, jetzt zu gehen.« Unbemerkt war Ellen Budde hinter sie getreten. Noch immer fehlte ihrem Gesicht Farbe, und ihre Blicke wirkten unsicher. Wiebke wunderte sich, dass die Nachricht, Bentes Liebhaber sei ein Vergewaltiger gewesen, sie so mitnahm, hatte aber keine Einwände.

»Ich möchte Sie nicht aufhalten«, nickte sie. »Entschuldigen Sie noch einmal die Störung.«

»Kein Problem«, erwiderte Ellen Budde, doch am Klang ihrer Stimme hörte Wiebke heraus, dass es sich dabei nur um eine Floskel handelte. Sie verabschiedeten sich voneinander, und erst im Flur bedankte sich die junge Frau für das mitgebrachte Essen.

»Darf ich Ihnen noch eine Frage stellen?« Wiebke zögerte und hoffte, dass Ellen Budde ihr die Unsicherheit nicht ansah.

Die junge Frau legte den Kopf schräg. »Bitte.«

»Nehmen Sie es mir nicht persönlich. Sind Sie lesbisch?«

Nun lachte Ellen Budde. »Stehen Sie auf mich?«

Wiebke schüttelte den Kopf und hoffte, dass ihr Ellen Budde die Frage nachsehen würde. »Nein, ich hatte bis vor Kurzem einen Freund.«

»Dann bevorzugen wir ja beide Männer.« Ellens Miene verdunkelte sich. »Das war Ihre Frage?«

»Ja.« Wiebke bedankte sich noch einmal und wandte sich zum Gehen. Nachdenklich trat sie auf die Straße, blickte sich noch einmal zu dem Haus um und sah Ellen Buddes Gestalt schemenhaft am Fenster stehen. Sie blickte ihr nach und verschwand erst vom Fenster, als Wiebke in ihren Wagen gestiegen war.

Wiebke setzte die Fahrt fort und erreichte schon bald die Landstraße über Ipernstedt und Wittbek nach Ostenfeld. Ein scharfer Westwind wehte ins Landesinnere, und Wiebke musste das Tempo drosseln, um nicht von der Straße abzukommen. Die schweren Bäume am Straßenrand bogen sich bedenklich. Wiebke hatte noch immer nicht herausgefunden, worüber Ellen Budde mit niemandem sprach. Ihre vermeintliche Liebe zu Frauen war es jedenfalls nicht.

Sechsundzwanzig

»Wir müssen reden.« Wiebke gingen viele Dinge im Kopf herum. Nachdem sie sich um ihren Kater gekümmert hatte, war sie zum Telefon gegangen und hatte Tiedjes Handynummer gewählt, die sie noch auswendig kannte. Garfield strich um ihre Beine, während sie mit ihrem Exfreund telefonierte.

Tiedje brummte. »Das wollte ich ja neulich schon.«

»Da wolltest du mit mir schlafen«, konterte Wiebke unbeeindruckt. »Und es wäre dir fast gelungen«, fügte sie leiser hinzu.

»Wäre da nicht der Job zwischengekommen«, erwiderte Tiedje. »Wie immer.«

»Hör zu, ich will mich nicht mit dir streiten, es wird Zeit, dass wir mit der Vergangenheit aufräumen. So geht das mit uns nicht weiter, Tiedje. Du bist mir noch lange nicht gleichgültig, aber ich sitze nicht zu Hause rum und warte auf dich, während du dich mit jungen Dingern vergnügst. Entweder sind wir ein Paar oder nicht.«

»Oder wir sind gute Freunde«, murmelte er versöhnlich.

»Kriegen wir das hin, nur gute Freunde zu sein?«

»Wir können es ja mal versuchen. Ich habe eingesehen, dass dir dein Job wichtig ist, Wiebke. Und vielleicht nutzt es dir, wenn ich dich da, wo ich kann, unterstütze.«

»Manchmal wäre mir auch schon mit seelischem Beistand sehr geholfen.«

»Ich kann es versuchen.«

»Kommst du vorbei?« Wiebkes Stimme klang sanft.

»Ich bin in zehn Minuten bei dir.« Er hatte aufgelegt, bevor sie etwas erwidern konnte. Nachdenklich blickte sie auf das Telefon, das sie auf den Wohnzimmertisch zurückgelegt hatte. Gab es eine zweite Chance für ihr gemeinsames Leben? Wiebke wusste es nicht und beschloss, die Dinge auf sich zukommen zu lassen. Sie erhob sich, um ins Bad zu gehen. Sie machte sich frisch, legte etwas Make-up auf und bürstete sich das lange dunkle Haar, das er so an ihr mochte. Nachdem sie ein paar Tröpfchen von dem Parfüm aufgetragen hatte, das er ihr vor einem Jahr geschenkt hatte, fühlte sie sich ihm gewachsen. Natürlich wollte sie ihm gefallen. Er sollte ja sie lieben und nicht irgendwelche hergelaufenen Frauen, die sich ihm an den Hals warfen. Als sie ins Wohnzimmer zurückkehrte, strich ihr Garfield um die Beine. Der Kater sprang auf das Sofa und maunzte sie auffordernd an. Sie setzte sich zu ihm und kraulte ihn.

»Bist auch zu kurz gekommen in den letzten Tagen«, murmelte sie, als ihr Blick auf den Aktenordner fiel, der auf dem Tisch lag. Sie konnte einfach nicht widerstehen und griff danach. Es war ja noch ein wenig Zeit, bis Tiedje kam. Zwar hatte er versprochen, in zehn Minuten bei ihr zu sein, doch da er keine Rakete besaß, würde noch einige Zeit vergehen, bis er hier war. Die konnte sie sinnvoll nutzen. Wiebke studierte die Liste der Opfer. Dabei stolperte sie über den Namen von Robert Michels' siebtem Opfer.

Ihr wurde siedend heiß. Plötzlich schloss sich der Kreis. Sie kombinierte und zog ihre Schlüsse, und in dieser Sekunde erkannte sie die Zusammenhänge. Die Buchstaben verschwammen vor ihren Augen, und Wiebke massierte sich die Schläfen. Unglaublich – warum war ihr das noch nicht früher aufgefallen? Immer wieder glitt ihr Blick über den Namen von Opfer Nummer sieben. Laura Budde.

Wiebke rechnete und kam zu dem Ergebnis, dass Laura Budde zum Zeitpunkt der Tat neunzehn Jahre alt gewesen sein musste. Sie war wie viele der anderen Frauen auch von Michels mit dem Auto angefahren worden. Sie war mit dem Fahrrad auf dem Heimweg gewesen, in Begleitung ihrer jüngeren Schwester. Er hatte beide gerammt. Sie waren gestürzt, und Michels hatte beide in seinen Wagen gezerrt, um sie zu einer alten Scheune bei Rantrum zu fahren. Dort hatte er sie gefesselt und sich an der älteren der beiden, an Laura Budde, vergangen. Die kleine Schwester, sie war damals zwölf Jahre alt gewesen, hatte alles mit ansehen müssen. Obwohl der Name der Schwester nicht aus den Akten hervorging, war Wiebke klar, dass es Ellen Budde war.

»Ich glaub das einfach nicht«, murmelte sie fassungslos. Jetzt wusste sie, wer das größere Mädchen auf den Erinnerungsfotos in Ellen Buddes Wohnung war. Die Familienbilder hatten ihre große Schwester Laura gezeigt.

Als es an der Tür klingelte, zuckte Wiebke zusammen. Tiedje hätte sie beinahe vergessen und bekam prompt ein schlechtes Gewissen, als er mit einem Blumenstrauß die Treppe hochkam und sie sanft anlächelte.

»Hier«, sagte er und präsentierte ihr den Strauß, der auffallend viele Margeriten enthielt – Wiebkes Lieblingsblumen. »Hab ich dir mitgebracht«, fügte er ein wenig unbeholfen hinzu. »Die magst du doch so.«

»Danke.« Wiebke nahm ihm den Strauß ab und bat ihn in die Wohnung. In der Küche zog sie die Blumen aus der knisternden Klarsichtfolie, schnitt die Stängel mit einem Küchenmesser schräg an und stellte sie in eine passende Blumenvase. Danach betraten sie gemeinsam das Wohnzimmer. Wiebke stellte die Vase mit den Margeriten auf dem Tisch ab und roch an den üppigen Blüten.

»Hey, du arbeitest an einem Fall?« Tiedje sank auf den Sessel und deutete mit dem Kinn auf den Ordner, der aufgeklappt auf dem Sofa lag.

»Arbeiten ist zu viel gesagt«, erwiderte Wiebke. »Man hat uns den Fall abgenommen, weil er für einen bundesweiten Skandal gut sein könnte. Ein Mitarbeiter des BND hat über mehrere Jahre hinweg Frauen missbraucht.« Details ersparte sie ihm.

»Mensch Wiebke, das könnte der Fall deines Lebens

werden«, rief Tiedje begeistert. »Da musst du dranbleiben!«

»Ich weiß, aber wenn ich auch nur einen Schritt in die falsche Richtung mache, dann werde ich bis zu meiner Pensionierung Streife laufen müssen«, lächelte sie. »Also lass uns von was anderem reden. Wie geht das denn jetzt weiter mit uns?«

»Lass uns neu anfangen.« Tiedje blickte ihr tief in die Augen. »Weißt du noch, was wir damals vorhatten?«

»Aber sicher. Ich kriege meine Strandkneipe und du kutschierst die Touristen mit einem knallgelben VW-Bus bis vor die Tür.« Wiebke musste lachen. Ihre gemeinsamen Zukunftspläne hatte sie nach der Trennung aus ihrem Gedächtnis zu verbannen versucht. Und der Fall hatte sein Übriges getan, um die alten Geschichten zu verdrängen. »Ich habe soeben einen Fall gelöst – meinen ersten Mord«, rief Wiebke plötzlich. Sie schlug sich mit der Hand vor die Stirn, dass es klatschte. »Ich weiß, wer den Mann im Strandkorb erschossen hat!«

Tiedje blickte sie verwundert an, und sie berichtete ihm kurz und knapp, was sie eben in Erfahrung gebracht hatte. Er hörte ihr aufmerksam zu und schien sich ernsthaft für ihre Arbeit zu interessieren. »Moment – du hast eine Mörderin überführt und sitzt hier mit mir rum? Das geht nicht, wir müssen sofort los!«

»Wir?« Wiebke blickte ihn verwundert an.

»Na ja, ich komm mit, oder denkst du ernsthaft, ich lass mich schon wieder abwimmeln?«

Auch wenn es gegen jede Vernunft und gegen jede Dienstvorschrift war, hatte Wiebke keine Einwände. Vielleicht beurteilte Tiedje die Dinge anders, wenn er sah, wie sie arbeitete. »Dann komm schon«, rief sie und war bereits an der Garderobe, um die Jacke vom Haken zu nehmen. »Du fährst, ich telefoniere unterwegs.«

Siebenundzwanzig

»Oh mein Gott, was ist das?« Wiebke glaubte ihren Augen nicht zu trauen, als sie vor das Haus traten. Vor dem Carport von Heide und Helmut Uphusen parkte Tiedjes neuer Wagen. Eigentlich war es ein alter Wagen, denn der knallgelbe VW-Bulli hatte mindestens fünfundzwanzig Jahre auf dem Buckel. Dafür sah er aus wie frisch aus dem Laden, der Lack glänzte wie mit der Speckschwarte eingerieben, Regentropfen perlten sich auf der kantigen Karosserie. Das Auffälligste war die Lackierung, die an den Flanken maritime Motive aufwies. Waren es auf der Fahrertür noch dezente Muscheln am Strand, stieg die Silhouette zum Heck hin an und zeigte eine stilisierte Skyline der Giebelhäuser am Husumer Binnenhafen, nach hinten hin den Leuchtturm von Westerhever mit seinen zwei Wohnhäusern am Fuße. Auf der Heckklappe weideten Schafe auf einem Deich, während die Front ein Schiff im Hafen zeigte. Alles, was die Landschaft ausmachte, die Wiebke so liebte, war vorhanden. Auf der Heckscheibe gab es eine aufgeklebte Sonne, die gerade im Meer verschwand.

»Das ist mein Strandtaxi«, sagte Tiedje mit unverhohlenem Stolz. »Die Lackierung war teurer als das ganze Auto.« Dann gab er ihr einen fast freundschaftlichen Knuff in die Seite. »Aber willst du jetzt den Bulli bestaunen oder willst du eine Mörderin fangen?«

»Na los.« Wiebke schüttelte ungläubig den Kopf, während sie einstieg und sich in den bequemen Pilotensessel sinken ließ. Tiedje hatte bereits hinter dem Steuer Platz genommen und startete den Motor, der sich aufgrund des Sportauspuffs kernig anhörte. Routiniert rangierte er das Gefährt rückwärts auf die Hauptstraße von Ostenfeld und ließ sich von der immer noch beeindruckten Wiebke das Ziel nennen.

»Mommsenstraße in Husum. Ich sag dir gleich, wo du halten musst.« Dann lehnte sie sich in die Polster zurück und betrachtete ihn einfach, wie er sichtlich stolz hinter dem großen Lenkrad saß und jede Bodenwelle genoss, die der alte VW-Bus nahm und gutmütig wegschaukelte. Eigentlich war Tiedje ein großes, aber liebenswertes Kind.

Jensen, der Mann im grauen Kittel, musterte sie misstrauisch.

»Mein Name ist Wiebke Ulbricht von der Kripo Husum, wir suchen Ellen Budde. Leider öffnet sie nicht die Tür.«

Der Alte lachte und zeigte ihnen zwei Goldzähne. »Das tut sie nie, auch bei mir nicht. Kein Wunder, immerhin schuldet sie mir noch zwei Monatsmieten.« Er winkte ab. »Die hab ich schon in den Wind geschrieben, aber die gute Dame kann sich auf was gefasst machen. Ich werd sie aus der Wohnung klagen, wenn sie nicht freiwillig geht.«

Wiebke hatte beim besten Willen keine Lust auf nachbarschaftliche Hetzerei, aber bei dem älteren Mann handelte es sich offenbar um Ellen Buddes Vermieter. Deshalb hakte sie nach. »Sie steckt in finanziellen Schwierigkeiten?«

»So könnte man es vorsichtig ausdrücken. Kein Wunder, mit den paar Kröten, die sie als Köchin verdient hat, bringt sie es nicht weit. Warum hat sie bloß in dieser Strandkneipe angefangen? Sie hätte den Job als Apothekerin behalten sollen, das hätte mehr Geld gebracht.«

»Haben Sie eine Ahnung, wo sie sein könnte?«

»Entweder ist sie da und macht nicht auf, oder sie ist auf dem Friedhof.«

»Auf dem Friedhof?«

»Ja, da ist sie oft. Seit ein paar Tagen sogar noch öfters. Muss ihr wohl was ordentlich an die Nieren gegangen sein. Fahren Sie einfach zur Schleswiger Chaussee. Dort werden Sie die gute Frau bestimmt finden.« Der Alte wandte sich ab.

»Moment«, rief Wiebke plötzlich. »Sie sagten eben, dass Frau Budde vorher als Apothekerin gearbeitet hat?«

»Ja. Warum?« Der Alte runzelte die Stirn.

»Nur so, schon gut – danke.«

Wiebke warf Tiedje einen viel sagenden Blick zu. Gemeinsam stiegen sie in den Bus. Weit war es nicht zum Ostfriedhof, und trotzdem wollte Wiebke keine Zeit mehr verlieren.

Dass der Alte ihnen neugierig nachblickte, sahen sie nicht mehr. »Seit wann hat die Kriminalpolizei denn so unauffällige Zivilautos?«, wunderte er sich, bevor er vergeblich versuchte, den alten Benzinrasenmäher in Gang zu bekommen.

Auf dem Weg zur Schleswiger Chaussee telefonierte Wiebke mit Petersen.

Er wunderte sich, weil sie sehr aufgeregt klang. »Warum soll ich zum Ostfriedhof kommen?«, fragte er.

»Weil wir da gleich die Mörderin von Robert Michels festnehmen werden – die wahre Mörderin, wohlgemerkt.«

»Das ist doch Unsinn.«

»Nein, komm einfach, und ich erzähl dir den Rest vor Ort.« Sie unterbrach die Verbindung.

Tiedje warf ihr einen Seitenblick zu und lächelte sie aufmunternd an. »Ich bin ja auch noch bei dir«, murmelte er, dann konzentrierte er sich wieder auf den Verkehr.

»Du wirst hier im Wagen warten«, wehrte Wiebke ab. »Es wäre unverantwortlich, dich in die Sache mit hineinzuziehen. Allein das, was ich mache, ist schon grenzwertig. Ich werde einen Mordsärger bekommen, wenn was schiefgeht.«

Tiedje schwieg betroffen. Wahrscheinlich betete er, dass Wiebke die richtigen Entscheidungen traf.

Es dauerte nicht lange, bis sie den Parkplatz am Friedhof erreichten. Wiebke sprang aus dem Bulli. Von Petersen keine Spur – mit dem Rad brauchte er ein wenig länger zum Ostfriedhof. Am liebsten wäre Wiebke schon allein losgezogen. Nur ihre Vernunft bewog sie dazu, auf den Kollegen zu warten. Währenddessen gingen ihr tausend Dinge durch den Kopf. Dann endlich tauchte Petersen auf. Völlig außer Puste sprang er vom Rad. Die Männer begrüßten sich distanziert; Petersen musterte den auffälligen VW-Bus, sagte aber nichts und fragte Wiebke, was denn los sei.

»Ellen Budde hat Michels auf dem Gewissen. Sie muss durchgedreht sein, als sie sah, mit wem ihre Chefin da ein Verhältnis angefangen hat: mit dem Peiniger ihrer Schwester.«

Petersen schüttelte den knallroten Kopf. »Ich versteh nur Bahnhof.« Er ließ sich von Wiebke berichten, was sie in den alten Aufzeichnungen gefunden hatte.

»Und nun werden wir sehen, was Ellen Budde uns dazu zu sagen hat.«

»Du bist völlig durchgeknallt, Wiebke. Aber gut, versuchen wir unser Glück.« Seite an Seite marschierten sie über den Weg an gepflegten Grabreihen entlang. Sie sahen zwei, drei ältere Damen, die mit der Grabpflege beschäftigt waren, nickten ihnen grüßend zu und trafen schließlich auf Ellen Budde. Sie stand an einem Grab und hatte den Kopf gesenkt. Anscheinend war sie so in ihren Gedanken versunken, dass sie nicht hörte, wie sich die Polizisten von hinten näherten.

»Frau Budde?« Wiebke sprach sie an und die junge Frau zuckte zusammen.

Dann wandte sie sich um und blickte die beiden Kommissare unverwandt an. »Was tun Sie denn hier?«, fragte sie feindselig.

»Dasselbe könnten wir Sie fragen.«

»Ich besuche das Grab meiner Schwester.«

»Laura ist … tot?« Damit hatte Wiebke nicht gerechnet; eher, dass Ellen Budde das Grab von Vater oder Mutter pflegte. Nach Wiebkes Berechnungen musste Laura jetzt Ende zwanzig, Anfang dreißig sein. Unwillkürlich dachte sie daran, dass Michels sie möglicherweise getötet hatte. Aber von einem Mord an einem seiner Opfer hatte Wiebke in den alten Unterlagen nichts gefunden.

»Woher wissen Sie …?« Ellen Budde stockte. »Ach so. Sie sind Polizisten, klar. Und Sie haben sich den alten Fall noch einmal zur Brust genommen. Und somit hat Sie die Spur gleich zu mir geführt.« Sie nickte und presste die Lippen zu schmalen Strichen zusammen. »Hätten Sie gründlicher recherchiert, wüssten Sie bereits, dass Laura nicht mehr lebt.«

»Dazu blieb uns leider keine Zeit«, mischte sich jetzt Petersen ein. »Was ist mit Ihrer Schwester geschehen?«

»Sie ist nicht damit klargekommen, was das Schwein ihr angetan hat. Sie war bei mehreren Psychiatern in Behandlung, wurde schwer depressiv und sah keine andere Lösung als den Freitod. Und bevor Sie das auch noch anzweifeln, sollten Sie sich die alten Akten noch mal genauer ansehen. Sie hat sich vor einen Zug geworfen, in der Nähe von Büsum. Mitten in der Nacht. Der Zugführer hatte keine Chance, und Laura fand einen schnellen Tod. Sechs Jahre ist das jetzt her. Wir waren nicht nur Schwestern, wir waren die besten Freundinnen, die man sich vorstellen kann.«

»Das tut mir leid.« Wiebke bemerkte, dass Ellen Buddes Augen feucht schimmerten. Der Tod der Schwester nahm sie immer noch sehr mit. »Und weil Sie ihm sonst nicht gewachsen gewesen wären, haben Sie ihn betäubt? Mit Chloroform?«

»Es war Sevofluran, um genau zu sein. Ein Anästhetikum, das nur schwache Wirkung zeigt. Damit kann man einen gesunden Menschen nicht umbringen. Das Zeug wird oft in der Kinderanästhesie benutzt.«

»Und als Apothekerin wissen Sie an das Zeug heranzukommen«, vermutete Petersen, der langsam verstand, worauf Wiebke hinauswollte.

Ellen Budde nickte. »Ich kam nicht damit klar, dass dieser Scheißkerl Lauras Leben ruiniert hat. Und meines, denn ich bin nicht in der Lage, eine Beziehung zu führen. Und, um noch mal auf Ihre Frage von vorhin einzugehen: Nein, ich bin nicht lesbisch, nur weil ich keinen Freund habe. Das wäre wohl auch zu einfach. Einen Freund hatte ich noch nie, weil ich immer Angst hatte, dass auch er zum Monster werden könnte, so wie der Kerl, der sich an Laura vergangen hat. Als Bente den anschleppte und ihn mir freudestrahlend als ihren Liebhaber vorstellte, dachte ich, der Albtraum geht schon wieder los. Er hat mich seltsam angesehen, gesagt hat er aber nichts ... Aber ich glaube, er hat mich wiedererkannt.«

»Sie haben Klaus Georgs getötet.« Petersen blickte die junge Frau mit versteinerter Miene an, und Wiebke blieb nicht verborgen, dass er damit nicht gerechnet hatte.

Ellen Budde nickte. »Seit er meine Schwester vergewaltigt hat, sind zehn Jahre vergangen. Damals war ich ein Kind, aber ich kann mich noch an jedes Detail erinnern. Albträume plagen mich noch heute und ich wollte, dass das endlich aufhört. Ja, ich habe ihn umgebracht. Ich wollte Bente schützen, wollte nicht, dass ihr das Gleiche widerfährt wie Laura und all den anderen Frauen, denen er das Schlimmste angetan hat, was man einer Frau nur antun kann.«

Wiebke überlegte, ob sie das Gespräch in der Polizeiinspektion fortführen sollten, entschied sich aber dagegen. Auf der Polizeischule hatte man ihr eingetrichtert, dass man Verdächtige reden lassen soll. Und Wiebke glaubte zu spüren, dass Ellen Budde dem Druck nicht mehr gewachsen war, eine Mörderin zu sein. Sie warf Petersen einen Blick zu.

Er schien verstanden zu haben und räusperte sich. »Sie legen hier gerade ein Geständnis ab«, sagte er an Ellen Budde gewandt. Sie nickte stumm, und Petersen hakte nach. »Wie kam es dazu, dass Klaus Georgs – oder Michels, wie er eigentlich hieß – im *Möwennest* auftauchte? Das war doch sicher kein Zufall?«

»Nein.« Kopfschütteln, dann blickte Ellen zu ihm auf. »Die Sache mit der Apotheke war Ihr Strohhalm, nicht wahr? Damit steht fest, woher das Zeug kommt, mit dem ich das Schwein unschädlich gemacht habe.« Sie brachte ein zaghaftes Lächeln zustande. »Wenn ich gestehe, bekomme ich dann eine mildere Strafe?«

»Das können wir nicht entscheiden, aber die Möglichkeit besteht. Also: Wie ging die Geschichte weiter?«

»Ich rief ihn einfach an, die Nummer hatte ich aus Bentes Handy. Es lag oft unbeachtet in der Küche herum, und so wartete ich einen günstigen Augenblick ab. Ich rief ihn von Bentes Handy aus an, und er bemerkte nicht, dass sie es gar nicht war, mit der er sprach. Ich bat ihn also zu einem Treffen beim *Möwennest*. Abends, nach Feierabend, um ungestört zu sein, gab ich vor. Er zögerte keine Sekunde und kam zur verabredeten Zeit. Ich musste abwarten, bis Beate Wegener verschwunden war, dann lauerte ich diesem Mistkerl auf. Er hockte in einem der Strandkörbe, weil die Seitentür zum Außenbereich nicht abgeschlossen war. So hatten wir es verabredet. Es war ein Leichtes für mich, ihm das mit Sevofluran getränkte Tuch ins Gesicht zu drücken. Dann ging es ganz schnell. Bente hat mir mal erzählt, dass er immer eine Pistole bei sich trug. Er sei ein sicherheitsbeflissener Mann, hat sie gesagt. Aber ich wusste, dass das mit seiner Scheiß-Angst zu tun hat. Er war vorsichtig. Er hatte Schiss, dass sich eines seiner Opfer irgendwann für die Schweinereien mal rächt, die er ihnen angetan hat.« Nun lachte sie auf.

»Und so war es dann ja auch. Aber ich schweife ab: Also nahm ich seine Pistole, als er bewusstlos im Strandkorb saß, erschoss ihn und drückte ihm die Waffe in die Hand. Schade, dass es schnell ging und er nicht viel von seinem Sterben mitgekriegt hat. Immerhin hat er die Seelen so vieler Frauen auf dem Gewissen, da hätte ich ihn lieber qualvoller sterben sehen. Aber es musste schnell gehen, und es sollte wie Selbstmord aussehen. Er war groß und stark, und ich bin ein zierlich im Vergleich zu ihm. Also war es am einfachsten, ihn zu erschießen. Die Brieftasche habe ich ihm noch abgenommen, dann habe ich gemacht, dass ich wegkam. Das Ding habe ich später ins Meer geworfen. Und nun stehe ich hier am Grab meiner Schwester, die dieser Mann in den Wahnsinn getrieben hat. Ich habe getötet, ja. Aber ich habe es getan, um den Tod meiner Schwester zu rächen, um ein Zeichen zu setzen und um andere Frauen vor dem Leid zu bewahren, das uns nicht erspart geblieben ist.«

»Warum haben Sie nicht einfach die Polizei angerufen, wenn Sie den Vergewaltiger Ihrer Schwester identifizieren konnten?«, fragte Wiebke.

Ellen Budde lachte trocken auf. »Was hätte das gebracht? Ihre Kollegen hätten ihn verhaftet, er wäre irgendwann dem Haftrichter vorgeführt worden. Und dann hätte man ihn zu einer milden Strafe verknackt. Länger als fünf Jahre sitzt doch kein Vergewaltiger. Oder er bekommt eine Strafe auf Bewährung, weil er irgend so ein Scheiß-Attest vom einem Arzt vorzeigen kann. Oder sein Anwalt boxt ihn da raus und er bekommt offenen Vollzug oder so was. Dann ist er die meiste Zeit draußen und kann sich an mir rächen oder sich ein neues Opfer suchen. Solche Geschichten hört man immer wieder. Das sind mir zu viele Oders. Und die Gefängnisse sind doch voll, wohin also mit den Gewaltverbrechern?«

»Na, das lassen Sie mal unsere Sorge sein«, erwiderte Petersen.

»Nein, ich hatte Angst. Wenn ich ihn in den Knast gebracht hätte, dann hätte er auch gewusst, dass ich es war, die ihn verpfiffen hat. Was denken Sie, wäre geschehen, wenn er in ein paar Jahren wieder rausgekommen wäre?« Wieder schüttelte Ellen Budde den Kopf. »Ich hatte Angst um mein Leben. Angst um andere Frauen, an denen er sich noch vergangen hätte. Also habe ich mich dazu entschlossen, ihn zu beseitigen. Für immer.«

Wiebke tauschte einen Blick mit Petersen. Er zuckte ein wenig unbeholfen die Schultern. Was sie eben von Ellen Budde gehört hatten, war ein lupenreines Geständnis. Doch er wusste noch nicht, wie er das Matthias Dierks und dem Staatsanwalt beibringen sollte. Allerdings war das sicherlich das kleinere Problem. Bente Harmsen saß unschuldig in Haft und es war höchste Zeit, dass sie wieder in die Freiheit kam, um endlich ihr neues Leben beginnen zu können.

»Mir war klar, dass Sie mich irgendwann festnehmen würden.« Die junge Frau nickte und hielt ihnen die Hände hin. »Legen Sie mir schon Handschellen an. Ich bin bereit, meine Strafe anzutreten.«

Petersen zog die Handschellen aus dem Gürtel und legte sie Ellen Budde an. Nachdem sie einen letzten Blick auf das pedantisch gepflegte Grab der Schwester geworfen hatte, ließ sie sich widerstandslos zum Ausgang des Ostfriedhofes abführen. Sie wusste, dass sie hier lange nicht mehr herkommen würde.

Achtundzwanzig

Das Schlechte an Nordfriesland ist, dass man täglich mit Regen rechnen muss. Das Gute an Nordfriesland ist, dass das Wetter mindestens dreimal am Tag umschlägt und man die Chance hat, trocken zu bleiben. Doch dieser Tag war anders. Seit den frühen Morgenstunden brannte die Sonne auf das platte Land nieder, und es zog die Badegäste in Scharen an den Strand.

Obwohl der Ort nahe an der Küste lag, war es windstill und angenehm warm. Sogar die Touristen hatten die obligatorischen Outdoor-Jacken zu Hause gelassen, und die mächtigen Windanlagen standen still über den weiten Feldern. Wie an jedem letzten Donnerstag im Monat gab es auch heute wieder Spanferkelgrillen in *Antjes Imbiss*. Das Wetter spielte mit, und so fanden sich schon gegen siebzehn Uhr zahlreiche Gäste am Husumer Badestrand ein, um dem Spektakel beizuwohnen. Es war eine illustre Gesellschaft, die sich sowohl aus Touristen als auch aus Einheimischen zusammensetzte.

Wiebke stand an der hölzernen Reling und blickte nachdenklich hinaus auf die Nordsee. Am Himmel hatte sich eine einzigartige Wolkenformation aufgebaut. Der aufkommende Wind pustete ihr das Gehirn durch, und sie ließ den Gedanken freien Lauf. Am Ufer zogen sich die letzten Badegäste um, die sich für sechs Euro Tagesmiete einen Strandkorb bei Antje gemietet hatten. Weiter hinten, am Hundestrand, apportierten Hunde Stöcke und Bälle. Ein Junge ließ mit seinem Vater einen Drachen steigen. Flatternd zog das durch dünne Stangen gespannte Segel im Wind seine Bahnen und bekam schnell Auftrieb. Zwei Möwen verfolgten das Monstrum und kreischten wütend. Im Wasser zog ein Fischkutter vorüber, der vor ein paar Minuten den Husumer Hafen verlassen haben musste.

»Willst du nichts essen?«, riss Petersens Stimme sie aus den Gedanken. Er war lautlos hinter sie getreten und biss nun herzhaft in sein Brötchen.

»Doch, gleich, ich muss noch ein wenig den Ausblick genießen.« Wiebke lächelte. Die letzten Tage waren aufregend gewesen, und an diesem Ort bekam sie immer wieder Urlaubsgefühle.

»Mädchen, du wohnst hier, da kannst du dir die Aussicht jeden Tag zu Gemüte führen«, erinnerte Petersen sie kauend.

»Das schon, aber es ist nicht selbstverständlich, dass wir da wohnen und arbeiten, wo andere Menschen Urlaub machen.«

»Manchmal glaube ich, du bist zu romantisch für unseren Job.« Petersen grinste sie schief an, dann wechselte er das Thema. »Was ist denn nun mit deinem Jung?«

»Mit Tiedje?« Sie hatte ihm berichtet, was zwischen Tiedje und ihr vorgefallen war. Nun zuckte sie die Schultern. »Den Vorsatz, dass wir gute Freunde bleiben, haben wir schon am ersten Abend über Bord geworfen«, lächelte sie und spürte, wie ihre Wangen erröteten. »Aber so lässt es sich auch ganz gut leben. Wir werden zunächst einmal getrennt wohnen bleiben. Jeder braucht so sein Reich für sich, glaube ich. Und wenn wir merken, dass wir Tag und Nacht zusammen sein müssen, um nicht vor Sehnsucht zu vergehen, können wir immer noch andere Pläne machen.«

»Aber du bleibst doch bei unserem Verein?« Petersens Augenbrauen zogen sich besorgt zusammen.

»Solange man mich lässt, schon. Daran wird auch Tiedje nichts ändern. Auch wenn ich nach unserem letzten Fall arg am System gezweifelt habe, möchte ich jetzt erst recht um Gerechtigkeit kämpfen.«

»Und was, wenn man dich nicht lässt?« Mit Unbehagen dachte Petersen an die zahlreichen Berichte, die er in den letzten Tagen schreiben musste, weil sie auf eigene

Faust weiterermittelt hatten, obwohl das BKA den Fall übernommen hatte. Schließlich hatte der Staatsanwalt Gnade vor Recht ergehen lassen. Immerhin hatten Wiebke und Petersen den wahren Mörder überführt und so dafür gesorgt, dass eine Unschuldige nicht länger im Gefängnis saß. Bente Harmsen war auf freiem Fuß und musste sich in ihrem Leben ohne Ubbo zurechtfinden.

Für Mahndorf hatte das Endergebnis gezählt, deshalb waren Wiebke und Jan Petersen auch um ein Disziplinarverfahren herumgekommen.

»Wenn ich keine Verbrecher mehr jagen kann?« Wiebke deutete mit dem Daumen auf die Strandkneipe. »Die Geschäftsidee habe ich schon in der Schublade. Dann mach ich mich mit so einem Laden da selbstständig, und Tiedje karrt mir die Touristen mit seinem knallgelben Bulli an den Strand.« Sie lächelte, als wäre ihr Plan B das Natürlichste der Welt.

Ende

Danksagung

Sie haben es geschafft und sind auf der letzten Seite angekommen – herzlichen Glückwunsch!

Und mit dem magischen Wort »Ende« am Schluss eines Krimis kommt für den Autor immer der Augenblick, durchzuatmen und sich an das, was hinter ihm liegt, zu erinnern. Wie ist das Buch zustande gekommen, wer hat tatkräftig mitgeholfen, um aus der Idee eines kriminellen Schriftstellers ein Buch zu machen, dass Sie im Hotel, der Ferienwohnung, am Strand, auf dem Schiff oder auch im gemütlichen Zuhause lesen können?

Zunächst einmal danke ich meiner besseren Hälfte Tanja: für das Verständnis, dass im Urlaub die Idee zu einem Nordfriesland-Krimi entstand. Für das Nachsehen, dass ich in den Ferien nachts um drei Uhr aufgestanden bin, um die ersten Kapitel am Laptop zu verfassen. Und dank dir dafür, dass du immer kritisch das hinterfragst, was meiner manchmal kranken Phantasie entspringt. Was wäre ich nur ohne dich? Und eine schöne Titelbildvorlage hast du kreiert – so muss ein Krimi aussehen!

Ich danke Heike und Helmut Ludzuweit, die mir Einblick gaben, wie der Friese im Allgemeinen so tickt. Und natürlich für die tolle Unterkunft in Ostenfeld, wo im Roman Wiebke Ulbricht wohnt. Ähnlichkeiten sind hier ausnahmsweise mal nicht zufällig, sondern gewollt. Ostenfeld ist toll, und ihr seid es auch! Danke, dass ihr meiner Kommissarin ein Zuhause gegeben habt!

Ein Krimi soll natürlich authentisch sein. Und da ich zugegebenermaßen nur ein Schreibtischtäter bin, danke ich an dieser Stelle Kristin Stielow von der Polizeiinspektion in Husum. Sie hat mich beraten, wenn ich mal nicht genau wusste, wie in der Inspektion an der Poggenburgstraße der Hase läuft. Herzlichen Dank, die Lesung in der Polizeiinspektion ist euch sicher!

Apropos Polizei: Auch diesmal habe ich wieder die tatkräftige Unterstützung von Martin Cieczka, seines Zeichens Erster Kriminalhauptkommissar, erfahren dürfen, wenn es um Gesichtsausdrücken bei Leichen und um noch viel mehr geht. Danke für die unermüdliche Beantwortung meiner manchmal noch so nervigen Fragen! Ein fröhliches Moin moin auch an Klaus Bartsch von der Polizei-Pressestelle für den Brückenschlag zwischen der Wuppertaler und der Husumer Polizei.

Und ich danke Heike und Peter Gerdes dafür, dass sie meinem ersten Nordfriesland-Krimi ein verlegerisches Zuhause gegeben haben. Euer Leda-Verlag ist einfach die Nummer eins, wenn es ums Morden im Norden geht! Schon jetzt freue ich mich auf Wiebkes zweiten Fall, der ganz bestimmt unter eurer Flagge vom Stapel laufen wird!

Und nun danke ich all den Menschen, die im Fußball oft als der zwölfte Mann bezeichnet werden: den Fans, respektive den Lesern meines Machwerks. Ohne die Treue meiner Leser wäre dieses Buch niemals zustande gekommen! Ich freue mich über Ihren Besuch auf meiner Website www.andreasschmidt.org, wo Sie immer über aktuelle Verbrechen informiert werden. Dort können Sie mir natürlich auch eine Nachricht schreiben, über die ich mich sehr freuen würde. Ich werde garantiert antworten! Immer wieder bin ich auch auf Tour – vielleicht lernen wir uns auf einer meiner Lesungen einmal persönlich kennen, darauf freue ich mich schon jetzt.

Andreas Schmidt, im Februar 2011

Andreas Schmidt

verheiratet und Vater zweier Kinder, lebt und arbeitet mit seiner Familie in Wuppertal. Die Leidenschaft für das Schreiben entdeckte er als Jugendlicher; so schrieb er als Schüler diverse Kurzgeschichten und arbeitete an Schülerzeitungsprojekten mit. Nachdem er zahlreiche Heftromane für große Verlage geschrieben hatte, gab er 1999 mit *In Satans Namen* sein Krimi-Debüt. 2002 gelang mit *Das Schwebebahn-Komplott* der Durchbruch. Inzwischen sind sechs Wuppertal-Krimis, eine Anthologie sowie der Thriller *Mein ist die Nacht* erschienen. Seit 2008 ist er hauptberuflich als Autor und Texter für verschiedene Agenturen und Verlage sowie als Freier Redakteur tätig. Seine Liebe für den Norden entdeckte Andreas Schmidt beim Urlaub in Nordfriesland, das er inzwischen als seine zweite Heimat betrachtet. So entstand *Tod mit Meerblick* dort, wo er spielt: im schönen Nordfriesland.
www.andreasschmidt.org

Böker/Vollbrecht
Berits Bild
Kriminalroman
Schleswig-Holstein
978-3-939689-70-6
9,90 Euro

Hanna Dunkel
Mordsache Ulsnis
Kriminalroman
Schleswig-Holstein
978-3-939689-30-0
9,90 Euro

H. & P. Gerdes (Hrsg):
Mordkompott
Meerumschlungen
SchleswigHolstein
978-3-939689-68-3
9,90 Euro

Venske/ Gerdes (Hrsg):
Gepfefferte
Weihnachten
Krimis & Rezepte
978-3-939689-38-6
9,90 Euro

H. & P. Gerdes (Hrsg):
Friesisches
Mordkompott
Süßer Nachschlag
978-3-939689-21-8
9,90 Euro

H. & P. Gerdes (Hrsg):
Friesisches
Mordkompott
Herber Nachschlag
978-3-939689-20-1
9,90 Euro

P. Gerdes (Hrsg):
Inselkrimis
Kriminelles zwischen Strand und Düne
978-3-939689-56-0
9,90 Euro

Gundula Thors
Köhlbrand sehen und sterben
Hamburgkrimi
978-3-939689-61-4
9,90 Euro

Klaudia Jeske
Erben ist menschlich
Heidekrimi
978-3-939689-52-2
8,90 Euro

Maeve Carels
Zur ewigen Erinnerung
Frieslandkrimi
978-3-939689-08-9
9,90 Euro

Bestseller:
Lothar Englert
Friesische Freiheit
Historischer Roman
978-3-934927-55-3
15,90 Euro

W. W. Domsky
Ehre, wem Ehre ...
Kriminalroman
978-3-939689-33-1
9,90 Euro

Tatjana Kruse
Nur ein toter Maler ist ein guter Maler
Inselkrimi – Norderney
978-3-939689-26-3
8,90 Euro

Ulrike Barow
Baltrumer Dünengrab
Inselkrimi
978-3-939689-62-1
9,90 Euro

Regula Venske
Bankraub mit Möwenschiss
Inselkrimi – Juist
978-939689-18-8
8,90 Euro

Peter Gerdes
Wut und Wellen
Inselkrimi
Langeoog
978-3-939689-34-8
9,90 Euro

Ulrich Hefner
Das Lächeln der toten Augen
Frieslandkrimi
978-3-939689-17-1
9,90 Euro

Regine Kölpin
Muschelgrab
Inselkrimi
Wangerooge
978-3-939689-59-1
9,90 Euro